MÉFIEZ-VOUS
DE L'EAU QUI DORT

Jodi Compton est l'autrice de *La 37ᵉ heure* et *Les jeux sont faits* (éditions des Deux Terres) dont l'héroïne, Sarah Pribek, est inspectrice à Minneapolis. Elle a également deux autres romans mettant en scène Hailey Cain, une enquêtrice à l'esprit rebelle. Jodi déclare volontiers qu'elle doit toute l'œuvre de sa vie à sa mère, une enseignante qui lui a appris à lire à l'âge de deux ans, et à son père, grand amateur de romans policiers. Jodi vit à Bend, dans l'Oregon, avec sa famille et sa chienne Saloop.

lemasque.com

Jodi Compton

MÉFIEZ-VOUS DE L'EAU QUI DORT

Traduit de l'anglais (États-Unis)
par Valérie Rosier

ÉDITIONS DU MASQUE
17, rue Jacob, 75006 Paris

Maquette et illustration de couverture : © Jany Bassey

ISBN : 978-2-7024-5085-7

Cher lecteur, chère lectrice,

Si vous êtes peu enclin.e à lire les notes de l'auteur, voici pour l'essentiel ce que vous avez besoin de savoir :

Ce roman est situé en 2005. Cependant, les jours de la semaine ne correspondent pas aux dates du calendrier de cette année-là. Pour des raisons inhérentes à l'intrigue, ce livre comprend la Nuit du démon et Halloween ; en outre, certains événements doivent absolument advenir la semaine et d'autres le week-end. Remonter l'intrigue en 2003 aurait fait se correspondre les jours et les dates, mais entraîné d'autres erreurs que je n'aurais pu rattraper lors du processus de révision. Et puis la recherche absolue d'une authenticité sans faille a parfois quelque chose d'excessif.

Ce livre est une œuvre de fiction. Si je me suis inspirée de plusieurs crimes ayant réellement eu lieu, au bout du compte, je puise dans mon imagination. Tous les personnages de cette histoire sont fictifs. Toute ressemblance avec des personnes existantes ou ayant existé est donc pure coïncidence.

Enfin, si vous avez lu les deux premières enquêtes de Sarah Pribek publiées en 2007 et 2010, ou peu après, et que vous ayez attendu depuis la fin de la trilogie… je ne saurais vous dire combien je vous suis reconnaissante de votre loyauté, et j'espère que ce livre répondra à vos attentes.

En vous souhaitant une bonne lecture,
Jodi

PROLOGUE

Alors que je m'avançais en voiture jusqu'à la prison, il pleuvait à verse sur le centre du Wisconsin. Dans cette zone reculée, seule l'obscurité régnait derrière la clôture surmontée de barbelés. Au milieu de l'automne du haut Midwest, il commence à faire nuit en fin d'après-midi. Nous n'étions qu'en tout début de soirée, mais sous ce ciel obscur chargé de pluie, il aurait aussi bien pu être minuit. Actionné par une main invisible, le portail coulissa pour laisser entrer mon véhicule.

Dans la cour de la prison, je garai la Nova sans éteindre les phares, et sous la pluie battante traversée de sillons argentés, je courus vers le bâtiment le plus proche pour me mettre à l'abri. Comme il n'y avait personne, je demeurai un moment, immobile et indécise sous le surplomb d'une passerelle extérieure, face à une porte peinte en vert olive. Encastrée dans le mur, dépourvue de poignée et vierge de toute inscription, elle ne devait servir qu'aux sorties, pas aux entrées.

Le battant s'ouvrit sur une haute et mince silhouette. Shiloh. Je ne l'avais pas vu en tenue de ville depuis deux ans ou presque. Aujourd'hui, il était en baskets, vêtu d'un jean délavé et d'une ample chemise en flanelle sur un T-shirt noir, et portait un sac en papier brun contenant ses effets personnels.

Ses cheveux avaient poussé. Je l'avais toujours aimé ainsi, les cheveux longs, comme à l'époque où il travaillait en tant qu'infiltré pour la brigade des stups.

— Salut, fit-il quand nous fûmes face à face.

— Salut.

Durant un instant, ce fut comme si nous étions deux inconnus lors d'un premier rendez-vous.

— Tu as l'air… plus vieux. Non, je veux dire, tu as minci, ajoutai-je en essayant de me rattraper.

— Pas de problème. Toi, tu n'as pas changé. Tu es magnifique, dit-il gentiment, puis il parcourut la cour du regard. Quel drôle de temps. On est en hiver, non ? Il devrait avoir neigé depuis longtemps.

— Shiloh… tu m'as manqué. Tellement. Je n'arrive pas à croire qu'en prison, on t'ait permis de les laisser pousser aussi longs, déclarai-je en prenant une boucle de ses cheveux auburn entre mes doigts.

Shiloh n'ajouta pas un mot. Dans la pénombre, ses yeux s'emplirent de regret.

Alors la logique, telle une eau sous pression, vint frapper les murs fragiles de mon rêve et, sous le choc, il s'effondra.

1

2 novembre 2005

— Bonjour, inspectrice Pribek, me lança le lieutenant Prewitt.

C'était mon supérieur au service des enquêtes qui dépendait du bureau du shérif du comté de Hennepin. Il m'invita à m'asseoir sur la chaise en face de lui. Il était 9 heures du matin, trois heures après le rêve saisissant qui m'avait réveillée non pas face à un temps pluvieux, mais à la blancheur éclatante de la neige inondant de soleil les murs et le plafond de ma chambre. En ce matin du 2 novembre, la première neige de l'année fêtait Halloween.

Sur le bureau de Prewitt, il y avait une lettre. De là où j'étais assise, je ne pouvais rien voir. Je connaissais cependant son contenu et pour cause, j'en étais l'auteur. Prewitt l'avait certainement lue avant de me recevoir. Pourtant, à le voir ainsi la tête penchée, on aurait dit qu'il en prenait seulement connaissance. Quant à moi, je me contentai d'attendre.

Il y avait une photo sur la crédence de Prewitt que je n'avais encore jamais vue. Une frimousse toute rose qui découvrait le monde avec les yeux bleu-gris des nouveau-nés.

— Alors comme ça, vous nous quittez, dit enfin mon lieutenant.

— Pas tout de suite. Je vais suivre les cours du soir de l'EMT. Je n'obtiendrai mon diplôme de technicienne médicale d'urgence que dans trois mois et je ne pourrai commencer à travailler qu'à ce moment-là.

— Tout ça pour devenir secouriste ?

— Oui, monsieur.

— À propos, j'ai juste quelques questions à vous poser. De pure forme.

— Je comprends.

— Je ne veux pas émettre de jugement là-dessus, reprit-il en tapotant la lettre avec son stylo. Mais sachez que pour la plupart des gens, passer du rang d'inspectrice à celui de secouriste, ce n'est pas progresser dans sa carrière.

— Je sais.

— Alors qu'est-ce qui vous y pousse ?

— C'est juste que… Je sais que c'est un honneur de jouir de la confiance de toute une communauté pour…

Prewitt m'interrompit.

— Parlez simplement avec vos mots à vous, Sarah. Comme si vous l'expliquiez à votre voisin de palier.

— J'ai envie d'empêcher le sang de couler. Je n'en ai jamais eu l'occasion en tant qu'inspectrice.

— Justement, les bons enquêteurs empêchent les effusions de sang en isolant les gens qui font du mal aux autres et qui récidiveraient s'ils n'étaient pas arrêtés.

— Je le sais bien. Mais je me suis toujours sentie plus à l'aise dans le rôle de secouriste. Si c'est bien une guerre que nous livrons, j'ai l'impression que j'ai un autre rôle à y jouer. Celui d'une aide-soignante militaire, en quelque sorte.

— Hum, fit Prewitt d'un air évasif. Il y a quand même une chose à prendre en considération. C'est ce qu'on appelle un burn-out. Il arrive que des inspecteurs surmenés préfèrent changer d'orientation professionnelle pour s'en sortir.

Il consulta une page de mon dossier en faisant mine d'en prendre connaissance alors qu'il avait sûrement tout vérifié avant ce rendez-vous.

— Vous étiez l'un des meilleurs tireurs de votre classe, à l'école de police, observa-t-il. Et ce talent, vous n'en avez rien fait, vous n'avez jamais tenté d'intégrer une cellule de crise lors d'une mission d'intervention d'urgence.

— Je ne suis pas entrée dans ce métier pour tirer sur des gens.

— Ça s'avère parfois nécessaire.

— Je sais. Ce sont les dures réalités du métier de policier. Mais il me serait plus facile d'accepter ces réalités si j'aidais au mieux de mes capacités.

— On dirait que vous y avez mûrement réfléchi. Vous rendez-vous compte que ça va porter un rude coup à vos revenus ?

— Oui.

— Vous en avez discuté avec votre mari ?

Mes collègues avaient tous connu Shiloh, pourtant il était rare qu'ils mentionnent son nom.

— Oui. Il veut que je fasse ce qui me correspond le mieux.

Prewitt mit alors ma lettre de côté, comme pour signifier qu'il changeait de sujet.

— Dans ce cas, j'ai une dernière requête à vous faire, avant votre départ. Vous avez entendu parler de Jessie Ryan, je suppose ? demanda-t-il en tapotant le *Star Tribune* plié sur son bureau.

— L'étudiante qui a disparu.

— L'étudiante qui a été tuée, corrigea Prewitt. Son corps vient d'être retrouvé hier en fin d'après-midi, dans une benne à ordures située devant une boutique de reprographie, au sud de Saint Paul. Nous avons réussi à garder l'info pour nous sans que les médias s'en mêlent, le temps que sa mère procède à l'identification et que la famille proche soit prévenue.

— Qui a découvert le corps ?

— L'un des employés de la boutique. L'inspecteur de Saint Paul qui a reçu l'appel a reconnu Jessie et nous a contactés. Apparemment, la cause du décès serait un traumatisme crânien. L'autopsie est prévue pour aujourd'hui.

Prewitt sembla chercher ses mots.

— L'affaire paraît difficile, et ce pour plusieurs raisons, reprit-il. Au départ, elle n'a pas été traitée comme un cas d'enlèvement et n'a pas reçu l'attention qu'elle méritait, ni les moyens qu'il aurait fallu mettre en œuvre. Ce qui est regrettable, au vu de cette macabre découverte... Or il se trouve que le grand-père de Jessie Ryan avait un poste important au sein de la police de l'État, ajouta-t-il après un temps d'hésitation. Ça ne devrait pas influer sur le cours de l'enquête, mais c'est le cas, vous vous en doutez… Autrement dit, nous avons là une *Red Ball*, comme on l'appelle sur la Côte Est. Une affaire majeure, hautement prioritaire, et qui risque d'être fortement médiatisée. Pour faire face à la situation, nous rassemblons une équipe de choc. Je veux que vous et John Vang représentiez le bureau du shérif. Ça vous va ?

— Pourquoi moi ?

— Pourquoi pas vous ? répliqua Prewitt. Je connais bien votre dossier. Même s'il vous arrive d'agir un peu en dehors des clous, je n'ai pas eu à me plaindre de votre travail.

Pas eu à me plaindre… Ce n'était pas à proprement parler un compliment, mais après l'année difficile que je venais de vivre, je le pris comme tel. J'en éprouvais de la gratitude.

Prewitt se pencha en avant et tritura un trombone accroché au registre de police placé devant lui.

— Personne ne vous reproche que votre mari soit en prison, Pribek, lâcha-t-il sans me regarder.

Une simple phrase, chargée de non-dits.

— Merci, monsieur, répondis-je en admirant sa discrétion.

Prewitt écrivit sur un bloc-notes, puis déchira la feuille.

— C'est Joe Santarella qui dirige l'équipe avec le BCA, le Bureau chargé des enquêtes criminelles. Voici son numéro de portable. Appelez-le pour l'informer que vous en êtes aussi. Il vous fera une copie du dossier Ryan.

— Juste une chose. Les premiers jours, une enquête comme celle-ci exige qu'on soit sur le pont 24 heures sur 24, or j'ai des cours trois soirs par semaine, y compris aujourd'hui. Je peux en manquer un ou deux, mais les élèves sont tenus à une grande assiduité. Si j'en manque trop, ça va d'office pénaliser ma formation et donc limiter mes chances d'obtenir mon diplôme.

— Informez-en Santarella, répondit Prewitt. Il trouvera un arrangement.

— Merci, monsieur.

Je ne tenais guère à aborder ce sujet, mais j'avais un grand respect pour Nate Shigawa, le professeur responsable de ma formation. C'était un secouriste que j'avais déjà rencontré avant de m'inscrire à ses cours, car nous nous étions croisés lors d'enquêtes précédentes, comme c'est souvent le cas entre flics et urgentistes. Grand et flegmatique, il m'avait frappée par sa courtoisie et sa surprenante maturité, alors qu'il n'avait que vingt-six ans. En tant que formateur, Shigawa m'intimidait un peu. Il ne se gênait pas pour remettre à leur place les élèves retardataires, paresseux ou négligents.

Surtout, il avait entamé son premier cours magistral par une diatribe bien sentie contre les casse-cous et les accros à l'adrénaline qui aimaient prendre des risques, en disant qu'ils ne faisaient pas long feu dans ce métier, et ses yeux s'étaient attardés sur moi un peu plus que sur les autres élèves, m'avait-il semblé. Sans doute Shigawa n'avait-il pas oublié que la nuit où il m'avait rencontrée, j'avais plongé dans un canal gonflé d'eaux de pluie torrentielles pour secourir un enfant qui se noyait, sans aucune certitude quant aux moyens que j'aurais ensuite de regagner la terre ferme.

Prewitt lança un coup d'œil par la fenêtre sur les rues couvertes d'une neige fraîche, éclatante de blancheur.

— Le temps file à une allure… L'année tire déjà à sa fin. Bientôt les vacances d'hiver, dit-il, puis il revint à moi. Eh bien, bonne continuation, Pribek.

— Merci, monsieur.

*

* *

Mike Shiloh, mon mari, était en prison pour vol de voiture. Comment avait-il été amené à commettre ce délit ? Cet épisode datait du meurtre de Royce Stewart, un escroc à la petite semaine devenu meurtrier, et dont le crime était resté impuni. Tout cela s'était passé à Blue Earth. Shiloh n'avait pas tué Stewart, ni moi non plus, même si je suppose que ni l'un ni l'autre n'étions complètement étrangers à sa mort. Quant au fin mot de l'histoire, j'étais dans l'impossibilité de le révéler à quiconque, tout comme je n'avais pu me disculper lorsque, à un moment donné, j'avais été le principal suspect. Certains dans le service entretenaient peut-être encore cette rumeur. N'y pouvant rien, je m'y étais résignée. C'était à cela que Prewitt avait fait allusion avec tant de tact.

Il avait aussi discrètement évoqué le risque que, une fois Shiloh libéré, son avenir professionnel s'avérerait plutôt sombre et limité. Le métier de policier lui était définitivement fermé, et dans le civil, il serait confronté à la méfiance des employeurs envers les ex-détenus. Ce manque de perspectives rendait d'autant plus étonnant qu'il m'ait encouragée sans réserve à m'inscrire à cette formation. Pour parer à nos problèmes financiers, j'avais déjà pris une colocataire, autre décision à laquelle Shiloh avait donné son feu vert.

Certes nos conditions de vie en prendraient un coup, entre la promiscuité et le manque d'argent, mais s'il obtenait sa liberté conditionnelle à l'audience prévue en janvier, Shiloh rentrerait chez nous, et c'était l'essentiel. Malgré les cinq mois d'hiver qui se profilaient et les incertitudes sur la vie qu'il mènerait une fois sorti de prison, penser à son retour me procurait chaque fois un frisson de plaisir, après les difficultés de l'année écoulée.

2

Tous les documents relatifs à l'affaire Ryan m'attendaient déjà et je les emportai jusqu'à la bibliothèque juridique située au dernier étage du Centre du gouvernement du comté. C'était l'endroit préféré de Shiloh quand il étudiait les dossiers en cours, du temps où il travaillait sur des cas non élucidés.

Dès que j'eus trouvé une table de libre je me mis au travail, pour me préparer en vue de la première réunion de l'équipe. J'étais étonnée que Prewitt m'ait recommandée pour ce genre d'affaire. Je ne m'étais jamais considérée comme une brillante enquêtrice du niveau de Shiloh, ce que je m'efforçais de compenser en m'attelant résolument aux tâches qui m'étaient confiées. Eh bien, ce serait l'occasion de faire mes preuves.

J'étalai la page qui récapitulait les principaux éléments, les déclarations des huit témoins, plusieurs cartes, quelques photos en couleur, et le prospectus que j'avais vu circuler en ville. Prewitt avait raison : le maigre matériau rassemblé démontrait le peu de zèle dont on avait fait preuve sur un cas de personne disparue, même si on ignorait à l'époque qu'il s'agissait d'un homicide.

Aidez-nous à retrouver Jessica Ryan, indiquait le prospectus, avec en dessous une description de ses principales caractéristiques : taille 1,60 m ; poids, 48 kg ; cheveux blond vénitien ; yeux bleus ; pas de cicatrice ni de tatouage. Plus bas était inscrit le numéro du service de signalement, et plus bas encore, Aidez-nous à retrouver notre amie Jessie !

D'ordinaire, il y avait davantage d'informations. Je cliquai sur mon stylo-bille et écrivis dans la marge, *Où sont les infos sur la dernière fois où elle a été vue et les vêtements qu'elle portait ?*

Je revins au résumé.

Jessica April Ryan était une étudiante de vingt et un ans en troisième année à l'université du Minnesota. Ses parents s'étaient séparés quand elle était enfant. Katharine, sa mère, avait pris avec elle ses deux filles et avait regagné le domicile de son propre père, Roy Nedegaard. Katharine Ryan avait trouvé du travail comme assistante administrative pour le Democrat Farmer-Labor Party du Minnesota. Elle avait pourtant continué à vivre avec ses deux filles chez son père, dans un riche quartier résidentiel du comté de Washington, situé non loin de la frontière avec le Wisconsin, mais faisant encore partie de ce qu'on appelle l'aire urbaine des sept comtés autour des Cities.

Adolescente, Jessica faisait du patinage artistique avec l'espoir de participer à des compétitions de niveau national. Une blessure au genou avait brusquement mis fin à ces projets. Le temps qu'elle se rétablisse, ses camarades et rivales qui pratiquaient régulièrement l'avaient largement devancée et elle n'avait plus le niveau exigé. À l'université, Jessie avait étudié l'art dramatique avec un focus sur la danse, en espérant devenir plus tard chorégraphe spécialisée en patinage artistique.

Même si sa famille habitait à moins d'une demi-heure de l'université, Jessie avait préféré prendre une chambre en résidence universitaire durant ses deux premières années, puis elle avait habité en colocation avec deux autres filles dans une maison proche du campus. Durant ces années-là, Jessie avait eu plusieurs jobs à temps partiel, surtout dans la vente. On la décrivait comme très sociable et d'une vive intelligence. Ses amies ne pouvaient imaginer que quelqu'un ait pu lui vouloir du mal et cette idée les avait presque amusées.

Le jeudi 30 octobre, la nuit précédant Halloween, Jessie et ses colocataires avaient invité leurs copains à fêter la *Devil's Night*, la Nuit du démon. La fête avait été très réussie, en partie grâce à Jessie dont ses camarades louaient le sens de l'organisation. Le lendemain, il y avait cours, et ses colocataires n'avaient pas vu Jessie de toute la journée. Ce qui n'était pas inhabituel. Pourtant l'après-midi, Angela Eastman, l'une des deux colocs, s'était plainte que Jessie les ait laissées faire tout le rangement et le ménage, car la veille, après la fête, elles étaient trop fatiguées pour s'en charger. Mais quand Jessie ne rentra pas à temps pour se changer avant de se rendre à une soirée costumée donnée par sa fraternité, son autre colocataire, Kori Lindegard, commença à s'inquiéter sérieusement.

Jessie ne répondait pas aux appels. Quelques coups de fil échangés avec des amies communes confirmèrent que personne ne l'avait vue de la journée. Dans la chambre de Jessie, Kori constata que son sac à dos et son sac à main étaient restés là, ainsi que son portefeuille et son portable, qui était déchargé. À 21 heures, Kori téléphona à la mère de Jessie pour la mettre au courant. Peu après, Katharine Ryan appelait la police.

J'étais à la moitié du résumé quand mon portable pépia discrètement.

— Pribek, dit suavement mon interlocuteur sans se présenter. Je suis devant une salle de tribunal pour une suspension d'audience que j'ai dû demander car mon témoin dans l'affaire Jones n'était pas là comme elle s'y était engagée...

— Oh, m..., pestai-je, assez fort pour choquer un juge aux affaires familiales qui passait non loin et me regarda de travers. Chris, j'arrive tout de suite. Je suis juste au-dessus.

Le trajet en ascenseur ne me prit qu'une minute. Pourtant une fois dans le couloir, je vis que Christian Kilander, le procureur du comté, était nonchalamment adossé contre un pilier, et qu'il s'apprêtait à allumer une cigarette.

— Je suis prête. Je t'assure, lui dis-je.

Du haut de son mètre quatre-vingt-quinze, Kilander me toisa en secouant la tête, visiblement ravi de mon malaise.

— Trop tard, ma chère. J'ai obtenu une suspension de séance, et le juge va sûrement prendre un bon quart d'heure pour se détendre en vérifiant les résultats sportifs. Tu peux t'asseoir et poireauter un peu.

Je connaissais Kilander depuis mes débuts comme simple agent de police ; nous nous étions souvent affrontés dans des matchs de basket, au complexe sportif des fonctionnaires de l'État. Shiloh aussi avait participé à ces rencontres et il connaissait Chris, mais entre eux, le courant ne passait pas. Une vieille rancune d'ordre professionnel, touchant à des points de procédure dans une affaire de mœurs et au manque de coopération de Shiloh en tant que témoin. C'était avant que j'entre en scène, et j'avais toujours refusé de me laisser influencer car personnellement, j'aimais bien Kilander ; il avait toujours été correct avec moi.

Je m'affalai sur un banc en farfouillant dans mon sac.

— Bon, est-ce que tu veux revoir…

— Oh non, je n'ai vraiment pas envie de discuter d'un sujet aussi barbant que mon réquisitoire contre Ed Jones.

Jones était suspecté de harcèlement ; il s'était introduit par effraction dans la maison d'une fille peu sensible à son charme et qui refusait ses avances pour voler des culottes, suralimenter ses poissons tropicaux qui en étaient morts, et écrire une supplique d'amoureux éconduit bourrée de fautes d'orthographe. Jones n'avait pas plus l'étoffe d'un juriste que celle d'un antihéros romantique, pourtant il avait insisté pour se représenter lui-même. Pour Kilander, ce procès avait des airs de vacances.

— Bon sang, il assume sa propre défense. Contente-toi de le laisser se dépatouiller et tout bousiller, me dit-il, puis il regarda à travers la vitre vers l'hôtel de ville. Parlons plutôt de ta fulgurante ascension. Alors comme ça, tu rejoins l'équipe de choc missionnée sur l'affaire Ryan et tu vas travailler avec le FBI ? Mes compliments. Je suis impressionné.

Kilander buvait les commérages comme du petit-lait. Au lieu de lui demander quelle était sa source, je me contentai de réagir à la dernière information.

— Le FBI ? Je ne suis pas au courant.

— Hadley et moi, on a joué au basket hier soir, répondit-il.

Skyler Hadley, un ami commun, travaillait sur les affaires majeures au sein de la MPD, la police de la ville.

— Il m'a dit qu'un genre de crâneur de Quantico venait mettre la main sur l'affaire Ryan. Sky râlait, il avait dû aller le chercher à l'aéroport et son avion avait atterri à 8 heures du mat, à l'heure des embouteillages… Sky a aussi mentionné que tu avais pris une colocataire. Une flic débutante, c'est ça ? ajouta-t-il d'un air désinvolte.

— Oui. Temple Lockhart.

Je n'étais guère surprise qu'Hadley soit au courant, car Temple et lui servaient tous les deux à la MPD, même si lui était inspecteur et elle simple agent.

Pourquoi diable Kilander me posait-il ces questions ? Il était trop discret pour se mêler de mes problèmes financiers. D'un autre côté, il ne s'était jamais bien entendu avec Shiloh. S'il pouvait relier mes soucis avec le fait que Shiloh, qui gagnait auparavant plus que moi en tant qu'inspecteur chargé des affaires d'homicides non résolues, gagnerait sans doute mal sa vie à sa sortie de prison, cela lui donnerait une bonne raison de prendre mon mari de haut. Même s'il ne s'était jamais gêné pour le faire.

Je tentai donc une esquive.

— C'est bien d'avoir de la compagnie. Je broie du noir quand je reste seule trop longtemps.

Kilander allait répondre, mais il changea soudain d'expression et parut se raviser. Comme revenant à lui, il se détacha du pilier, puis sortit son téléphone pour vérifier l'heure.

— Prête ? Le juge est sur le point de faire revenir le jury.

*

*   *

Kilander fut rapide et efficace dans la conduite de mon audition. Ensuite, les choses avancèrent au ralenti. Comme Kilander me l'avait conseillé, je n'eus aucun problème à dire le minimum et à laisser Jones patauger dans son contre-interrogatoire, pourtant je n'avais pas prévu qu'il prendrait autant de temps. Il me posa des questions sur des faits qui n'étaient contestés par aucune des parties. Il évoqua les « présumés poissons », comme si la question n'était pas de savoir s'il avait versé de la nourriture dans l'aquarium jusqu'à ce que les poissons en meurent, mais portait sur leur existence même. À la table de la défense, Kilander avait joint les mains pour couvrir la moitié inférieure de son visage. Je devinai qu'il cachait ainsi son hilarité.

Puis je me mis à douter de pouvoir arriver à temps à la réunion de l'équipe. J'aurais dû en parler à Kilander avant d'entrer dans la salle. Je ne l'avais pas fait, car c'était ma faute si nous étions en retard. *Allez,* dis-je au juge en mon for intérieur. *Vous aussi vous en avez marre de perdre votre temps. Dites à ce clown d'en finir.*

Fort heureusement, Jones parut enfin satisfait.

— Pas d'autres questions, déclara-t-il.

Kilander avait dû lire dans mon regard une exaspération mêlée de désespoir car sans attendre que le juge le lui demande, il indiqua à son tour :

— Pas d'autres questions, Votre Honneur.

— J'en suis heureux, affirma le Juge Stern avec une certaine fougue, puis il ajouta en s'adressant à moi, vous pouvez vous retirer, inspectrice.

Alors que je m'éloignais en quittant la barre des témoins, Kilander me fit un clin d'œil.

3

Les autorités avaient dégagé de l'espace au dernier étage de l'hôtel de ville pour accueillir l'équipe spéciale travaillant sur l'affaire Ryan. L'escalier en marbre menant à l'étage était très glissant et mes semelles très lisses, pourtant j'en gravis les marches quatre à quatre au risque de me rompre le cou tout en serrant mon dossier contre ma poitrine, avec sur le dessus le petit carnet à spirale que j'avais consulté à la barre des témoins. Devant une porte à la fenêtre en verre dépoli, je m'accordai quelques secondes, le temps de reprendre mon souffle, et après avoir coincé tous mes papiers sous mon bras gauche, je l'ouvris. Le carnet glissa sur mon dossier en papier kraft et atterrit sur le sol en claquant. Je dus m'accroupir pour le ramasser.

— Désolée, dis-je en me redressant. J'ai été retenue au tribunal.

Dans la salle de dimension modeste, quatre hommes étaient assis autour de la grande table rectangulaire qui en occupait le centre. En haut d'un tableau blanc étaient accrochées quelques rares cartes et photos. L'affaire n'en était qu'à ses balbutiements, cette matière allait vite s'étoffer.

— Inspectrice Pribek, je présume, déclara l'homme qui présidait à la table. Vous n'êtes pas en retard. Nous en étions aux présentations. Je suis Joe Santarella.

Il avait une quarantaine d'années, le torse puissant d'un catcheur et des cheveux noirs bouclés coupés très près du crâne. Comme pour rattraper son physique de docker, sa tenue était impeccable, et une montre platine étincelante couvrait largement le poignet velu qui s'échappait de sa chemise. Par contraste, son voisin avait l'air d'un étudiant en doctorat qui se serait égaré en allant à la fac. Petit et malingre, il ne devait pas faire plus d'un mètre soixante-dix une fois debout. Il était en jean et portait un simple gilet marron sur un T-shirt blanc. Il avait un teint olivâtre, d'épais cheveux noirs un peu hirsutes, et des sourcils broussailleux dont la pointe rebiquait.

— Je me suis laissé dire que vous connaissiez déjà Skyler Hadley ainsi que John Vang, bien entendu, poursuivit Santarella.

Vang, un Hmong doté d'un esprit incisif et d'un sens de l'humour pince-sans-rire, était mon partenaire occasionnel au service des enquêtes du bureau du shérif. Hadley, l'inspecteur afro-américain de la MPD qui fournissait Kilander en renseignements, était également un visage familier.

— Et voici Syed Hasan pour le FBI, continua Santarella en présentant son voisin immédiat. Syed, voici Sarah Pribek, inspectrice pour le comté de Hennepin.

— Sarah, répondit Hasan, dont les grands yeux d'un noir de jais frappaient au premier regard.

— Enchantée.

— Syed a fait des études de psychologie, il s'est formé à Quantico dans les sciences du comportement. Il va donc nous aider aussi bien en victimologie par rapport à Jessie que pour évaluer les éventuels suspects au fil de l'enquête. Il ne travaillera pas tellement sur le terrain, plutôt sur les informations que vous lui apporterez, précisa Santarella, puis il se tourna vers le profileur pour obtenir son approbation et Hasan hocha la tête. J'ajoute au passage que puisqu'il est nouveau parmi nous, ne gardez pas vos bons plans pour vous, du genre places de parking en centre-ville ou meilleurs plats à emporter, reprit Santarella. Syed, auriez-vous quelque chose à ajouter en guise d'introduction ?

— Seulement que ma femme arrivera par avion dans un jour ou deux et qu'elle aimera sûrement vous rencontrer quand les choses se seront un peu tassées, indiqua Hasan. D'habitude, Natalie ne m'accompagne pas dans mes déplacements, mais notre premier enfant doit naître dans cinq mois.

Des murmures de félicitations s'élevèrent dans la pièce. Je contournai la table pour m'asseoir à la place restée libre à côté de Vang. Santarella tassa sa liasse de papiers pour nous rappeler à l'ordre.

— On m'a mis sur cette affaire hier soir. Nous en sommes tous au même point. L'inspecteur chargé à l'origine de l'enquête est en congé maladie, mais nous avons récupéré ses notes.

Je surpris chez Hadley un geste furtif et je me demandai ce qu'il pouvait bien garder pour lui.

— J'ignore si vous avez eu le temps d'en prendre connaissance, je vais passer rapidement en revue ce que nous savons pour l'instant.

Je posai mon stylo et écoutai Santarella parcourir les éléments biographiques que je connaissais déjà, puis résumer le cours de l'enquête : comment la première équipe avait procédé, ou plutôt comment elle avait failli à sa mission.

Halloween n'est pas le jour idéal pour disparaître. Il y a du relâchement dans l'air : des gens stricts d'ordinaire enfilent masques et costumes et changent de peau en laissant tomber leur vernis de respectabilité. La police reçoit plus d'appels signalant des enfants qui ne sont pas revenus de leurs visites chez les voisins pour réclamer des bonbons, ou des adultes responsables en temps normal qui restent dehors à faire la fête. Donc le fait que ses colocataires n'aient pas vu revenir une étudiante de vingt et un ans la veille d'Halloween n'avait en soi rien d'alarmant. Pourtant, un certain inspecteur Nelson de la MPD s'était rendu chez Jessie et avait fait un rapport en recueillant quelques déclarations. Ce rapport succinct montrait combien sa démarche était restée superficielle.

Ce ne fut que tard le lendemain, après quelques appels courroucés de Roy Nedegaard, grand-père de Jessie et ancien capitaine de la police d'État du Minnesota, que Santarella avait été contacté un samedi et qu'on l'avait chargé de s'occuper de cette affaire.

Cette brusque accélération dans la gestion de l'enquête était pourtant arrivée trop tard. Hier dans l'après-midi, on avait découvert dans la benne à ordures le cadavre de Jessie, nu et enveloppé d'un long tissu de velours marron.

Si son dernier jour sur terre était bien celui d'Halloween, le déroulement de cette journée s'avérait très difficile à établir. Jessie avait participé à la Nuit du démon que ses colocataires et elle-même avaient organisée la veille au soir ; à 23 h 30, elle était endormie dans sa chambre, selon le témoignage de l'une des invitées, qui s'y était introduite pour passer un coup de fil loin du bruit de la fête. Cette dernière affirmait aussi que les vêtements que Jessie portait ce soir-là se trouvaient dans sa chambre, étalés sur une chaise. Le lendemain, sa porte était restée fermée toute la journée. Après s'être levée, aucune des deux colocataires n'avait vérifié si Jessie dormait ou si elle était sortie tôt, car elles s'étaient empressées de se rendre à leur cours.

L'un des cours que Jessie devait suivre le jour d'Halloween était une initiation à l'astronomie. Il se déroulait dans un grand auditorium fréquenté par une centaine d'étudiants. Aucun appel n'avait eu lieu, et sur la séance de cinquante minutes, quarante-cinq avaient été consacrées à la projection de diapositives qui accompagnait l'exposé du professeur sur le rôle des étoiles dans les traditions occultes, Halloween oblige. En d'autres termes, la salle était plongée dans un noir complet.

Le rapport mentionnait qu'une demi-heure plus tard, un étudiant nommé Mark Nilson avait vu Jessie monter les marches vers la bibliothèque, mais ne lui avait pas parlé.

Pourtant l'idée même que Jessie soit allée en cours était sujette à caution : pourquoi serait-elle partie de chez elle sans emporter son sac, son portefeuille ni son portable ? La seule chose qui manquait, c'était ses clefs ; tout le reste avait été recensé.

Arrivé là, Santarella s'interrompit et rassembla ses papiers en les tassant contre le bord de la table.

— Bon, c'est sans doute le moment de faire une pause, proposa-t-il, même si son exposé n'était parvenu à aucune conclusion. Prenons dix minutes, allez vous chercher de l'eau ou un café, nous parlerons ensuite de la marche à suivre.

En se levant, Vang et Hadley reprirent aussitôt le fil d'une discussion animée sur les matchs des Green Bay Packers ; Santarella engagea la conversation avec Hasan. Quant à moi, je me versai un gobelet d'eau, puis je gagnai le devant de la pièce pour regarder de plus près les photos de Jessie.

La première était une épreuve complète et agrandie du cliché figurant sur le flyer, un portrait simple et candide : assise sur le bras d'un fauteuil, un Coca à la main, en jean et pull-over sans manches orange. Sur la suivante, en toque et longue robe noire, Jessie apparaissait souriante pour la cérémonie de remise de diplôme, coincée entre sa mère et sa sœur cadette. Puis au bal des classes de terminale, en robe bustier bleu vif ornée d'un petit bouquet de gardénias. Enfin sur la glace d'une patinoire, en tenue de compétition bleue et dans la posture classique de la patineuse attendant les notes du jury après son passage, ses jambes galbées de nylon croisées au niveau des chevilles.

Patineuse artistique, bal des terminales... Jessie présentait toutes les caractéristiques d'une « golden girl ». C'était parti : ces photos paraîtraient dans la presse, si ce n'était déjà fait, illustrant les articles et les portraits qui suivraient. Sur les chaînes télévisées, ce serait la surenchère : elles diffuseraient des vidéos de Jessie sur son premier vélo et descendant l'escalier de la maison en robe de bal. Bientôt ces images nous deviendraient familières, tout comme l'étaient les séquences de la jeune fille kidnappée jouant de la harpe en robe blanche, ou de l'enfant reine de beauté qui avait posé, chanté et dansé, des images diffusées sans relâche sur les écrans de télé durant des semaines et des mois après son assassinat.

Or il y avait dans ce processus accompagnant la victime une équation troublante que personne ne semblait interroger. Ces photos et vidéos reflétaient les privilèges de la classe moyenne comme autant de signes attestant de l'innocence de la victime, et même de son mérite. Ce n'était pas la première fois que cette idée me taraudait : ne suffisait-il pas qu'une personne ait disparu, ou ait été tuée ? Pourquoi exiger des victimes ce gage d'innocence, conféré en grande partie par leur statut social, pour justifier notre colère face à leurs morts tragiques ?

Je sentis du mouvement près de moi. Syed Hasan m'avait rejointe. Il se tenait juste derrière et regardait par-dessus mon épaule les photos exposées. Enfin, pas tout à fait par-dessus mon épaule, car effectivement, comme je l'avais estimé, il mesurait dans les un mètre soixante-dix et moi plus de un mètre soixante-quinze. Pourtant ce que je remarquai en premier chez le nouvel arrivant, maintenant qu'il était debout, ce ne fut pas sa taille, mais la canne qu'il utilisait pour marcher.

— Un accident, dit Hasan en croisant mon regard. Une histoire banale et sans intérêt.

— Il y a longtemps ?

— Presque quatre ans. C'était fin novembre. Je viens juste de passer la date anniversaire.

— Donc ce n'est pas… ?

— En voie de guérison ? Non, répondit-il avec un sourire contrit. Après deux interventions et une broche plantée dans le genou, c'est le meilleur résultat que je puisse espérer.

Alors que j'hésitais à lui exprimer ou non mes regrets, Santarella mit fin à mon malaise en nous invitant d'un signe à reprendre notre réunion.

— Ce qui est le plus frustrant dans cette affaire, déclara-t-il quand nous fûmes tous réunis autour de la table, c'est d'ignorer l'heure et le lieu de la disparition. C'est là notre priorité : retrouver où a eu lieu l'enlèvement, car à mon avis, tant que nous ne le saurons pas, nous ne progresserons guère. Deuxième mauvaise pioche : la première neige le matin d'Halloween. Je n'ai pas besoin de vous rappeler ce que ça signifie.

En effet : chacun d'entre nous avait entendu parler d'affaires restées en suspens jusqu'à ce qu'un dégel printanier révèle une lame de couteau brisée ou une boucle d'oreille que la neige avait cachées.

— Autre chose : Jessie était une jeune femme blanche de vingt et un ans sur un campus qui compte pratiquement la plus importante population d'étudiants d'Amérique. Si elle était un suspect non identifié au lieu d'être une personne disparue identifiée, nous aurions plusieurs milliers de jeunes femmes à éliminer de la liste. Bref : nous allons avoir profusion d'infos et d'observations. Pour la plupart, ce seront des identifications erronées et des allégations sans fondement, mais retenez bien ceci : au milieu de tout ce charbon, il y aura peut-être un diamant. Nous vérifierons donc chaque histoire, aussi improbable soit-elle… Souhaitez-vous ajouter quelque chose ? demanda-t-il en se tournant vers Syed Hasan.

— Non, pas pour l'instant, répondit Hasan du ton posé d'un acteur lorsqu'il sait qu'il jouit de toute l'attention du public pour entamer son monologue. J'aimerais attendre que nous ayons réuni plus d'informations.

Santarella en convint d'un hochement de tête.

— Quelqu'un d'autre ?

Personne n'intervint. Quand Santarella se leva, on entendit distinctement craquer ses genoux.

— Voici par quoi nous allons commencer : Vang, tu vas diriger l'enquête de voisinage dans le quartier résidentiel de Como ; tu auras le soutien de toute une brigade d'agents en uniforme. Hadley, tu iras à l'autopsie cet après-midi. Ensuite, je veux que tu cuisines comme il faut le gérant de la boutique de reprographie, là où le corps de Jessie a été retrouvé dans une benne à ordures. Il est censé éplucher pour nous les dossiers du personnel, pour signaler tout employé congédié ou parti de lui-même après s'être mal comporté, en particulier vis-à-vis des femmes.

Le raisonnement sous-jacent était simple : les criminels, comme nous tous, ont leurs itinéraires favoris. Celui qui a tué Jessie n'a pas cherché dans l'annuaire le lieu idéal muni d'une benne accessible dans une cour mal éclairée. Il l'avait déjà repéré. Et pour qui ce cadre était-il le plus familier, sinon pour un ancien employé ?

— Pribek, continua Santarella, je vous confie la victimologie. Je veux que vous parliez avec la famille de Jessie et avec ses amis, que vous appreniez ses habitudes. Commencez par ses colocataires… Certes l'inspecteur Nelson s'est déjà entretenu avec elles, mais il ne sera pas disponible pour répondre à vos questions. Il n'est pas joignable pour le moment. Congé maladie.

Congé maladie. Je lançai un coup d'œil à Hadley. En tant que membre de la MPD, il était sans aucun doute celui qui connaissait le mieux Nelson, mais il garda obstinément les yeux baissés en évitant de croiser les nôtres. Alors les faits s'ajustèrent soudain à la façon d'une aiguille sur le sillon d'un disque : Nelson avait un problème d'alcool. Son manque de zèle dans la conduite de l'enquête sur la disparition de Jessie avait été la goutte de trop, et il avait été envoyé en cure de désintoxication sous le terme codé de « congé maladie ».

J'admirai la façon dont Santarella s'était exprimé au sujet de Nelson, spécifiant qu'il ne serait pas en mesure de répondre à nos questions. Ainsi, il nous transmettait discrètement une consigne essentielle : tout ce qui relevait du travail de Nelson, les entretiens et les informations récoltées, était sujet à caution. Tout devrait être revérifié.

— Si la victime avait un vice caché ou qu'elle a eu ne serait-ce qu'un seul comportement à risque, il se pourrait que ce soit la clef. Le problème, c'est que maintenant qu'elle est morte, faire parler ses proches à ce sujet va être plus difficile. Personne n'aime dire du mal des défunts, et nous ne pouvons plus arguer du fait que toute information pourrait nous aider à ramener Jessie en vie.

Bien d'accord avec lui, j'acquiesçai à ses propos.

— Faites preuve de tact, mais soyez tenaces, conclut-il.

4

La maison où Jessie avait habité près de Como Avenue devait paraître plus accueillante en été. En novembre, sous l'épaisse couche de nuages gris, sa peinture d'un brun délavé faisait bien terne, par contraste avec la blancheur de la neige. En mai, le soleil printanier ferait briller les brins d'herbe humides de rosée, les arbres reverdis offriraient leur ombre fraîche, et le porche d'entrée serait l'endroit idéal pour boire un thé glacé les jours de grande chaleur.

Comme bien d'autres étudiants dans ce passage transitoire de leur vie, Jessie avait deux foyers : celui-ci et la maison de sa famille. Je m'étais demandé par lequel commencer. Le trajet jusqu'au comté de Washington, si je le programmais en fin d'après-midi, me coincerait dans les embouteillages. J'avais été tentée de m'y rendre en premier, puis je m'étais ravisée. C'était ici que Jessie menait sa vie au quotidien ; c'était donc par là qu'il fallait débuter.

Kori Lindegard et Angie Eastman, ses colocataires, étaient toutes deux blondes, avec des yeux bleus un peu rougis par les larmes, et elles s'attendaient l'une comme l'autre à me laisser le champ libre. Elles furent donc surprises quand je leur demandai de m'aider dans mon exploration de la maison.

— Il ne s'agit pas d'un relevé d'indices scientifique, expliquai-je. Je vais inspecter la chambre de Jessie et ses affaires pour mieux la connaître, et le plus efficace dans ce domaine, c'est d'échanger avec des personnes proches d'elle, qui pourront relever tout détail insolite et me dire si quelque chose semble ne pas être à sa place.

J'avais déjà fait un tour rapide de la maison pour avoir une idée de son agencement. En forme de L, le salon situé sur le devant se muait en salle à manger ; au bout, des portes vitrées coulissantes donnaient sur une terrasse couverte de neige, qu'on délaisserait sans doute jusqu'au printemps. La cuisine tout en longueur était équipée de placards des deux côtés, et la porte située au fond ouvrait sur la contre-allée, avec deux poubelles métalliques en sentinelle de chaque côté des marches. À l'opposé de la cuisine se trouvait un vestibule, dont la première porte était celle de la chambre de Jessie.

Rien ne me surprit dans cette chambre de jeune fille. Un lit pour une personne couvert d'un édredon vert d'eau, un bureau étroit faisant aussi office de commode, une étagère à livres. Un sac à dos en toile était affalé contre le pied d'une chaise d'où pendait un sac à main en faux crocodile, accroché par sa lanière en travers du dossier. Par la fenêtre dont les stores étaient relevés, on voyait la cour arrière des voisins clôturée par un grillage. Visiblement, il s'agissait d'une famille. Un portique de balançoire ajoutait sa note mélancolique à la froidure de l'hiver. Dans l'encadrement de sa fenêtre, Jessie avait accroché un pendentif qui attrapait en prisme les rayons du soleil, un cercle de verre coloré montrant une lune et des étoiles sur un ciel bleu vif.

Le bureau n'était pas conçu pour qu'on y pose un ordinateur ; l'espace était étroit et il n'y avait pas de plateau supplémentaire. Apparemment, ce n'était pas là que Jessie travaillait et révisait ses cours. Elle s'en servait plutôt pour y déposer ses sacs de courses, ses clefs, son portable. Il y avait d'ailleurs des vêtements jetés sur la chaise. Je les passai en revue : un pantalon moulant en velours côtelé couleur fauve, un haut noir au décolleté bateau et, gisant sous la chaise, une paire de hauts talons noirs.

— C'était la tenue qu'elle portait à la fête ? demandai-je, et Angie, assise sur le lit, me le confirma. Était-ce habituel chez elle de jeter ses vêtements comme ça ?

— Non, pas vraiment, répondit Kori. Sauf quand elle était pressée. Jessie tenait sa chambre très propre et bien rangée. Et elle prenait soin de ses affaires. Elle avait si bon goût, ajouta-t-elle, et un instant, son visage se plissa de chagrin, comme si elle retenait ses larmes.

Pendant que Kori reprenait contenance en vérifiant la penderie de Jessie pour voir si rien ne manquait, je fouillai le tiroir du bureau. Il était plein de lettres, de mails imprimés, de cartes de vœux ; il y avait aussi des articles de magazine agrafés, des essais, des photos, des poèmes. J'aurais largement de quoi lire. Je rangeai chaque élément dans le carton que j'avais apporté. Tout en classant des documents, je posai à Kori et Angie des questions que Santarella leur avait sans doute déjà soulevées, sinon Nelson, mais elles se montrèrent patientes. Il n'y avait pas eu de coups de fil étranges à la maison, pas de voitures inconnues garées dans la rue. Les jours précédant sa disparition, l'humeur de Jessie était joyeuse et optimiste. Elle attendait avec impatience la Nuit du démon ainsi que la fête d'Halloween.

— Parlons un peu de ses éventuels petits amis. Apparemment, elle n'avait personne dans sa vie.

— Non, répondit Angie.

— Enfin… Jeremy, rectifia Kori, puis elles se consultèrent du regard. Ce n'était pas son petit ami. Mais elle craquait pour lui, expliqua Kori.

— À vrai dire, elle avait un gros faible pour Jeremy, traduisit sa camarade.

— Oui. Elle était tout excitée à l'idée de l'inviter à la fête, tu te rappelles, Angie ? Elle en a parlé deux ou trois fois. L'air de rien, enfin on voyait bien que ça comptait pour elle.

— Est-ce qu'il est venu ?

— Je ne pense pas, répliqua Angie, mais Kori la corrigea aussitôt.

— Si, il est venu, mais je crois qu'il n'est pas resté longtemps. Il était accompagné d'une fille.

— Donc il a amené sa petite amie ? m'étonnai-je. Ça signifie-t-il que le sentiment de Jessie pour lui n'était pas réciproque ?

— C'était peut-être juste une copine, avança Kori. Pourtant j'ai bien eu l'impression qu'ils sortaient ensemble. Peut-être que je les ai vus se tenir la main ou ce genre de choses. Je n'en suis pas certaine ; je ne voulais pas les gêner en les regardant trop fixement.

— Quel est le nom de famille de Jeremy ?

— Jackson.

— Et ses anciens petits amis ? Pouvez-vous m'en dire plus ?

— Elle en a eu quelques-uns, affirma Kori. Mais elle n'a jamais parlé d'un gars qui s'accrochait à elle ou qui la harcelait.

Du lit, Angie le confirma d'un hochement de tête.

— Jessie était-elle attirée par un type d'homme particulier ? demandai-je.

— Le type habituel, répondit Kori en haussant les épaules.

— C'est-à-dire ?

— Beau, classe et bien fichu, expliqua-t-elle. Tenez, inspectrice Pribek, regardez ça.

Kori était debout près de la penderie, et elle en sortit une somptueuse robe longue bleu nuit au corset rebrodé d'argent. Une cape à capuche assortie la recouvrait sur le même cintre, et un masque d'Arlequin argenté y était accroché par son élastique.

— Ce devait être sa tenue pour la fête costumée, expliqua Kori. Jessie était aux anges, elle l'avait dénichée dans un dépôt-vente. Elle la gardait sous plastique dans sa penderie depuis des mois.

Je compris alors pourquoi, en constatant que Jessie n'était pas rentrée pour se changer, Kori avait commencé à s'inquiéter sérieusement, le soir d'Halloween. Ce n'était décidément pas le genre de tenue pour rejoindre des amis dans un pub boire une bière avant d'aller voir un film de la série *Vendredi 13*.

Une fois que j'en eus fini avec les tiroirs du bureau, je fouillai le sac à main, où je ne trouvai que quelques produits de maquillage. Quant au sac à dos, il contenait son manuel d'astronomie, un cahier à spirale dans le compartiment principal et, dans une petite poche latérale, son portefeuille, un peu de monnaie, ainsi que les bons de réduction d'un magasin d'alimentation.

— On vous l'a sûrement déjà demandé, mais avez-vous vu ses clefs traîner quelque part ?

— Non, répondit Kori, ce qu'Angie confirma en secouant la tête.

Quand part-on de chez soi avec ses clefs sans prendre son portefeuille ? Lorsqu'on n'a pas l'intention d'aller bien loin. Qu'il fait froid et que l'on craint de rester coincé dehors après les avoir oubliées, comme lorsqu'on va acheter le journal au coin de la rue et qu'on ferme la porte derrière soi pour empêcher la chaleur de sortir.

— Est-ce que vous recevez de la presse à domicile ? m'enquis-je.

— Non, fit Angie.

— Est-ce qu'il arrivait à Jessie de sortir acheter un journal, peut-être à un kiosque tout près d'ici ?

— Heu… non, répondit Angie. On trouve les horaires de cinéma sur le net.

Peu après, Kori intervint. Elle était agenouillée devant la rangée conséquente de chaussures, en bas de la penderie.

— Vous savez ? Jessie avait au moins deux paires de chaussures de sport. Celles-ci sont blanches, indiqua-t-elle en désignant une paire de Nike.

— Et alors ?

— D'habitude Jessie portait ses chaussures noires, pour la gym, commença Kori, puis elle ferma en partie la porte de la chambre. Je crois qu'elle gardait ici ses vêtements de sport, ajouta-t-elle en désignant une patère en bronze, qui était vide.

— Et quelle était sa tenue, vous en souvenez-vous ?

Après s'être consultées, Kori et Angie me la décrivirent : un pantalon de jogging noir brillant, un sweat-shirt venant du magasin des étudiants, jaune pâle, avec MINNESOTA écrit en mordoré. Après vérification, ces deux vêtements ne se trouvaient pas non plus dans le panier à linge sale.

— Est-ce qu'elle faisait souvent de l'exercice ? demandai-je alors tout en notant la description dans mon calepin.

— Oh oui, presque tous les jours, affirma Kori. Je trouvais ça presque inquiétant, parce qu'elle surveillait aussi son poids de près. Enfin, elle n'a jamais été d'une maigreur… maladive, si vous voyez ce que je veux dire, ajouta-t-elle, et je confirmai d'un hochement de tête.

— Quand Jessie faisait du sport, à part le patinage, quelles disciplines aimait-elle pratiquer ?

— Elle se rendait au centre de loisirs du campus, répondit Kori, généralement pour faire du yoga ou s'entraîner sur les appareils cardio. Si c'était fermé, elle allait courir.

— Faut-il montrer une carte d'étudiant pour accéder au centre ?

— Oui. Le personnel les scanne.

Je ramassai le portefeuille de Jessie et l'ouvris : permis de conduire, carte de crédit, cartes bancaires… ah, la voici. Sa carte d'étudiante.

— D'accord. On progresse.

Je me mis à fouiller le tiroir du haut de la commode, celui que Kori n'avait pas vérifié. Sans surprise, il contenait des dessous, des bas, des chaussettes. Mais sous ces articles, je sentis autre chose : du papier. Pas le papier glacé des magazines, plutôt des feuilles ordinaires imprimées.

Ah, classique : comme on range dans le même tiroir lingerie, bas et chaussettes, on y cache aussi sa réserve perso de pornographie… Ces photos-là étaient banales : des mannequins musclés déguisés en pompiers, posant sur des camions ou sur des échelles, nus mis à part leurs casques et leurs tenues d'intervention ouvertes sur une peau huilée et sur de généreuses érections ; certains avaient des traînées de suie noire sur les joues pour faire plus vrai.

Les photos n'étaient pas en pleine page, il y avait aussi une adresse web imprimée en petit dans le coin supérieur droit. Elles avaient donc été téléchargées.

Mon expression avait dû me trahir.

— Quoi ? s'étonna Angie, qui vint me rejoindre. Ça alors ! s'exclama-t-elle en riant. Je n'en crois pas mes yeux.

— Vous avez trouvé quelque chose d'important ? demanda Kori.

— Non, je ne pense pas que ce soit important, répondis-je en me tenant à distance, mais Kori était déjà à côté de moi et en voyant les images, elle tressaillit comme si elle avait reçu une petite décharge électrique.

— Inspectrice Pribek, dit-elle en rougissant, êtes-vous obligée de…

Puis elle jeta un coup d'œil au carton d'effets personnels de Jessie que j'allais emporter avec moi.

— Non. Je dois prendre ces photos, au cas très improbable où elles seraient en rapport avec l'enquête, mais je les garderai sous emballage. Elles ne circuleront pas dans le commissariat.

— Bien, je veux dire… Angie, arrête de rire, la rabroua Kori. Ce n'est pas drôle. Jessie n'aurait pas aimé qu'on tombe dessus.

— Je n'ai pas voulu salir sa mémoire… Tant mieux pour elle. Il n'y a rien de mal à ça, rétorqua Angie, sur la défensive.

*

* *

Je ne mentais pas quand j'avais dit aux filles qu'à mon avis, les images de pompiers ne seraient pas pertinentes pour l'enquête. C'était la révélation de Kori sur les vêtements de sport de Jessie qui m'intéressait le plus, et je pensais que Santarella aussi jugerait cela important. Une fois dans la voiture, je pris quelques notes et appelai Santarella.

5

Dans les nouveaux quartiers suburbains situés à l'est de la ville, les arbres étaient à l'honneur. Là où autrefois les parcelles se juxtaposaient de façon nette et précise, les espaces entre les maisons étaient boisés ; il y poussait des centaines d'arbres encore frêles qui se dépouillaient de leur dernier feuillage automnal, et dont le nombre compensait le manque d'épaisseur. Plus tôt dans l'après-midi, les nuages laissaient présager de la neige, mais voilà qu'un peu de soleil transparaissait. Un soleil délavé, des arbres chétifs, de la fumée de feu de bois : tout autour de moi, le paysage semblait pâle et fragile, comme de la chair sous un pansement qu'on vient d'ôter.

Un ruisseau longeait le lotissement où vivait la famille Nedegaard-Ryan. Sous un pont en bois en forme d'arche, il ne charriait pas encore de morceaux de glace, et son courant n'était pas ralenti. Ses eaux sombres coulaient, rapides, comme si elles devinaient que bientôt, la glace entraverait leur cours.

Construite en bois avec un patio en pierre, la maison Nedegaard était élégante, et de la fumée s'élevait en volutes de la cheminée. Ce n'était pas encore le coucher du soleil, pourtant elle était brillamment éclairée, et cette lueur dorée qui repoussait les ombres me fit songer à l'atmosphère d'une veillée. Plusieurs heures auparavant, Katharine Ryan s'était rendue à la morgue, escortée par Hadley, pour identifier le corps de sa fille.

Ce fut elle qui m'ouvrit. Mme Ryan était un peu plus grande que Jessie, environ un mètre soixante-cinq, et ses cheveux étaient rassemblés en chignon sur sa nuque. Elle portait un pull à col bateau gris en cashmere sur une jupe en jersey noire et des chaussures plates. Avait-elle prévu d'aller travailler aujourd'hui, avant de recevoir l'appel de Hadley ? J'en doutais ; sa fille n'avait disparu que depuis trois jours et aucun patron au monde n'aurait compté sur sa présence. Plus probablement, elle était rentrée de la morgue et s'était habillée comme pour aller à l'église. Sa fille était morte ; des amis viendraient lui exprimer leurs condoléances par des gestes de réconfort et en lui apportant de la nourriture. La situation d'urgence s'était muée en une série de formalités. Sans doute les vêtements chics et les boucles en or qui brillaient à ses oreilles aidaient-ils la mère de Jessie à s'y préparer.

— Vous êtes de la police, devina-t-elle.

— Je sais que vous avez rencontré plusieurs de mes collègues ces derniers jours. Madame Ryan, je suis sincèrement désolée du drame qui vous frappe. Je suis l'inspectrice Sarah Pribek.

Au moment où elle me faisait entrer, on entendit des grattements sur le carrelage. Un setter irlandais se précipita pour m'accueillir et fourra une truffe humide dans la paume de ma main.

— Suffit, Luka, intervint Mme Ryan.

— Luka ?

— Les filles l'ont baptisé comme ça. C'était il y a huit ans ; allez savoir pourquoi, ce nom leur plaisait.

Le setter irlandais s'éloigna en trottinant vers une pièce contiguë où une télé bourdonnait. Je le suivis des yeux et découvris une jeune fille assise sur un divan, les genoux remontés contre sa poitrine, et qui fixait l'écran. Luka chercha une caresse en allongeant le cou sur un coussin, mais elle ne sembla pas le remarquer.

— C'est Jennifer ? demandai-je. La sœur de Jessie ?

— Jen, répondit Katharine. Sachez qu'elle aime bien qu'on l'appelle Jen, si vous devez l'interroger.

— Oui, je le devrai sans doute.

Katharine me conduisit dans la cuisine. Une large fenêtre au-dessus de l'évier donnait sur une pelouse couverte de neige qui descendait en pente douce vers la lisière des arbres ; les Nedegaard n'avaient pas de voisins immédiats.

— Voulez-vous un brownie au caramel ? me proposa-t-elle. Les voisins m'en ont apporté.

— Non, merci. Madame Ryan, vous avez dû passer et repasser dans votre tête les événements du 30 et du 31 octobre. J'essaie de m'y prendre un peu autrement, pour tenter d'avoir un aperçu de la personne qu'était Jessie.

— C'était quelqu'un d'adorable, commença Katharine Ryan. Je sais, c'est ce que n'importe quelle mère dirait de son enfant. Mais elle se souciait des autres. Tous ceux qui la connaissaient s'en rendaient compte.

— C'est ce que j'ai déjà entendu à son sujet. Est-ce que ça vous dérangerait si je jetais un coup d'œil à sa chambre ?

— Non, bien sûr que non. Je vais vous y conduire.

Tandis que nous montions l'escalier recouvert de moquette, elle m'interpella :

— Inspectrice Pribek, est-ce que nous allons devoir faire face aux médias ?

— Pas autant que lorsque Jessie était encore portée disparue, et que nous lancions des appels à témoin pour tenter de la retrouver.

— Je ne voudrais pas que des équipes de tournage viennent à l'enterrement, ni rien de ce genre.

Arrivée en haut de l'escalier, je la suivis dans un couloir.

— Je comprends. Il y aura sans doute une présence policière durant le service, mais elle sera discrète ; juste des inspecteurs en civil.

— Tant mieux. Nous avons toujours tenu à préserver notre intimité. C'est ici, indiqua-t-elle en s'arrêtant devant une porte. Je serai en bas, si vous avez besoin de quelque chose.

La chambre de Jessie était propre et bien rangée. Il y avait des photos d'elle à des compétitions de patinage, quelques articles encadrés sur sa brève carrière, des rubans conservés sous verre. Cette pièce était bien partie pour devenir une sorte de sanctuaire.

Mon inspection fut brève ; tout comme à la maison de Como Avenue, je n'avais pas d'indices scientifiques à relever. Mes recherches portaient sur le caractère et la personnalité de Jessie. Je vérifiai donc les étagères, les livres, surtout des romans distrayants. Là non plus, pas de journal. Ici, il n'y aurait sûrement pas de photos de pompiers dans le tiroir de sa lingerie.

— Dites-moi, vous faites partie de quoi ? BCA ? FBI ?

L'homme posté sur le seuil faisait dans les un mètre quatre-vingts et il devait approcher les soixante-dix ans. Il avait des cheveux blancs coupés en brosse, une grosse moustache blanche un peu hirsute et une peau rose reluisante de propreté à force d'être frottée. Roy Nedegaard, ancien capitaine de la police d'État du Minnesota. Son regard bleu me vrilla comme s'il me faisait passer une inspection.

— Ni l'un ni l'autre, répondis-je. Je suis inspectrice pour le comté de Hennepin. Je suis ici pour tenter de définir les habitudes et le style de vie de Jessie. Quelle personne elle était.

— Jessie ? C'était notre rayon de soleil, déclara Nedegaard. J'ai élevé cette petite depuis ses six ans, et elle a eu beaucoup de choses à surmonter, vous savez.

— Comme quoi ? demandai-je tout en parcourant les livres sur l'étagère.

— Eh bien, son père était un pas grand-chose. Ça a été un soulagement pour moi quand Katy l'a quitté pour revenir vivre ici. Il n'a jamais payé de pension comme il était censé le faire, pas même la moitié. Il devait se figurer qu'avec son richard de père, Katharine ne serait jamais sans le sou. Ce en quoi il avait raison, bien entendu. C'était un suicide, vous savez… sa mort.

— Ce n'est pas ce qui est consigné dans le rapport. On mentionne juste « décédé ».

— Oh, on ne l'a pas divulgué publiquement. Mais, dès que j'ai appris la nouvelle, j'ai su que c'était un accident volontaire. J'ai passé des années à enquêter sur des accidents de la route et à examiner des épaves, poursuivit-il tandis que je prenais les albums souvenirs des années de lycée de Jessie. Parmi les officiers de la police routière, c'est un article de foi. Un catholique dans un accident de la route n'impliquant qu'un seul véhicule, c'est un suicide.

J'avais déjà entendu cette théorie, survivance de l'époque où les suicidés n'avaient pas droit à une cérémonie religieuse.

— Ou une guêpe, commentai-je négligemment. Une guêpe ou un frelon harcèle le conducteur, et il suffit de quelques secondes de distraction pour que la voiture quitte la route à une vitesse fatale.

Je vis le visage de Nedegaard se crisper d'un air désapprobateur. Il n'aimait pas être repris par un flic deux fois plus jeune que lui, une femme qui plus est. Dans son scénario, ma réplique aurait dû être : « Oh, comme c'est intéressant. »

— C'était au mois de novembre, finit-il par dire en appuyant sur le dernier mot. Drôle de saison pour une guêpe.

— Hum… Jessie ou sa sœur cadette connaissaient-elles cette hypothèse du suicide de leur père ?

— Bien sûr que non, répliqua-t-il, la moustache frémissante. Je n'irais pas raconter un truc pareil à mes petites. Mais j'en ai parlé à Katy, évidemment.

Il faisait encore la grimace comme s'il avait goûté quelque chose d'amer. Je me dis qu'il n'y avait rien à gagner à l'asticoter.

— Monsieur Nedegaard, j'aimerais emporter ces livres, si vous êtes d'accord, fis-je en tenant les albums sous le bras.

Ces photos seraient une référence utile si la piste remontait aux années de lycée de Jessie.

Nedegaard hocha la tête, visiblement radouci par le ton respectueux que j'avais employé à son égard.

— Vous savez, quand on attrapera ce type, déclara-t-il, je ne serais pas surpris que cette affaire déclenche une campagne pour le rétablissement de la peine de mort, ici, dans le Minnesota. C'est le genre de meurtre capable de retourner l'opinion.

*

* *

Jen Ryan étant mineure, je demandai à sa mère si elle souhaitait assister à l'entretien. Elle acquiesça.

— N'en attendez pas trop, me précisa-t-elle alors que nous regagnions l'espace télé. Elle est très renfermée.

— C'est bien compréhensible.

— Je sais, mais en tant que mère, j'ai déjà imaginé comment ce serait, si l'une de mes filles mourait avant moi. Quand l'un de vos gosses tarde à rentrer et n'appelle pas, on craint le pire, ne serait-ce qu'une minute. Jen, elle, a été complètement prise au dépourvu. Elle n'avait jamais pensé que ce genre de drame pouvait arriver.

Je lui assurai que mes questions seraient brèves, et nous entrâmes ensemble dans la pièce.

Renfermée était le mot juste. La cadette de Katharine était là où je l'avais vue tout à l'heure, recroquevillée sur le divan. Elle portait un jean troué et usé par endroits jusqu'à la trame, un T-shirt imprimé de fines rayures et un foulard enroulé plusieurs fois autour du cou. Ses cheveux avaient la nuance blond vénitien de Jessie, en un peu plus longs. Luka, le setter irlandais, s'était roulé en boule par terre devant elle pour faire un somme.

— Jen, voici l'inspectrice Pribek. Elle a besoin de te parler.

Les yeux bleus de la jeune fille quittèrent l'écran pour se poser sur moi.

— D'accord, répondit-elle posément, et avec la télécommande, elle éteignit d'elle-même le poste.

J'en fus soulagée. J'avais craint qu'une sorte de confusion due au choc récent qu'elle avait subi plus un manque de savoir-vivre nous obligent sa mère ou moi à l'éteindre à sa place.

Je m'installai dans un fauteuil en l'orientant face à elle, laissant Katharine s'asseoir à côté de sa fille.

— Bonjour, je suis désolée d'avoir à t'interroger dans un moment pareil, déclarai-je en sortant mon calepin. À quand remonte la dernière fois où tu as parlé avec ta sœur ?

— Mercredi, répondit Jen. Je devais faire une rédaction pour l'école et je voulais discuter avec elle de *Jane Eyre,* parce qu'elle l'avait lu.

À cet instant, il y eut du mouvement hors de mon champ de vision, et les yeux de Jen se tournèrent vers le seuil de la pièce. Roy Nedegaard était là. Je m'interrompis dans ma prise de notes. J'avais prévu que Katharine serait présente lors de cet entretien, pas nécessairement un grand-père doté d'un fort ascendant. Pourtant je décidai de ne pas lui signifier de s'en aller. S'il commençait à s'immiscer dans la conversation, j'aviserais à ce moment-là.

— Et ta sœur, tu l'as trouvée comment ?

— Comme d'habitude, fit Jen d'une voix éteinte. Elle allait bien.

— Est-ce que quelque chose, ou quelqu'un, l'ennuyait ou la contrariait ?

— Non, je ne crois pas. Elle voulait parler du costume qu'elle avait acheté pour Halloween. Elle avait l'air tout excitée.

Jen écarta une mèche de cheveux de son visage. Ses ongles étaient vernis d'un rouge vif pailleté.

— Quand Jessie habitait ici, poursuivis-je, est-ce que tu te souviens de garçons, ou d'hommes, qu'elle connaissait, et qui t'avaient fait mauvaise impression ?

— Non, elle voyait juste des gars du lycée ou des gars du coin. Personne de bizarre.

— Merci, dis-je en refermant mon calepin. Je vais te donner ma carte au cas où quelque chose te reviendrait.

*

* *

Roy Nedegaard m'accompagna jusqu'à ma voiture. Je me doutais que ce n'était pas par pure courtoisie et j'avais raison.

— Dites à Joe Santarella que je passerai le voir demain matin. Je lui ai demandé de me tenir au courant et il ne m'a pas encore appelé.

— Cette affaire n'en est qu'à son tout début. Je ne pense pas qu'il y ait quoi que ce soit à signaler.

— Justement, c'est quand la piste est la plus fraîche qu'on a le plus de chances de progresser, me rappela Nedegaard.

C'est sans doute pour ça qu'il n'a pas eu le temps de vous mettre au courant, songeai-je en lui adressant un sourire contraint.

— Je lui dirai que vous attendez de ses nouvelles, lui assurai-je avant de monter en voiture.

6

Lors de la réunion du soir, il faisait nuit au dehors. À l'intérieur, les vives lumières de l'éclairage au néon transformaient la fenêtre en un miroir laqué noir, comme si la ville au-delà n'existait pas. Nous aurions pu être dans l'espace.

Après cette longue journée, Santarella avait fait quelques concessions d'ordre vestimentaire : cravate dénouée et manches de chemise remontées. Il donna le coup d'envoi de la réunion en cédant la parole à Hadley.

— Sky, je sais que tu as du nouveau depuis l'autopsie.

— Certains résultats sont encore en attente, tels que les analyses toxicologiques, mais nous avons la cause du décès. Noyade.

— Noyade ? s'étonna Vang, tandis que moi-même, je poussai un cri d'étonnement.

Hadley nous intima de nous taire en nous signifiant qu'il allait nous expliquer.

— Elle a reçu un coup sur la tête provoquant un traumatisme crânien, qui n'aurait pas été fatal. Jessie avait de l'eau dans les poumons. Nous ne savons pas encore de quelle nature. Ces tests-là prennent plus de temps.

Dans ma tête, je passai en revue les possibilités : un lac, la rivière, une piscine publique ou privée… et le silence autour de la table m'indiqua que mes collègues s'interrogeaient aussi. Si Jessie avait été noyée dans la rivière, alors pour quelle raison son assassin l'aurait-il repêchée ? Cela semblait peu probable. S'il s'agissait d'un lac situé trop près de chez lui, il avait peut-être voulu l'en sortir pour qu'on ne la retrouve pas à proximité.

— Prions pour qu'il y ait du chlore, dit Vang, et chacun autour de la table comprit ce qu'il voulait dire.

Aussi loin dans le Nord, les piscines, difficiles à entretenir, sont un vrai luxe. La présence de chlore rétrécirait considérablement le champ des recherches ; on en déduirait que le coupable était assez aisé pour avoir une piscine, sinon lui, du moins l'un de ses parents ou voisins ; ou encore quelqu'un ayant accès à une piscine publique ou à un club sportif hors des horaires d'ouverture.

Hadley feuilleta ses notes.

— Le médecin légiste ne m'a pas donné de réponse définitive quant à savoir s'il y a eu viol ou non. Il y avait du sperme dans le vagin, mais selon lui, ça pourrait dater d'avant le meurtre.

Impossible donc d'éliminer l'hypothèse de rapports sexuels consentis avant l'enlèvement.

— Il n'y a pas de déchirures ni de contusions vaginales laissant penser qu'elle a été violentée, poursuivit-il. Par contre, Jessie avait quelques blessures défensives ailleurs sur le corps, beaucoup d'ecchymoses et d'éraflures. Pour cette raison, elle avait du sang et de la peau sous les ongles dont le médecin légiste espère qu'ils appartiennent au meurtrier.

— Tu suggères qu'elle a été assommée durant une lutte avec son agresseur, et qu'elle est restée inconsciente pendant qu'il la violait, dit Vang.

— Oui, confirma Hadley.

— À mon avis, elle était aussi inconsciente quand elle a été tuée, intervint Syed Hasan.

Jusqu'à présent, il avait si rarement pris la parole que nous attendîmes tous en silence qu'il poursuive. Il se pencha un peu en avant.

— Je pense que dans la mesure du possible, cet individu désirait tuer Jessie avec le minimum de violence. Jessie était enveloppée dans un long tissu de grande qualité, peut-être simplement pour la cacher des personnes susceptibles de regarder dans la benne à ordures, et retarder ainsi la découverte du corps. Mais on peut aussi voir ça comme un geste protecteur…, ajouta-t-il, puis il observa un petit silence, pour nous laisser envisager cet aspect. Je ne suis pas certain que cet individu soit à l'aise avec ce qu'il a fait.

— Alors pourquoi la mettre dans une benne ? demanda Vang. Ça n'a rien de respectueux.

— Pas nécessairement, dit Hasan. Considérez le rôle que jouent les poubelles dans nos vies. Supposons que vous ayez quelqu'un chez vous qui a trop bu et qui a vomi sur votre tapis. Ça vous dégoûte, donc vous nettoyez et jetez le vomi dans la poubelle. C'est encore chez vous, mais ça va. C'est acceptable. Vous l'avez isolé, mis à l'écart, expliqua-t-il en nous consultant du regard pour voir si nous le suivions. Voici le rôle que jouent ces réceptacles dans nos vies. C'est là que nous mettons les choses que nous voulons effacer, gommer de notre existence.

— Quel rapport avec l'hypothèse que Jessie était inconsciente quand elle a été tuée ? intervint Santarella.

— J'y viens, répondit Hasan. Tous les éléments recueillis portent à croire qu'il s'agit d'une attaque soudaine et non préméditée. Il est fort possible que cet individu ne soit pas du tout à l'aise avec ce qu'il a fait. S'il avait pu tuer Jessie avant qu'elle reprenne conscience, en évitant toute confrontation, je pense qu'il l'aurait fait. Pour l'instant, j'ai tendance à penser que Jessie a été tuée chez quelqu'un, probablement dans une baignoire.

— Je me réjouis à l'idée qu'elle était inconsciente au moment d'être tuée, déclara Santarella. Nous pourrons dire aux Ryan qu'en théorie, elle n'a pas souffert.

Quand Hadley eut fini, Santarella résuma ce que nous avions appris au sujet des vêtements de sport de Jessie et de la possibilité qu'elle ait été kidnappée alors qu'elle courait. Puis Vang souligna, tout aussi brièvement, combien la tournée des voisins avait donné peu de résultats.

Santarella s'était levé et il faisait les cent pas tel un général impatient.

— Pribek ? me pressa-t-il enfin.

— Eh bien, vous m'avez volé mon meilleur atout : les vêtements de sport, répondis-je. Par ailleurs, voici ce que j'ai appris au sujet de Jessie, commençai-je, puis je feuilletai les pages de mon calepin d'un air désabusé, pour illustrer la banalité des informations que j'avais rassemblées. C'était le « rayon de soleil » de la famille. Une « super amie qui se souciait des gens ». Elle avait « beaucoup de goût dans sa façon de s'habiller et aimait aider ses copines à faire du shopping ».

J'avais récolté ces citations auprès des amies de Jessie et de ses camarades, que j'avais contactés après avoir quitté la maison Nedegaard-Ryan. Autant d'entretiens nécessaires, mais peu fructueux.

— Comme vous l'avez dit, le profil de Jessie correspond à plusieurs milliers de jeunes gens à l'université, indiquai-je à Santarella. Psychologiquement, je récolte le même schéma.

— Il fallait de toute façon en passer par là, conclut-il.

— Le seul élément cohérent qui ressort de mes entretiens, dont une brève conversation avec sa sœur cadette, c'est que Jessie semblait ne s'inquiéter de rien, durant les jours précédant sa mort. Elle ne connaissait sans doute pas son agresseur, ou du moins elle n'a pas vu venir le danger.

— C'est aussi mon impression. Enfin, il est trop tôt pour en tirer des conclusions, dit Santarella. Et la sœur cadette, comment l'avez-vous trouvée ?

— En état de choc. Pas au point d'être coupée de la réalité, mais je ne lui ai pas mis de pression. Ça pourrait valoir la peine de l'interroger une seconde fois si aucun coup de chance ne nous permet de clore l'enquête d'ici quelques jours, dis-je, puis je secouai la tête, embarrassée. Avec ou sans coup de chance, pardon pour cette maladresse.

— Excusée, confirma Santarella, et de l'autre côté de la table, Hadley ne put réprimer un sourire.

— Une dernière chose, ajoutai-je. Roy Nedegaard a hâte que vous lui donniez des nouvelles. Il assure que vous lui avez promis de le tenir régulièrement informé.

Santarella ne put s'empêcher de soupirer.

— Il vous avait sous la main. Pourquoi ne pas vous l'avoir demandé à vous ? Inutile de répondre. Je sais pourquoi. C'est le genre de type qui préfère s'adresser au Bon Dieu plutôt qu'à ses saints. Bon, je lui passerai un coup de fil.

Je me raclai un peu la gorge, pour réclamer discrètement son attention.

— Il faudrait que j'y aille.

— D'accord, acquiesça-t-il en se rappelant mon cours de secourisme, qui avait lieu à l'autre bout de la ville. Allez-y. Nous avons à peu près fait le tour.

De l'autre côté de la table, Hadley me lança un coup d'œil intrigué tandis que je rassemblais mes affaires. Fort heureusement, il se retint de poser des questions. Je me contentai de me lever et de m'éclipser dans le couloir.

7

Il était presque 23 heures quand je regagnai enfin mon domicile au nord-est de Minneapolis. Une Volkswagen Rabbit blanche était garée le long du trottoir. À l'intérieur, la porte de l'ancienne chambre d'ami était ouverte, et il en filtrait un peu de lumière.

Temple Lockhart, ma colocataire depuis un mois, travaillait de nuit en effectuant le quart le plus pénible, de minuit à 8 heures du matin. Ce rythme qui perturbait gravement l'horloge interne de beaucoup de ses collègues ne la gênait pas le moins du monde. Je l'avais souvent vue rentrer du boulot, boire un verre de Coca, et s'endormir comme une masse une demi-heure plus tard.

Je m'arrêtai sur le seuil et jetai un coup d'œil dans la chambre. Temple dormait sur le couvre-lit, en survêtement et T-shirt gris moulant, des écouteurs aux oreilles. Son iPod rouge cerise était en marche : je percevais un faible son de rap métal. Temple avait moins l'allure d'une flic que celle d'une lycéenne qui se serait endormie en faisant ses devoirs d'algèbre.

C'était une fausse impression qui ne s'atténuait guère quand on la voyait réveillée. Temple faisait un mètre soixante-trois et elle était mince, avec de longs cheveux châtain clair. Elle faisait plus jeune que ses vingt-quatre ans, et une décennie plus tôt, les vétérans du service, ces gros durs moustachus, se seraient sans doute plaints auprès de leurs supérieurs d'avoir à travailler avec elle.

La trajectoire de Temple Lockhart avant son emploi actuel au Minnesota avait été sinueuse. Fille d'un officier de la Navy, elle avait grandi en Californie dans des cités portuaires : San Diego et Port Hueneme. Au lycée, c'était une pom-pom girl enthousiaste, puis elle était entrée dans l'équipe de natation. Ses talents lui avaient valu de gagner une place dans l'équipe de natation féminine de l'université du Minnesota, à la grande joie de ses parents.

Elle ne travaillait pas sur un champ d'études précis, attendant que quelque chose l'inspire pour faire son choix. Mais comme rien ne venait, Temple devint de plus en plus agitée. Car si les séances d'entraînement mettaient son corps au défi, elles n'entretenaient guère son intellect.

Six mois après le début de sa première année, Temple se trouvait au foyer des étudiants, le jour où un représentant d'une école de krav maga située non loin de la fac vint distribuer des prospectus proposant un cours d'initiation gratuit. Intriguée, elle se rendit au cours en question. Temple ressentit alors quelque chose que l'on éprouve surtout quand on est jeune : la sensation de trouver ce qui vous va comme un gant. Elle fut fascinée par ce qu'on lui enseigna : une pratique d'autodéfense inspirée des arts martiaux et développée par l'armée israélienne. Mais surtout, elle se sentit chez elle dans ce milieu. Les adeptes étaient en majorité des policiers ou d'anciens militaires. Pourtant ils n'avaient pas de prévention envers une étudiante, ancienne pom-pom girl, et ils n'hésitaient pas à l'encourager.

Quelques mois plus tard, Temple avait cessé la natation et passait tout son temps libre au gymnase. Elle envoyait de moins en moins de mails à ses amis restés au pays ; elle s'intéressait de moins en moins aux rencontres qu'elle faisait sur le campus. À la fin de l'année, Temple sut enfin ce qu'elle voulait faire de sa vie.

Les parents de Temple, ravis que leur fille ait été assez aventureuse pour s'inscrire dans une fac à trois mille kilomètres de chez eux, n'apprécièrent guère son courage quand elle leur annonça son entrée dans une école de police. Les questions perplexes de sa mère se muèrent en protestations ; puis des informations sur des écoles de droit commencèrent à affluer dans sa boîte mail sans qu'elle n'ait rien demandé. Suzanne Lockhart avait trouvé le compromis idéal : sa fille pourrait devenir procureur et poursuivre les criminels non dans les rues, mais à l'abri d'une cour de justice.

— Je n'arrête pas de lui dire qu'on ne travaille pas l'arme au poing et que ce boulot n'est pas si risqué que ça, seulement elle ne veut pas comprendre, me disait Temple.

Moi non plus, je n'étais pas certaine de comprendre. En observant sur le terrain l'ardeur que Temple mettait à accomplir les sales besognes, je me demandais parfois si elle était tout à fait honnête avec elle-même, et si elle n'essayait pas de proclamer à la face du monde, voyez comme je suis coriace, pour mieux s'en convaincre.

Nos chemins s'étaient croisés pour la première fois à l'époque où, toute nouvelle diplômée de l'école de police, elle était arrivée sur une scène d'accident avec son officier instructeur, que je connaissais. Je n'avais guère prêté attention à Temple Lockhart jusqu'au jour où elle avait répondu à mon annonce recherchant une colocataire. En tout, j'avais reçu trois réponses, et ce fut avec elle que je m'entretins en premier, surtout parce que je l'avais repérée au gymnase. Elle décochait des coups de pied circulaires et des coups d'épaule dans deux sacs de frappe, un devant elle et l'autre derrière, s'entraînant à se retrouver face à de multiples agresseurs. Non loin de là, un contrôleur judiciaire avait cessé sa série d'abdos pour la regarder.

— Elle a de l'énergie, la brindille, pas vrai ? me lança-t-il.

Honnêtement, le genre de combat au corps à corps que Temple pratiquait n'était presque jamais nécessaire sur le terrain. Je m'abstins de lui faire cette remarque quand je l'interrompis pour me présenter à elle, me souvenant de mon état d'esprit lorsque j'étais jeune et enthousiaste. Après sa séance, Temple m'accompagna pour visiter la chambre d'ami que je mettais à disposition, et elle lui plut. Sa seule question fut : « Je ne devrai pas m'en aller dès que votre mari reviendra chez vous, n'est-ce pas ? » Je lui assurai que non, et qu'il était d'accord pour cette cohabitation. Quelques jours plus tard, elle emménageait avec ses cartons.

Le changement dans la maison avait été immédiat, comme une brise légère qui rafraîchit une journée étouffante. Ce fut un soulagement d'entendre de petits bruits quand je me réveillais ou que je m'endormais, de voir des signes de vie dans un journal plié, de sentir des effluves de plats cuisinés qui persistaient dans l'air même en son absence.

Je me changeai, ouvris une bouteille de bière et m'installai sur le canapé. Temple avait rentré le courrier du jour et avait déposé le mien sur la table basse. Sous la facture d'électricité, j'aperçus une enveloppe plus longue et plus épaisse portant un tampon du Wisconsin. Une lettre de Shiloh.

Contrairement à d'autres États et au système fédéral, le Wisconsin ne donnait pas à ses détenus l'accès à une boîte mail, et donc pour la première fois de ma vie, j'écrivais et recevais de vraies lettres. Je préférais nettement en recevoir. Shiloh écrivait sans effort, sa plume courant sur le papier en accord avec ses pensées, fluides comme l'eau qui coule en pente douce. Quant à mon propre style épistolaire, il revenait à verser de l'eau à la petite cuillère sur un terrain rugueux et aride.

Bien sûr, c'était tentant d'ouvrir tout de suite la lettre, mais il y avait aussi devant moi le carton rempli des documents collectés dans le bureau de Jessie Ryan, et je tendis la main pour commencer par ça.

L'écriture de Jessie, ronde et ample, correspondait à ce que j'en attendais. Elle avait pris des notes dans son cahier lors de son cours d'astronomie et de ses deux cours de théâtre, en ajoutant des listes de choses à faire dans les marges. Il n'y avait pas d'observations personnelles.

Le réveil de Temple sonna et je l'entendis remuer dans sa chambre. Elle en sortit bientôt, moins l'iPod, en T-shirt et sous-vêtements. Elle me fit un petit coucou au passage et s'approcha du réfrigérateur pour en sortir un pot de crème glacée à la noisette. Elle y plongea une cuillère tout en branchant la machine à café et versa du café arabica moulu dans un filtre. Pendant que le café passait, elle me jeta un petit coup d'œil.

— Qu'est-ce qui te fait sourire ?

— Toi et ton petit-déjeuner de championne, répondis-je. Café et crème glacée.

— Un flic sur le qui-vive est un bon flic.

— Certes, mais à force d'emmagasiner ces réserves énergétiques, tu seras bientôt sur les lieux des crimes avant même qu'ils se produisent.

— J'ai besoin de compenser, me dit-elle. Il arrive que Bent prenne un cocktail ou deux avant le boulot et qu'il s'endorme pendant que je conduis.

— Je n'ai rien entendu, lui soufflai-je d'un air complice.

Le partenaire de Temple était pour elle une source constante de frustration. Il était dans le métier depuis vingt et un ans, il avait la quarantaine et il était marié, mais d'après les rumeurs, il s'offrait des petits extras avec des prostituées qui lui servaient d'informateurs ainsi que des verres à l'œil chez des tenanciers de bar, après avoir effacé les appels pour état d'ivresse sur la voie publique et les plaintes consignées dans le registre.

J'avais dit à Temple qu'il y avait ce type d'énergumène dans chaque service. Et c'était davantage son nom, Trent Bruegger, que l'outrance de son comportement qui lui avait valu le surnom de Bent Trigger[1]. Je lui avais aussi fait remarquer qu'à ma connaissance, aucun criminel n'avait jamais dégringolé du haut d'un escalier alors qu'il était menotté et sous la garde de Bent. « Ah, parce que ce sont les critères ? » s'était offusquée Temple, incrédule, et je m'étais alors interrogée : serais-je devenue blasée ?

— Qu'est-ce que tu regardes ? me demanda-t-elle tout en mangeant sa crème glacée.

— Les papiers de Jessie Ryan. Je fais partie du détachement spécial à qui l'on a confié l'enquête.

— C'est vrai ? fit-elle, soudain tout excitée. Est-ce que je peux voir ?

---

1. Bent copper : flic véreux ou ripou. Jeu de mots, bent trigger signifiant gâchette tordue. *(Toutes les notes sont de la traductrice.)*

Je sortis le dossier du carton et le lui tendis. Elle étala les éléments que j'avais déjà parcourus, le résumé, les cartes, les déclarations des témoins, puis elle revint à moi comme si elle venait de déballer un cadeau précieux.

— Tu as le meilleur job du monde. Tu dois être cinglée de le laisser tomber pour devenir secouriste.

— Tu ne vas pas recommencer, répliquai-je en secouant la tête, car nous avions déjà eu cette conversation.

Après moins d'un an de service, Temple parlait déjà de devenir inspectrice. Je ne doutais pas qu'elle réussirait, qui plus est dans un temps record, mais je m'abstenais de le lui dire. L'un des pires obstacles que l'on peut mettre sur le chemin d'une jeune personne particulièrement douée, c'est le sentiment de suffisance qu'elle finit par nourrir à force d'être gavée de compliments et de flatteries.

Chacune de nous lut un moment en silence.

— Tiens, c'est bizarre, déclara Temple en secouant la tête.

— Quoi donc ?

— Jessie Ryan n'était jamais seule. Quelqu'un aurait dû remarquer quelque chose d'anormal.

— Comment sais-tu qu'elle n'était jamais seule ?

— Des filles comme Jessie Ryan ne font jamais rien toutes seules, répondit Temple. Elles vont ensemble au gymnase, au centre commercial, étudient en groupes dans des cafés. Même pour aller aux toilettes, elles se font accompagner.

— Des filles comme elle ? pointai-je d'un air critique. Tu fais des suppositions et des généralités. Ça ne te rapportera rien de bon en tant qu'inspectrice.

Temple me jeta un coup d'œil impatient.

— Dis-moi si je me trompe.

— D'accord, concédai-je. Tous les rapports disent que Jessie était très sociable et très aimée. Quand tu retourneras à la cuisine te servir un café, apporte-moi une cuillère, tu veux ? ajoutai-je en désignant la crème glacée.

Quand elle fut de retour, je lui pris le pot des mains.

— Bon, maintenant que nous savons que Jessie avait plein d'amis, qu'en déduis-tu, étant donné que personne ne sait quand elle a quitté la maison ni à quel moment elle a disparu ?

— Peut-être que ce jour-là, elle a évité de côtoyer du monde. Comme si quelque chose la contrariait.

— Peut-être. Mais selon nos témoins, elle était justement d'excellente humeur ce jour-là. Voilà ce que moi, je trouve bizarre, dis-je en tapotant la liasse de papiers du bout de ma cuillère. Toutes celles et ceux qui disent avoir vu Jessie ne l'ont fait que de loin, à distance. Même le soir précédant sa disparition, personne ne rapporte lui avoir parlé après 21 h 30.

— Tu crois qu'elle a quitté la fête avec quelqu'un ?

— Non. On l'a envisagé, mais la maison était bourrée d'invités. Plusieurs personnes l'auraient vue. J'ai pensé qu'elle s'était peut-être couchée tôt. Ce qui expliquerait pourquoi elle s'est levée tôt le lendemain matin pour aller courir, et ce tout début de matinée est le moment le plus plausible pour le kidnapping. Regarde, dis-je en fouillant pour retrouver la déclaration en question : cette témoin, Kelli Engle, dit que Jessie était endormie dans sa chambre à 23 h 30. Seulement aucune des observations dont nous disposons n'est crédible après 21 h 30, car faites à distance et dans peu de lumière. Il est possible que Jessie se soit couchée beaucoup plus tôt.

— Aussi tôt que ça ? À 21 h 30 ?

— Ouais, je sais, convins-je, découragée. Je te l'accorde, les jeunes gens d'aujourd'hui ne sont pas du genre à organiser une soirée pour se déshabiller et se mettre au lit alors que la fête bat son plein dans la pièce d'à côté. Même à 23 h 30, ça paraît improbable.

— Sauf qu'elle ne s'est pas déshabillée, rectifia Temple. Pas si cette Engle l'a reconnue d'après ses vêtements quand elle était couchée sur le lit.

Je voulus lui reprendre le témoignage des mains, mais Temple refusa de lâcher prise.

— Eh bien si, c'est possible, reprit Temple en réfléchissant à haute voix. Elle a pu s'endormir tout habillée, puis se lever et se déshabiller plus tard.

— Ce n'est pas ce qui m'embête, remarquai-je. Voilà : Engle semble décrire une personne qui s'endort après avoir trop bu, assommée et tout habillée, sur le couvre-lit. Or personne à la fête n'a vu Jessie picoler. D'après ses colocataires, elle n'était pas du tout portée sur la bouteille ; elle buvait juste une bière de temps à autre pour faire comme tout le monde.

— Comment tu comptes procéder ?

Je voulus à nouveau lui reprendre le témoignage de Kelli Engle, et cette fois, Temple le lâcha.

— Je vais appeler Engle, déclarai-je.

— À cette heure-ci ?

— Pourquoi attendre ?

Temple se leva pour se changer avant d'aller au travail, et j'appelai Kelli Engle, qui répondit à la troisième sonnerie. Je lui expliquai qui j'étais, en m'excusant de la contacter si tard.

— Vous avez dit à l'inspecteur Nelson que Jessie dormait dos tourné par rapport à vous, mais que vous l'avez reconnue à sa tenue. C'est donc qu'elle était sur le couvre-lit, n'est-ce pas ?

— En effet.

— Bien. Vous avez également dit à Nelson que vous étiez certaine que la fille sur le lit était Jessie. Pourtant vous avez aussi mentionné que vous aviez bu trois ou quatre bières. Était-ce trois ou quatre ?

— Euh… quatre, répondit Kelli. Mais en plus de trois heures. Je n'étais pas ivre.

— Pendant que vous étiez dans la chambre de Jessie, avez-vous allumé la lumière ?

— Non, mais il en filtrait par la fenêtre. Les voisins ont un projecteur puissant sur le porche arrière de leur maison. Et les stores de Jessie n'étaient pas fermés.

— Donc ce n'était pas le noir complet. Diriez-vous qu'il faisait sombre ?

— Oui, je suppose, dit-elle d'un ton incertain.

— Et vous êtes-vous approchée pour vérifier qui était la personne couchée sur le lit ?

— Non, reconnut-elle posément.

Un avocat de la défense l'aurait taillée en pièces, mais mon objectif n'était pas de la prendre en faute.

— Kelli, au point où nous en sommes, pouvez-vous encore affirmer qu'il s'agissait bien de Jessie et non de quelqu'un d'autre ?

— Non… je n'en suis plus aussi sûre, répondit-elle après une hésitation.

— Merci. C'est ce que j'avais besoin de savoir.

Je raccrochai et composai aussitôt le numéro de Santarella.

— Je crois qu'il faut reculer dans le temps pour statuer sur le moment de la disparition, dis-je quand il eut répondu, et je lui rapportai l'incertitude de Kelli Engle quant à l'identité de la fille endormie sur le lit de Jessie.

— On y a pensé, et on a parlé à toutes les filles invitées à cette fête. Aucune d'elles n'a fait un somme dans la chambre de Jessie, rétorqua Santarella.

— Je sais, mais est-ce qu'on a interrogé toutes celles que les invités ont pu amener avec eux ? Ce n'était pas un dîner, c'était une fête étudiante la veille d'Halloween. Les frontières étaient poreuses. Si ce n'était pas elle dans la chambre, alors ça rouvre la possibilité qu'elle soit partie avec quelqu'un.

— D'après ses amies, ça ne lui ressemblerait pas, précisa Santarella.

— D'après mon mari, il arrive plus souvent qu'on ne le croit que des gens fassent des choses qui ne leur ressemblent pas, répliquai-je. On ne peut éliminer la possibilité qu'elle soit partie avec quelqu'un.

— Et ôter ses jolis habits de fête pour enfiler sa tenue de jogging ?

Aïe. Je n'avais pas pris cela en compte.

— C'est vrai, ça, je n'arrive pas à l'expliquer, reconnus-je en faisant un signe de la main à Temple qui avait mis son uniforme et s'en allait.

— Écoutez, on va se pencher demain sur la liste complète de toutes les personnes qui se trouvaient dans la maison, y compris les horaires d'arrivée et de départ, dit Santarella. On aurait dû le faire plus tôt. Mais c'est difficile d'imaginer que Jessie ait quitté la maison sans qu'un tas de gens la voient. Selon ses colocataires, cet endroit était bourré à craquer depuis 21 heures.

— Je sais.

— Réfléchissez-y. Peut-être qu'il y a là quelque chose qu'on ne comprend pas encore.

— Ça, j'en suis convaincue.

Après avoir raccroché, je regagnai le salon et remis un peu d'ordre dans les papiers concernant l'affaire Ryan pour éviter qu'ils envahissent la table basse. Je n'avais pas l'intention de m'asseoir, pourtant je n'y résistai pas tant mes jambes étaient fatiguées. C'était comme si j'avais couru huit kilomètres ce jour-là, alors que je n'avais pas eu l'occasion de m'entraîner.

Je fermai les yeux, et les entretiens que j'avais eus dans la journée me revinrent par bribes, comme une chanson entendue à la radio. *Jessie était une super amie. Elle avait tellement de goût. Quelque chose la contrariait.* Non, ça, c'était l'idée de Temple. Toutes les filles avec lesquelles j'avais parlé m'avaient dit que Jessie était heureuse et sereine les jours précédant sa disparition, pourtant Temple avait suggéré que quelque chose avait dû la contrarier…

En imagination, je vis une mince silhouette féminine dans l'encadrement d'une porte, avec des flocons de neige tournoyant juste derrière elle. Puis elle disparut.

Quand la feuille que je tenais tomba en bruissant sur le sol, j'ouvris les yeux. Je m'étais assoupie un millième de seconde. La maison autour de moi était silencieuse. J'en étais au point où il me semblait moins pénible de dormir là, sur le canapé, que de me lever pour aller me coucher.

Je me redressai avec précaution, car l'un de mes pieds était tout engourdi d'être resté coincé sous ma cuisse, et je gagnai la cuisine pour finir ma bière. Postée devant l'évier, je fis tourner ce pied au niveau de la cheville et il retrouva peu à peu sa sensibilité. Dire que le matin même, j'avais rêvé de Shiloh et de la prison. Cela semblait remonter à des siècles.

La dernière chose que je fis avant de m'endormir, ce fut de lire sa lettre.

Sarah,

J'ai reçu ton courrier il y a deux jours… Deux paragraphes entiers ! Te serais-tu blessé la main en jouant au basket ?

La nuit dernière, j'ai rêvé de toi. Je sortais de prison, je réintégrais la police, et un genre de cataclysme s'était abattu sur la ville, comme une guerre civile ; dans les rues, c'était le chaos. Tout était vraiment différent dans mon rêve : le centre-ville s'étendait sur des kilomètres, ça ressemblait davantage à New York City qu'à Minneapolis, et les immeubles paraissaient immenses, avec un millier d'étages. Cela aurait dû me rendre nerveux, mais au contraire, je me sentais bien, j'avais rejoint l'équipe, je faisais quelque chose d'important. Je savais qu'Hadley était dans le coin, ainsi que les autres gars avec lesquels j'avais l'habitude de travailler. Puis j'ai levé les yeux vers ces immeubles incroyablement hauts et je t'ai vue. Tu poursuivais quelqu'un en courant tout au bord du toit et en sautant entre les bâtiments. D'abord j'ai pensé, Waouh, regardez Sarah. Puis la peur m'a saisi et je me suis dit, Elle va tomber, elle va tomber. Et là, je me suis réveillé.

C'est sans doute une façon un peu alambiquée de te dire, sois prudente. Je m'inquiète pour toi. Ne me dis pas d'arrêter, j'en suis incapable.

Il ne se passe pas grand-chose ici, c'est la prison, la routine, quoi. Toutes les journées se ressemblent.

À bientôt,

S.

8

Au début de ma deuxième journée dans l'équipe spéciale missionnée sur l'affaire Ryan, je compris pourquoi Hadley avait paru quelque peu mal à l'aise, comme s'il nous cachait quelque chose, lorsque Santarella avait mentionné que l'inspecteur Nelson ne ferait pas partie de l'équipe pour raisons de santé. Manifestement, Nelson n'avait pas bien travaillé durant son enquête préliminaire. Les entretiens étaient brefs, superficiels, et son rapport très peu détaillé. Pourtant il avait fait une chose importante : il avait noté les heures d'arrivée et de départ des quelques invités qu'il avait interrogés.

L'un d'entre eux était Jeremy Jackson, pour lequel Jessie avait un gros faible, selon ses colocataires. Étrangement, Jeremy avait débarqué à la fête vers 21 heures et il en était parti vingt minutes plus tard. C'était intéressant, car personne ne semblait avoir parlé à Jessie après 21 h 30, comme je l'avais fait remarquer à Temple.

Il s'agissait peut-être d'une simple coïncidence. Kori et Angie n'avaient-elles pas dit que Jeremy s'était pointé avec une petite amie ? Et si elles avaient mal interprété la situation ? Si la fille accompagnant Jeremy était juste une copine, et que ce soir-là, Jessie avait découvert que son attirance pour Jeremy était réciproque ? Et s'ils étaient partis ensemble ? Il était peut-être le dernier à l'avoir vue en vie, et pour un tas de raisons plus ou moins suspectes, il n'avait pas donné ces infos à Nelson.

Jackson habitait dans le quartier chic de la ville. Un peu avant 8 heures du matin, je me dirigeai en voiture vers son domicile en longeant des salons de thé raffinés, des ateliers vendant et réparant des vélos et des points de vente de matériel informatique.

Le gars torse nu qui m'accueillit sur le seuil correspondait en tout point au type d'homme préféré de Jessie, selon Kori : un beau gosse bien bâti, des cheveux châtain clair un peu ébouriffés, des yeux bruns au regard franc, et un menton carré souligné par une barbe naissante.

— Bonjour, me dit-il en s'écartant pour me laisser entrer. Il est un peu tôt pour moi. Désolé de ne pas être plus présentable.

En réalité, il ne semblait pas du tout gêné, plutôt content même qu'une femme le découvre ainsi, à moitié dévêtu.

Une fois dans le salon, je sortis mon calepin tandis que Jackson allait dans sa chambre, puis en revenait en enfilant un T-shirt.

— J'ai été très choqué en apprenant la nouvelle, lança-t-il en baissant le T-shirt sur sa taille. Est-ce que Jessie… est-ce que sa mort a été rapide ?

— Nous l'ignorons encore. L'autopsie a eu lieu hier, et le médecin légiste est censé nous donner ses conclusions aujourd'hui.

— Si je peux vous aider en quoi que ce soit, ce sera volontiers. Mais à vrai dire, je ne la connaissais pas très bien.

— Pourtant elle vous a invité à la fête qu'elle organisait le 30 octobre. Et d'après votre estimation, vous n'y êtes resté qu'une vingtaine de minutes. Pourquoi ?

— La situation était délicate, répondit-il d'un air chagrin. Jessie ignorait que je viendrais avec Cara.

— Et en quoi ça aurait dû la contrarier ?

— Eh bien, Jessie se faisait peut-être des idées…, commença Jackson en se tortillant un peu sur le canapé. Vous savez comment c'est, quand vous n'êtes pas encore sorti avec quelqu'un, mais que le courant passe entre vous dès que vous êtes ensemble ? me demanda-t-il, et j'acquiesçai. C'était comme ça entre Jessie et moi. L'an dernier, elle habitait la même résidence universitaire que moi, un étage plus bas, et ce trimestre, on était tous les deux inscrits en astronomie. Un jour, après le cours, j'ai marché avec elle jusqu'à la bibliothèque et nous avons parlé de choses et d'autres. Elle m'a demandé ce que ma « petite amie », comme elle a dit, pensait au sujet de… je ne sais plus quoi, d'ailleurs. En fait, elle voulait savoir si j'avais une petite amie, vous saisissez ? Un ou deux jours plus tard, je suis tombé sur elle au bowling. Elle était avec ses amis, et moi avec les miens. Ensuite, nous sommes tous allés boire une bière, Jessie et moi nous sommes trouvés assis côte à côte, et j'ai fini par la raccompagner chez elle… Et ouais, ajouta-t-il en se mordant la lèvre, je l'ai embrassée avant qu'elle descende de voiture.

— Et ensuite ?

— Elle m'a appelé deux ou trois jours plus tard pour m'inviter à la fête du 30 octobre, et j'ai accepté.

— Et vous avez amené une amie.

— Cara m'a toujours attiré, mais elle avait depuis longtemps un petit ami officiel. Et puis je l'ai croisée sur le campus, et elle m'a raconté qu'ils avaient rompu. Je ne pouvais pas laisser passer l'occasion, alors je lui ai dit que j'allais à une fête le 30 et je lui ai proposé de m'accompagner. Quand on est arrivés, j'ai salué Jessie et lui ai présenté Cara. Dix minutes plus tard, Jessie est revenue, elle a demandé à me parler en privé. On est allés dans sa chambre. Pour tout dire, elle m'en voulait d'avoir amené Cara.

— Comment Jessie savait-elle que Cara n'était pas une simple amie ?

— On est arrivés à la fête bras dessus bras dessous. Je n'ai pas essayé de cacher quoi que ce soit..., se défendit-il, et comme je ne faisais aucun commentaire, il poursuivit. Je lui ai dit qu'elle se montrait un peu trop possessive, étant donné qu'on n'était jamais sortis ensemble, et elle m'a rétorqué qu'elle pensait pourtant que c'était clair, puisqu'on s'était embrassés. C'était juste un baiser, je lui ai précisé, je ne pensais pas que ça faisait de nous un couple. Et là, elle a dit un truc vraiment dingue, déclara Jackson en baissant les yeux.

Elle m'a accusé d'avoir amené Cara parce qu'elle n'avait pas couché avec moi le soir où je l'ai raccompagnée.

Il leva les mains comme pour repousser toute critique.

— À aucun moment je n'ai cherché à coucher avec elle, ce soir-là. Quand elle m'a dit ça, je suis tombé des nues et ça m'a contrarié. C'est le genre de choses qu'une nana vous balance quand elle se retrouve à court d'argument..., expliqua-t-il, puis il me lança un coup d'œil pour voir si cette remarque choquait la féministe que j'étais peut-être. Pardon, ce n'est pas très glorieux de ma part. Enfin, il arrive que les filles se comportent comme ça.

— Que s'est-il passé après votre conversation ?

— Je suis allé chercher Cara et on est partis. Cara ne m'a rien demandé. Elle savait à quoi s'en tenir.

— Jeremy, je ne suis pas ici pour émettre des jugements sur vos techniques de flirt ou votre déontologie sentimentale, mais quand vous avez embrassé Jessie dans la voiture, était-ce sur la joue ou sur la bouche ?

— Sur la bouche, répondit-il d'un air navré.

J'insistai en parlant d'un ton neutre, même si je commençais à me sentir mal à l'aise.

— Un baiser rapide ou long ?

— Entre les deux, je suppose, convint Jackson. Je me sens très mal depuis que je sais ce qui lui est arrivé. Je ne voulais pas la blesser. Vous ne pensez pas que tout ça ait quelque chose à voir avec son assassinat, quand même ? demanda-t-il en me scrutant intensément.

Honnêtement, je ne pouvais pas le lui affirmer, au stade où nous en étions.

— Voici ce que je crois. En temps normal, Jessie aurait surmonté sa déception au bout de quelques jours. Alors ne vous accablez pas de reproches.

*

* *

Une fois remontée en voiture, je restai assise un moment, mon bloc-notes sur les genoux. Quand j'eus fini d'y coucher mes observations, une théorie s'était mise en place dans ma tête.

La veille au soir, lorsque Santarella et moi en avions discuté, je n'avais pas trouvé crédible que Jessie ait pu quitter tôt la fête pour enfiler ses vêtements de sport. Car pour reprendre ma remarque à Temple : quelle jeune femme se changerait et sortirait pour aller courir en plein milieu de la soirée qu'elle a elle-même organisée ? En particulier par une froide nuit de fin octobre ?

À présent, je croyais avoir la réponse. Une femme. Jeune. Blessée. En colère.

Jessie attend avec impatience l'arrivée de Jeremy Jackson, et elle le voit se pointer avec une petite amie. Elle est froissée, elle lui demande des comptes, et il n'exprime aucun regret.

Une femme de trente ans accueillant des invités sous son toit se serait sentie obligée de faire bonne figure. Mais Jessie était jeune, elle vivait comme une étudiante, sans trop de contraintes, et elle avait deux colocataires jouant elles-mêmes le rôle d'hôtesses. Elle pouvait donc quitter la fête si elle en avait envie. De plus, Jessie était fan de fitness. En des moments de stress émotionnel, elle se dépensait physiquement comme une autre aurait sorti un pot de crème glacée du congélateur. Et l'air froid de cette nuit-là n'aurait pas suffi à l'en dissuader.

D'accord, la vision que j'avais eue la nuit dernière au moment de m'endormir n'était pas tout à fait juste. Il n'avait pas neigé aussi tôt et donc, pas de flocons tournoyant en arrière-plan dans l'encadrement de la porte ouverte, derrière la silhouette de Jessie. Mon imagination avait un peu forcé sur la note romanesque. Dans l'ensemble, la théorie était toutefois plausible, y compris la partie où aucun invité n'avait vu Jessie partir, dans une maison remplie d'étudiants. Je ne désavouais pas l'idée de Temple : habituellement, une fille comme ça n'est jamais seule, même quand elle se rend aux toilettes. Oui, en temps normal, si Jessie était juste sortie pour aller au magasin du coin acheter de quoi faire des margaritas, elle y serait allée avec une copine ou un copain, et elle se serait arrêtée en chemin pour parler avec trois ou quatre de ses invités avant de sortir. En temps normal.

Mais si Jessie était perturbée, elle n'avait sans doute pas eu envie de traverser la foule de joyeux fêtards qui avait envahi son salon. Il arrive même aux jeunes femmes les plus sociables et les plus populaires d'avoir l'impression d'être seule au monde, que personne ne peut les comprendre. C'était le tour de Jessie.

Elle n'avait aucun moyen de sortir par la grande porte ni par la porte vitrée sans être vue ; ces issues touchaient au salon et à la salle à manger. Mais la chambre de Jessie était proche de la cuisine, or c'est une pièce peu fréquentée durant les fêtes. Certes les gens vont y chercher des glaçons ou s'isoler pour parler en privé, mais ils n'y restent pas longtemps. Si Jessie avait choisi le bon moment, elle avait très bien pu se glisser dehors par la porte de la cuisine, ni vu ni connu.

*

* *

— Intéressant, admit Santarella lors de la réunion matinale de l'équipe spéciale. Cette hypothèse aurait plus de poids si nous trouvions une fille confirmant qu'elle s'était endormie sur le lit de Jessie après 23 heures, ce soir-là.

Nous avions fait un tour de table en mettant en commun les idées qu'une nuit de sommeil et un peu de réflexion nous avaient apportées. J'avais été la seule à développer une théorie nouvelle et décisive, ce dont j'aurais dû être fière. Pourtant je me sentais très mal à l'aise.

— Quoi qu'il en soit, ça vaudrait le coup de vérifier les appels à témoins pour en extraire ceux qui affirment avoir vu Jessie à partir du 30 octobre, poursuivit Santarella. Qui détient ces relevés ?

— C'est moi, répondit Hadley en farfouillant dans les papiers qu'il avait apportés, puis en s'adressant à moi quand il les eut trouvés. Je t'avertis, pour la plupart, il y a erreur sur la personne. Tiens, voici ma préférée, dit-il en relisant rapidement la déclaration avant de nous la résumer : vers 23 heures le soir du 30 octobre, l'employé d'une station essence de St Peter pense avoir vu Jessie assise dans la cabine d'une camionnette Ford dernier modèle. Le pompiste admet qu'il n'a vu Jessie que par la vitrine de la station et à travers le pare-brise du véhicule, mais il assure que c'était elle. Il y avait également un pit-bull assis dans la cabine, et un compagnon « basané », je cite, s'occupait de remplir le réservoir à la pompe. Il a payé par carte et n'est jamais entré dans la station-service… Vous voyez ce que je veux dire ? nous lança-t-il en levant les yeux au ciel. Qui emploie encore le mot « basané » de nos jours ?

— Eh bien moi, chaque fois que je me regarde dans la glace pour me raser, lança Hasan en provoquant une vague d'hilarité.

— Hadley, je suis certain que Pribek a bien compris ton point de vue, reprit Santarella quand les rires se furent calmés. N'empêche, Sarah, quand vous vérifierez ces relevés, regardez-les à la loupe. Ils ne seront pas tous aussi saugrenus.

— Je ferai attention, promis, déclarai-je en les prenant des mains de Hadley.

9

Je passai presque toute la journée sur les témoignages oculaires concernant Jessie à partir du 30 octobre. Certains étaient faciles à écarter, comme celui du chauffeur de taxi qui croyait avoir vu Jessie marcher le long des quais du centre-ville peu après 19 heures. Cause toujours... Pendant tout le début de soirée, Jessie était avec ses colocataires, elles préparaient des amuse-gueules pour la fête et se précipitaient à l'épicerie du coin pour des achats de dernière minute. D'autres témoignages similaires à celui du pompiste de St Peter étaient eux aussi sujets à caution à cause de détails croustillants tels qu'un chien féroce et un compagnon « basané ». D'ailleurs, même si Jessie était montée dans une camionnette et qu'elle était sortie de la ville (St Peter se trouvait à quarante-cinq minutes des Twin Cities), pourquoi son compagnon l'aurait-il tuée dans la campagne, pour ensuite la ramener aux Cities et la mettre dans une benne à ordures ? Alors qu'en rase campagne, dans le silence et l'obscurité, il était tellement plus facile de se débarrasser d'un cadavre.

Cela me prit plusieurs heures de lire et de passer les coups de fil afférents avant que je puisse enfin réduire ces témoignages aux trois qui me paraissaient les plus plausibles.

— Vers 21 h 30, une femme qui venait de quitter son travail dans une épicerie de quartier retirait de l'argent au distributeur automatique d'une banque sur Hennepin Avenue. Au moment où elle s'en détournait, elle avait manqué se cogner contre Jessie qui courait sur le trottoir, sur la rive est de la rivière.

— Entre 21 h 30 et 22 heures, Jessie se dirigeait toujours vers l'est sur Hennepin ; ceci était rapporté par un cuisinier qui fumait durant sa pause près de Nye's Polonaise Room, le célèbre piano bar.

— Peu avant 22 heures, Jessie courait sur la berge ouest de la rivière ; elle avait été vue par un couple qui se promenait après avoir dîné ensemble.

Ces trois témoignages oculaires correspondaient au cadre horaire, juste après 21 h 30. Surtout, ils établissaient un itinéraire probable pour le jogging de Jessie.

En regardant la carte, on pouvait le constater très clairement. Jessie sort de chez elle, prête à courir pour chasser ses idées noires. Quel trajet prend-elle ? Droit vers l'est ce sont des quartiers résidentiels, endormis et plutôt sombres à cette heure-ci. Vers le sud-est, le territoire devient industriel, un endroit bien trop inhospitalier pour y faire son jogging seule. Mais vers le nord et l'ouest, les quartiers sont bien éclairés avec des magasins et des cafés, puis viennent l'université et ses environs, que Jessie connaît parfaitement. À sa place, j'aurais choisi cette direction.

Je marquai sur ma carte les trois points où elle avait été aperçue, et j'ajoutai la maison de Jessie en quatrième. J'avais à présent quatre points autour desquels tracer grossièrement un quadrilatère nord et ouest jusqu'au pont de Hennepin, qu'elle avait peut-être traversé.

D'accord, je disposais de fort peu d'indices permettant de le confirmer, mais j'étais bien placée pour en juger car je pratiquais la course à pied depuis des années et comprenais le rôle que ce pont en particulier jouait dans la vie des coureurs, cyclistes et marcheurs. Le pont du Père Louis Hennepin était connu pour être le premier pont sur le Mississippi construit dans la région des Cities, même s'il avait été depuis maintes fois reconstruit. La structure actuelle était un élégant petit pont suspendu, réplique miniature de celui de Brooklyn. Il abordait Nicollet Island et était surmonté d'un panneau publicitaire emblématique vantant la Grain Belt Beer. Tout ça pour dire que lorsque vous couriez près du pont de Hennepin, il y avait de fortes chances pour que ce soit là que vous choisissiez de traverser la rivière.

Ensuite, je supposais que Jessie avait obliqué vers le sud, où elle avait à un moment donné croisé le chemin du couple d'amoureux en balade. Puis elle avait dû virer vers l'est pour rentrer chez elle, ou du moins elle en avait eu l'intention. Car tout portait à croire que Jessie n'avait jamais regagné sa maison.

Les premier et troisième témoignages oculaires me semblaient les plus prometteurs : les paramètres temporels étaient très précis. Le couple de promeneurs n'avait guère de raison de vérifier l'heure, ce qui aurait manqué de romantisme. Mais Coleman Johnson, le cuisinier de chez Nye, avait dit qu'il faisait une pause. Était-il sorti de son propre chef en lançant à un collègue, *c'est calme, je vais en profiter pour m'en griller une et je reviens tout de suite* ? Ou avait-il dû attendre une pause programmée ? Prions pour que ce soit le cas et qu'il puisse sans erreur possible se souvenir de l'heure exacte.

Je m'apprêtais à appeler chez Nye quand je décidai que l'histoire de l'employée de l'épicerie était encore plus pertinente. Elle avait retiré de l'argent dans un distributeur. Non seulement il y avait un reçu indiquant l'heure précise du retrait, mais une caméra de surveillance avait dû tout enregistrer.

En rentrant chez moi, je m'arrêtai au bureau de Vang.

Quand John Vang avait pris la place qu'occupait Genevieve Brown, mon ancienne partenaire, il avait affiché une seule photo, celle de sa fille d'un an, Emmy, qu'on poussait sur une balançoire. Depuis, son autel dédié à la paternité s'était enrichi, et il y avait maintenant cinq images, dont trois insérées dans un cadre.

Celle qui attirait le plus souvent mon attention était un cliché de sa fille à l'extérieur, le visage incliné sur les pétales épanouis d'une tulipe violette. L'épouse de Vang était douée pour la photo. Elle avait pris le cliché de plus près que la plupart des amateurs l'auraient osé, de sorte que le visage de la fillette, de profil, emplissait le cadre. Sur ce gros plan des lèvres pleines et de la peau nacrée d'Emmy, on lui donnait bien plus que ses deux ans. Sortie du contexte, elle aurait pu aussi bien avoir douze ou treize ans. Je n'aurais jamais cru qu'elle n'était qu'une toute petite enfant, si je n'avais pas connu Vang personnellement.

— Quoi de neuf ? lui demandai-je en m'asseyant à moitié sur un coin de son bureau.

— J'ai trouvé la fille qui dormait sur le lit de Jessie, me déclara-t-il. Katya Breitland, une lycéenne de Roseville. Elle mesure un mètre cinquante-huit, elle est blonde et, comme toutes les lycéennes, elle se rappelle parfaitement ce qu'elle portait ce soir-là. Un bustier noir sur un pantalon en daim gris.

Gris, pas brun roux. Mais c'était plus que suffisant. Mal éclairées, beaucoup de couleurs paraissent tirer vers le gris.

— Elle a raconté le bobard classique à ses parents, « Je dors chez une amie », pour aller à la fête, et c'est pour ça que les copains étudiants qui l'avaient amenée n'ont pas donné son nom, à l'origine. Ces ados..., murmura-t-il en secouant la tête.

— Tu risques d'avoir ce genre de petits problèmes quand Emmy aura cet âge, tu ne crois pas ? lui lançai-je en tapotant la photo à la tulipe.

— Je refuse d'y penser jusqu'à ses douze ans, me répliqua Vang.

10

Comme certaines épiceries de quartier, celle de Natalya Karamova était tout imprégnée de la nationalité de sa propriétaire : « Appelez chez nous en Russie », clamaient des pubs pour des cartes téléphoniques, et des blintzes fourrés au fromage tiédissaient sous une lampe chauffante. Natalya farfouilla dans sa vieille Acura bronze encombrée de détritus divers pour retrouver le reçu du distributeur : il indiquait 21 h 37. Comme je prenais congé, elle voulut me donner un blintz et je dus insister pour le payer.

À la banque, il fallut un caissier, deux directeurs et deux coups de fil à quelque autorité invisible et lointaine avant que l'on me promette de me fournir la vidéo de surveillance du distributeur en fin de journée. Une fois que j'eus regagné le commissariat central, je vis avec soulagement qu'un technicien était resté au bureau et qu'il pourrait m'aider à la visionner.

Les petits chiffres verts indiquant le temps défilèrent à toute allure sur l'écran, puis ralentirent à l'approche du moment décisif. Natalya Karamova approcha de l'objectif. La plupart des gens regardent le miroir à vision panoramique plutôt que l'objectif lui-même, plus petit et plus discret. Karamova ne fit ni l'un ni l'autre. On la vit juste baisser les yeux sur le clavier. Elle plia ses billets tout en reculant et, à l'instant où elle se retournait, se trouva sur la trajectoire d'une silhouette qui courait. Une silhouette de petite taille, visiblement féminine.

Karamova recula d'un pas. La joggeuse ralentit un peu, sans s'arrêter pour autant, elle esquiva Karamova puis s'éloigna.

Je sentis mon cœur battre plus vite. Le technicien n'eut pas besoin que je lui demande de revenir en arrière. La silhouette courut à l'envers dans le cadre, et le film s'arrêta à l'instant précis où la joggeuse et Karamova manquaient se heurter. Le technicien régla le cadrage manuellement en le déplaçant vers le haut du corps, et le visage se précisa lentement : l'ovale en forme de cœur, les yeux et la bouche qui m'étaient devenus familiers. Et sur son sweat-shirt, l'inscription *Minnesota*, bien visible.

— C'est elle, confirmai-je tout en pensant, cette fois, elle est bien réelle.

Après toutes les bonnes photos que j'avais vues de Jessie, en gros plan ou prenant des poses, cette piètre vidéo d'un gris sinistre semblait l'image la plus fidèle de toutes. Nous enquêtions sur un meurtre, pas sur une disparition ; pourtant, c'était un peu comme si je venais de retrouver une personne disparue.

Une fois dehors, j'appelai Santarella.

*

* *

À la réunion de 18 heures, nous nous pressions tous autour de la carte de la ville, car l'heure et le lieu de l'enlèvement s'étaient soudain précisés. Autre signe révélant l'excitation générée par l'enregistrement vidéo : Hadley, qui avait récupéré les résultats des analyses du médecin légiste, ne nous les avait toujours pas communiqués.

— Est-ce qu'elle avait des copains qui couraient avec elle ? Il faut trouver quelqu'un qui connaissait son itinéraire, déclara Santarella.

— C'est bien là le problème. Ce n'était pas une pratique régulière, pour Jessie, remarquai-je. D'après ses amies, elle ne faisait du jogging que quand le gymnase était fermé. Ce trajet-là n'était pas sa boucle habituelle.

Santarella se campa mains sur les hanches face à la carte et au rectangle approximatif que j'avais dessiné.

— Ça penche pour l'hypothèse d'un crime commis sous l'impulsion du moment plutôt que par un individu qui la harcelait. Notre assassin n'a pas pu la surveiller pour connaître son itinéraire, et la guetter à un endroit précis où il savait qu'elle passait cinq soirs par semaine.

— S'il s'agit d'un acte impulsif, son auteur a dû se décider très vite pour la surprendre, dis-je. La partie de la boucle que nous avons pour l'instant n'est pas très grande. Apparemment, Jessie n'avait pas prévu un circuit très long, à moins qu'elle n'ait eu l'intention d'aller bien plus loin vers le sud qu'elle ne l'a fait vers le nord. Ce qui rendrait son trajet un peu…

— Asymétrique, compléta Vang. Je suppose aussi qu'elle ne comptait pas pousser beaucoup plus loin vers le sud. À mon avis, elle a été kidnappée quelque part près des points de repère que tu as dessinés. Si elle était allée beaucoup plus loin, quelqu'un l'aurait vue.

Santarella nous interrompit.

— Tout ça est un peu trop hypothétique. Jusqu'à preuve du contraire, le ravisseur peut très bien l'avoir kidnappée à quelques rues de chez elle alors qu'elle rentrait, indiqua-t-il, puis il se redressa. Skyler, est-ce que tu as du nouveau du côté du médecin légiste ?

Hadley se leva.

— L'ADN provenant du sang et des cellules récupérés sous les ongles de Jessie correspond au sperme que le médecin légiste a prélevé, nous exposa-t-il. Malgré l'absence de lésions vaginales, je suis à peu près certain que les rapports sexuels n'ont pas été consentis.

— Ce qui s'explique par le fait qu'elle est sans doute restée inconsciente durant ces rapports, renchérit Vang.

— Exactement. Par ailleurs, la nature de l'eau qu'on a retrouvée dans ses poumons se précise. Il n'y a pas de chlore, il ne s'agit donc pas d'une piscine ni d'un spa ; pas non plus de ces micro-organismes qu'on trouve dans l'eau d'une rivière, d'un lac ou d'un étang. C'est de l'eau du robinet.

— Baignoire, conclut aussitôt Hasan.

— Oui, c'est probable, confirma Santarella. Si elle était inconsciente, il est possible qu'on lui ait maintenu la tête sous l'eau, et une baignoire semble le plus pratique pour immerger un corps... Bon, dit-il après s'être raclé la gorge. S'il n'y a plus rien à ajouter, j'ai une horde de journalistes à affronter.

En l'occurrence, ses réticences étaient un peu surfaites, car lors de ce point presse, par l'intermédiaire des journalistes, nous allions demander de l'aide au public. Les témoignages précédents avaient été volontaires, produits par des gens qui s'intéressaient à la disparition et à la mort de Jessie. Pour la plupart, ils étaient vagues, ou pire, complètement absurdes. À présent que nous disposions d'un cadre spatial et temporel plus précis, nous avions bon espoir que les témoignages oculaires seraient plus fiables.

— Une dernière chose, intervint Santarella. Je répartis entre vous le soin de mener les interrogatoires éliminatoires avec nos charmants délinquants sexuels.

Il se mit à nous distribuer à chacun une liasse de papiers.

— Vous connaissez la marche à suivre, reprit-il. Exiger un alibi, et le vérifier. Voir par exemple si l'un d'entre eux boite comme s'il avait reçu récemment un coup de pied dans les parties, et tutti quanti.

11

Du temps où j'étais à l'école de police du comté, ma classe put un jour visionner la vidéo d'un interrogatoire : celui d'un homme qui s'était introduit par effraction chez une femme la nuit, avait pointé une lame de cutter sur sa gorge, l'avait étranglée pour s'assurer de sa complète soumission, violée, puis frappée durement au visage avant de s'en aller. Le but de la vidéo était de nous montrer un excellent interrogateur en action, mais j'en avais tiré une autre leçon.

Au moment de l'entretien, le violeur avait déjà deux délits à son actif : l'un pour violences domestiques contre une petite amie, l'autre pour une tentative de viol contre une femme sans domicile fixe près d'un abribus. Il avait raconté à l'inspecteur qu'il avait bénéficié en prison d'un suivi où on lui avait expliqué que son hostilité envers les femmes venait du fait d'avoir grandi dans une maison avec plusieurs demi-sœurs qui l'avaient raillé et maltraité. Il avait appris qu'il devait revoir radicalement son approche des femmes, et il faisait valoir qu'il s'était bien conduit durant les onze mois qui avaient suivi sa libération.

L'interrogatoire progressait, et le suspect en vint bientôt à raconter comment il avait commis ce crime. Après avoir violé la femme chez qui il s'était introduit, juste avant de partir, il avait demandé à sa victime si elle allait bien. Elle avait répondu : « Oh, c'était génial. » C'est là qu'il l'avait frappée.

Il en donna la raison à l'inspecteur : « Je n'ai pas supporté son ton sarcastique, les sentiments que j'avais eus par le passé, ma haine des femmes, me sont revenus. »

Après le cours, personne n'avait fait allusion à l'étude de ce cas, et je m'étais demandé si j'étais la seule à avoir été sidérée par les propos de ce criminel. Il était passé par une fenêtre ouverte une arme à la main, il avait étranglé, menacé et violé une femme, pourtant il semblait sincèrement croire qu'il n'avait manifesté aucune colère contre les femmes avant que celle-ci ose lui répondre.

Je songeais à cet homme tout en procédant aux interrogatoires éliminatoires, un travail de routine qui consistait à rendre visite aux délinquants sexuels pour vérifier leur éventuelle implication dans une affaire en cours. Je comprenais que même les crimes sexuels avaient des circonstances atténuantes (allant d'une carence alimentaire prénatale et durant l'enfance qui nuisait au contrôle des impulsions jusqu'à l'incapacité de se construire une personnalité d'homme équilibré, à cause de figures paternelles absentes ou violentes). Mais il aurait été bien plus facile de faire preuve d'un peu de compassion si beaucoup de ces hommes n'avaient pas recouru à des contorsions mentales pour se persuader qu'ils n'étaient pas vraiment responsables de leurs crimes. Mon quatrième entretien de la journée allait tout particulièrement me le rappeler.

Le libéré sur parole de vingt-huit ans à qui je rendais visite habitait dans une des banlieues sud avec ses parents, après avoir passé neuf ans en prison pour agression et viol d'une employée de station-service. Apparemment il avait commis ces actes sur un coup de tête, quand l'employée avait refusé de lui vendre des cigarettes sans qu'il fournisse de pièce d'identité. Dean Holmes m'intéressait parce que son mode opératoire avait été impulsif, comme c'était sans doute le cas pour l'agression de Jessie.

Son adresse m'amena devant une maison grise de deux étages située dans un lotissement, avec des voisins de chaque côté et un bouleau solitaire en guise de cadre naturel. Le jardin de devant n'était plus que boue et neige fondue, sans le moindre brin d'herbe, comme si l'on avait tenté sans succès durant l'été de réensemencer la pelouse. Une Mustang noire datant des années 1990 était dans le garage resté ouvert. Je savais que c'était celle de Dean, ce qui lui donnait la possibilité d'avoir perpétré un kidnapping en pleine ville.

Ce fut Dean qui vint m'ouvrir. Il n'était pas aussi costaud que je l'avais escompté, pour un homme coupable d'autant de violences physiques : mince, il faisait dans les un mètre soixante-quinze. Sous un bonnet en laine tricoté qu'il gardait même à l'intérieur, ses yeux bleus me toisèrent d'un air imperturbable, et je lui montrai mon insigne.

— Je suis l'inspectrice Sarah Pribek, du bureau du shérif du comté de Hennepin. Puis-je entrer pour vous parler ?

Il fronça les sourcils, sans que je puisse dire si c'était d'anxiété ou juste de contrariété.

— Est-ce que mon contrôleur judiciaire sait que vous êtes ici ?

— Oui, il en a été informé. Puis-je entrer ? répétai-je. J'aimerais m'entretenir avec vous au sujet de la disparition et du décès récent d'une étudiante.

À contrecœur, Dean s'écarta et me devança jusqu'à la cuisine. Une large fenêtre dotée d'un treillis de fer donnait sur le jardin. Dean regardait vers la rue d'un air morose.

— Bon, commençai-je après m'être éclairci la voix. Que devenez-vous depuis que vous avez été libéré ?

— Quel rapport ?

— D'après votre dossier, vous n'avez pas retravaillé.

— Ce n'est pas considéré comme une violation de ma liberté conditionnelle, que je sache. Je dois juste prouver que je cherche du travail. Ce n'est pas facile, quand l'État vous a marqué au fer rouge comme un criminel violent.

— C'est bien ce que vous êtes.

— J'étais à peine sorti du lycée, rétorqua-t-il. C'était mon premier délit. Je n'aurais pas dû croupir en prison pendant neuf ans.

Un premier délit particulièrement ignoble et brutal, pensai-je, mais me disputer avec lui ne me mènerait à rien.

— Dean, est-ce que le nom de Jessie Ryan vous dit quelque chose ?

Il acquiesça en silence.

— Avez-vous une idée de ce qui a pu lui arriver ?

Il y avait plusieurs détails que nous n'avions pas encore divulgués auprès des médias. Que le corps de Jessie était enveloppé dans du tissu, par exemple. Si Dean était impliqué, peut-être laisserait-il échapper quelque chose.

— Non, répondit-il. Franchement, j'ai bien d'autres chats à fouetter.

— Que faisiez-vous le soir du 30 octobre ?

— Je regardais la télé dans ma chambre.

— Étiez-vous en compagnie d'un ami ?

Il secoua la tête.

— Donc seuls vos parents pourront le confirmer ?

— Je suppose.

Je sortis mon calepin et le lui tendis, avec un stylo.

— Inscrivez vos déplacements et activités à partir de 21 heures le 30 octobre jusqu'à la soirée du 31, avec chaque fois en regard le nom et le numéro de téléphone d'une personne pouvant confirmer votre présence.

Pendant que Dean écrivait, je regardai par la fenêtre en réfléchissant. Il y avait de l'hostilité dans sa façon d'être. Était-elle dirigée contre moi en tant que femme, ou en tant que représentante d'un système policier qui l'avait si injustement mis en cage durant neuf ans ? Il semblait mécontent, mais pas nerveux. S'il avait été impliqué dans la mort de Jessie, il aurait dû l'être davantage.

Quand il eut terminé, je vis que Dean avait indiqué ses deux parents comme pouvant attester qu'il était resté à la maison toute la nuit du 30. Le 31, il avait eu un entretien d'embauche, puis il avait consulté un ostéopathe et était rentré chez lui vers 16 heures.

Du coin de l'œil, je perçus du mouvement dehors.

Une Ford bleu foncé s'avançait lentement dans la boue du jardin des Holmes, et elle se gara assez près de la maison pour que je puisse lire un sticker « University of Montana » sur le coin droit du pare-brise, alors que la voiture elle-même était immatriculée dans le Minnesota. Le conducteur semblait bien trop jeune pour être le père de Dean.

— Qui est-ce ? demandai-je.

Dean regarda par la fenêtre.

— Oh, c'est un gars qui dirige un programme de prévention contre les violences sexuelles. Je gagne des points avec mon contrôleur judiciaire si j'accepte de le recevoir pour discuter un peu avec lui.

Le conducteur sortit de la voiture. C'était un homme grand et mince entre vingt et trente ans, portant un sweat-shirt Minnesota sur un jean gris et des baskets. Il marcha avec précaution vers la porte d'entrée en essayant de ne pas patauger dans la boue. Dean recula sa chaise en la raclant sur le sol, se leva et gagna l'entrée. Quant à moi, je récupérai au passage le rapport sur ses activités et le suivis.

— Salut, Steve, lança Dean en laissant entrer le nouvel arrivant.

— Salut, comment vas-tu…, commença le visiteur, puis il me vit et s'interrompit. Ah, je ne savais pas que tu avais de la compagnie.

Vu de près, il paraissait plus jeune, avec un front haut, des yeux gris et des cheveux châtain clair qui commençaient à se clairsemer.

— Oh, voici l'inspectrice Sarah Pribek, expliqua Dean avec nonchalance. Elle est venue pour s'assurer que ce n'est pas moi qui ai tué cette étudiante, la semaine dernière.

J'ignorai délibérément le côté provocateur de ses propos, irrespectueux envers la défunte.

— C'est une simple formalité. Je m'entretiens avec un certain nombre de délinquants sexuels, précisai-je, et je lui tendis la main. Désolée, je n'ai pas saisi votre nom.

— Steven. Steven Silverhus, répondit-il, et il tressaillit un peu en prenant ma main tendue, comme s'il doutait que je veuille sérieusement la lui serrer. Oui, j'ai lu ça dans la presse. C'est vraiment terrible, ce qui est arrivé à cette jeune fille.

— Dean m'a dit que vous effectuez un suivi des délinquants sexuels. Êtes-vous thérapeute ?

— Non, non. Je fais partie de *Men Against Interpersonal Violence*, un groupe de bénévoles.

— Intéressant. Comment en êtes-vous venu à vous engager ?

— J'étudie à la fac, répondit Silverhus. C'est un groupe qui s'est formé à l'extérieur de l'université.

C'était une précision fort utile. Un psychothérapeute aurait exigé une ordonnance du tribunal avant de révéler le contenu de ses séances avec Dean. Un conseiller n'était pas astreint à ce genre de restrictions.

— Pourrais-je vous parler un instant en privé ? lui demandai-je en indiquant la porte d'entrée d'un signe de tête.

Après avoir lancé un coup d'œil à Dean, Silverhus me suivit sur le perron.

— Monsieur Silverhus, dis-je en descendant l'allée vers ma voiture, Dean n'est pas suspect, mais après ce bref entretien, j'ai l'impression qu'il ne se considère toujours pas comme responsable de son crime, constatai-je en jetant un coup d'œil vers la fenêtre de devant, où je ne vis personne. Quand vous avez appris la disparition de Jessie Ryan, avez-vous remarqué une sorte de malaise chez Dean montrant qu'il était concerné ? A-t-il dit quelque chose qui vous aurait troublé ?

— Oh non, s'empressa de répondre Silverhus. Il a beaucoup mûri dernièrement. Il apprend à contrôler ses impulsions. Je suis certain qu'il n'est pas responsable de ce qui est arrivé à cette jeune fille.

Comme il se frottait un peu le nez en parlant, je remarquai sur sa main une marque rougeâtre, un demi-cercle superficiel, en forme de parenthèse.

— Que vous est-il arrivé ? lui demandai-je en montrant le même endroit sur ma main.

— Oh, j'étais dans l'un des immeubles locatifs de mon grand-père. J'avais dégondé une porte, et en la remettant sur ses charnières, elle a glissé et je me suis pincé la main, expliqua-t-il en souriant d'un air emprunté.

— Je vois. Et qu'étudiez-vous à l'université ? Vous êtes en psychologie ? m'enquis-je, histoire de vérifier si ce jeune conseiller était un peu armé pour son travail de bénévolat.

— Oui. J'ai changé de cursus, je suis passé de la géologie à la psychologie. C'est un domaine fascinant.

Je sortis mon portefeuille et lui donnai l'une de mes cartes.

— Vous devez suivre d'autres délinquants sexuels, n'est-ce pas ? Si vous apprenez la moindre chose qui vous paraisse suspecte, n'hésitez pas à m'appeler. En fait, il pourrait s'agir d'un élément clef susceptible de prévenir un autre crime.

— Je n'y manquerai pas, promit Silverhus en prenant ma carte.

12

— Six bons témoignages oculaires avant le pont et aucun après, constata Temple en examinant ma carte marquée des points où des gens avaient vu ou cru voir Jessie Ryan. C'est clair comme de l'eau de roche.

En plus de nos interrogatoires des délinquants sexuels, le deuxième jour d'enquête avait commencé par la confirmation de notre théorie : un enlèvement à l'extérieur durant la Nuit du démon, théorie que la séquence vidéo prise par la caméra du distributeur avait initiée. L'appel à témoins lancé par Santarella avait réveillé les mémoires de dizaines de personnes qui affirmaient avoir vu Jessie courir le 30 octobre. Péniblement, Vang, Hadley et moi-même avions fait le tri de ces appels en démêlant le vrai du faux et en nous efforçant d'en extraire les témoignages les plus plausibles tout en laissant de côté ceux de gens plus ou moins myopes, mentalement instables, ou voulant trop se rendre utiles. Nous indiquions au crayon chaque vue supposée de Jessie sur la carte à mesure qu'elles nous parvenaient, de sorte que bientôt, les marques au crayon dessinèrent un motif encore assez lâche. Et dès que nous étions tous les trois d'accord sur la validité d'un témoignage oculaire, le point au crayon était gommé pour être remplacé par un point au stylo-bille bleu.

À la fin de la journée, nous fûmes en mesure de relier les points de repère avec un minimum de supputation. Ma théorie de Jessie traversant le pont de Hennepin se trouva renforcée par les nouveaux témoignages oculaires, dont aucun n'était situé au nord de cet endroit. À partir de là, en traçant le fil de son itinéraire supposé jusqu'à la dernière vue de Jessie jugée crédible, nous obtînmes un trajet approximatif qui, selon Hadley, ressemblait à un pentagone inachevé ; quant à moi, il m'évoquait un hameçon inversé. Deux métaphores pour dire que la ligne de stylo bleu s'arrêtait à l'est du Stone Arch Bridge. Nous n'avions aucune vue fiable de Jessie à l'est de ce lieu où elle avait très probablement fait demi-tour pour rentrer chez elle.

Il y avait un petit parc près de l'installation de chauffage de l'université, non loin de la rivière. Il nous semblait à tous trois un site d'enlèvement possible, mais nous n'avions aucune preuve ni indice concret le confirmant. Depuis les premières heures du 30 octobre, il était recouvert d'une couche de neige. Hadley et Vang l'avaient inspecté en personne, et ils avaient parlé avec des gens qui vivaient à proximité ou qui travaillaient dans des boutiques ou bureaux situés un peu plus loin dans la rue au-dessus. Cela n'avait rien donné. À la question « Avez-vous entendu quelqu'un crier vers 22 heures ce soir-là ? », on récoltait généralement la réponse suivante : *C'est un quartier universitaire. Ces jeunes sont toujours en train de gueuler pour une raison ou pour une autre.* Personne n'avait rien entendu d'assez suspect pour sortir et vérifier ce qui se passait.

Seul Vang avait appris quelque chose d'intéressant. Il avait parlé avec un gars qui, revenant à pied d'une épicerie de quartier, avait vu une berline de couleur foncée « un peu comme une voiture de flic », sortir du parc à vive allure en manquant griller un feu rouge au premier croisement. Comme Vang insistait, le gars avait estimé que la voiture n'allait qu'à 50 km à l'heure, ce qui n'était pas très rapide en soi, mais trop pour rouler en ville. Hélas, le témoin de Vang ne se rappelait absolument pas les numéros de la plaque d'immatriculation.

À présent, Temple et moi faisions ce qui était devenu une sorte de routine. Nous nous installions toutes les deux dans le salon aux alentours de 22 heures : elle lisait les documents concernant l'affaire que j'avais fini par mettre de côté après une longue journée, tandis que je révisais mes notes de secourisme. Le cours du lendemain portait sur les appels impliquant des jeunes. *À la différence du tout-petit, l'enfant qui commence à marcher développe progressivement un sens de la pudeur. Il peut résister quand on cherche à le déshabiller.*

— Avez-vous pensé à envoyer une équipe scientifique inspecter le parc ? me demanda-t-elle en poursuivant le fil de ses réflexions.

— Oui, on y a pensé. Mais on doit avoir plus d'indices sur un endroit spécifique d'enlèvement avant d'envoyer les techniciens faire fondre la neige pour découvrir quelque chose.

L'adolescent peut s'engager dans des comportements à risque à cause d'un sentiment d'invulnérabilité.

— Vous ne trouverez rien si vous ne cherchez pas, insista Temple.

— Je ne sais même pas sur quelle piste on pourrait les mettre, répliquai-je. Ce n'est pas comme si on était certain qu'il lui manque un collier ou quelque chose qu'elle portait ce soir-là.

— Avez-vous envisagé d'afficher des avis autour de..., commença Temple, mais elle fut interrompue par des coups frappés à la porte d'entrée.

Nous échangeâmes un regard inquiet. Un bref instant, je me dis qu'il y avait peut-être une percée dans l'affaire, pourtant ce genre de nouvelle me serait parvenue par téléphone. Je me levai pour aller ouvrir et j'eus la surprise de découvrir Shigawa, le responsable de ma formation.

— Nate. Que se passe-t-il ?

Même s'il était en civil, il était bien campé sur le seuil dans la posture typique que j'associais à son métier, et je songeai aussitôt à des accidents de la route et à de mauvaises nouvelles.

— Tout va bien. Je ne suis pas là pour une raison officielle. Je, euh...

— Entre, l'invitai-je pour le mettre à l'aise.

En civil ou non, Shigawa portait ses grosses boots à lacets et protection renforcée. Il en fit tomber la neige fondue qui les avait imprégnées d'humidité et s'essuya soigneusement les pieds sur le paillasson avant de me suivre.

— Ah, dit-il en s'arrêtant au seuil du salon. J'ignorais que tu avais de la compagnie.

— Mais non, c'est ma colocataire, Temple Lockhart. Agent Lockhart, officiellement.

Temple leva les yeux des résultats de l'autopsie.

— Temple, voici Nate Shigawa. Je t'ai déjà parlé de lui, il enseigne le secourisme.

— Salut, lança-t-elle en lui jetant à peine un regard avant de reprendre sa lecture d'un air de dire, encore un flic ou équivalent, tu parles d'un intérêt.

Les yeux de Nate s'attardèrent sur elle tant et si bien que je finis par me racler la gorge.

— Je peux t'offrir quelque chose à boire ?

— Non, non, répondit Shigawa. Je ne vais pas rester longtemps. J'aurais sans doute dû t'appeler au lieu de venir… Les obsèques de Jessie Ryan auront lieu ce samedi.

— Je sais.

Ma présence y était requise ainsi que celle de Syed Hasan, qui voulait observer les présents et leur comportement.

— C'est Schiller et moi qui avons répondu à l'appel quand le corps a été retrouvé, et qui l'avons ensuite transporté jusqu'au bureau du médecin légiste, déclara Shigawa. Ça peut paraître étrange, mais je me sens concerné. Crois-tu que la famille le prendrait mal si je venais à la cérémonie ?

Ses paroles attirèrent l'attention de Temple qui leva les yeux pour nous observer.

— Je sais que c'est un agent du bureau des Affaires criminelles qui supervise l'affaire, poursuivit-il. Je suis venu te trouver parce que je te connais personnellement. Je ne demande pas cette faveur pour des raisons plus ou moins morbides.

— J'imagine bien, répondis-je en réfléchissant. Le service est réservé à la famille et aux amis, mais j'ai le numéro de téléphone de Katharine Ryan dans mon dossier. Je pourrais l'appeler.

Je ne craignais pas de réveiller Katharine à cette heure tardive. Je lui expliquai la situation, et elle donna bien volontiers son accord. Sa voix douce, un peu atone, trahissait un engourdissement émotionnel que l'alcool ne pouvait procurer. Elle était sobre, plus que sobre même. En l'entendant, je pensais à ces feuilles d'automne sèches et fragiles qui s'effritent sous les pas.

Quand je regagnai le salon, Shigawa s'était rapproché de Temple.

— Je vous ai déjà vue. Vous êtes la partenaire de Trent Bruegger, n'est-ce pas ?

— Hélas, confirma Temple.

— Tiens, fis-je en donnant à Nate un carton où était indiqué le chemin de l'église. C'est à 10 h 30 samedi matin.

— Merci, dit-il, puis il s'adressa à Temple. Ravi d'avoir fait votre connaissance.

— De même, lâcha-t-elle sans lever les yeux, et Shigawa s'en fut sans demander son reste.

— C'est un chic type, tu sais, affirmai-je à l'intention de Temple quand il fut sorti.

— Je n'en doute pas, répondit-elle en haussant les épaules.

J'eus envie de lui faire remarquer combien elle avait été froide avec lui, puis je me ravisai. C'est son affaire, décidai-je, et je me replongeai dans mon manuel. Il me restait trois pages à lire. Ensuite, j'écrirais peut-être une courte lettre à Shiloh avant de me coucher.

Plus tard, tandis que Temple était sous la douche, mon téléphone sonna. C'était Hadley.

— Je sais, il est tard, mais c'est vraiment intéressant. L'ADN récupéré sous les ongles de Jessie a une correspondance sur CODIS.

Il voulait parler de la base de données nationales.

— Nous avons un suspect ?

— Non, ce n'est pas aussi précis. L'autre cas est une affaire non résolue, mais on sait où se trouvait notre gars il y a deux ans. Il était à Missoula, dans le Montana, où il a violé une femme et l'a frappée durement à la tête. La victime est restée cinq semaines dans le coma. Une piste à creuser, d'après Santarella.

13

La nuit d'Halloween, deux ans plus tôt, une serveuse travaillant dans un petit bar de Missoula appelé le Copper Grill avait pointé en quittant le poste qu'elle assumait de 16 à 23 heures. Danielle Roback, vingt-deux ans, avait ensuite roulé dans sa Chrysler LeBaron pour rejoindre le quartier mi-étudiant mi-ouvrier où elle louait un studio accolé à une maison individuelle.

Le lendemain matin, l'un des enfants qui habitaient la maison découvrit Danielle derrière l'auvent pour voitures en tôle ondulée sous lequel elle garait son véhicule. Elle était en partie dénudée, les cheveux maculés de sang séché. À cause du coup qui lui avait fracassé le crâne, elle était inconsciente et le resterait durant l'examen qui démontrerait qu'on l'avait violée. Pendant les cinq semaines suivantes, on dut poursuivre l'enquête sans pouvoir faire appel à la mémoire de Danielle. Tout ce temps, elle était restée dans le coma.

Les autres témoins ne comptaient pour ainsi dire pas. La jeune famille qui habitait sur le devant se couchait tôt et dormait d'un profond sommeil. Un voisin avait entendu son berger allemand aboyer avec frénésie, mais il avait cru que le chien avait senti un daim égaré en zone urbaine. Plusieurs autres voisins se rappelaient avoir vu tôt dans la soirée un ou deux adultes arpentant les rues en masque ou costume, ce qui n'avait rien d'étonnant, le soir d'Halloween, n'est-ce pas ?

Pour couronner le tout, quand Danielle était enfin sortie du coma, la dernière chose dont elle se souvenait, c'était d'avoir demandé au barman du Copper Grill un diabolo fraise dans un gobelet à emporter. Elle ne se souvenait pas avoir vu quelqu'un sur le parking, ni s'être arrêtée sur le chemin du retour, ou s'il y avait un véhicule inconnu dans sa rue.

Santarella avait rassemblé beaucoup d'informations en très peu de temps ; il nous les transmit à tous durant la réunion du matin.

— J'ai contacté l'inspecteur du Montana qui a suivi l'affaire, et il nous transfère tout le dossier par télécopie.

Montana. Où avais-je entendu une allusion à cet État tout récemment ?

— L'inspecteur Daley a perdu tout lien avec la victime, poursuivit Santarella. Danielle Roback a quitté la ville et n'est pas restée en contact ; je suppose qu'elle a abandonné l'espoir d'une avancée de l'enquête. Nous allons vite retrouver sa trace.

Mais bien sûr, l'autocollant de l'université du Montana, sur le pare-brise de la voiture bleue garée devant chez Dean Holmes ! Cela me revenait maintenant. Silverhus, le conseiller contre les violences sexuelles. Je m'en serais rappelée hier soir, après l'appel d'Hadley, si je n'avais pas été aussi fatiguée par ma longue journée.

— Est-ce que vous m'entendez ? Pribek ? Oh oh…

— Désolée. Pardon ?

— Je disais que quand nous aurons retrouvé Roback, j'aimerais que ce soit vous qui lui parliez. Elle risque d'être moins sur la défensive avec une inspectrice, déclara Santarella en soutenant un instant mon regard, puis il revint à tous les présents. Une dernière chose : l'université va organiser une veillée vendredi soir en hommage à Jessie. En plus d'être dédiée à sa mémoire, elle sera également l'occasion d'un rassemblement contre la violence. J'aurai besoin de vous tous. Nous allons circuler en observant tout comportement insolite et tout individu sortant de l'ordinaire. Compris ? Allez, au boulot.

*
* *

Après la réunion, je fis des recherches sur internet, qui confirmèrent que le campus principal de l'université du

Montana se trouvait à Missoula. Ensuite, j'empruntai un livre à Hadley et je l'étudiai pendant une bonne dizaine de minutes, en m'attardant tout particulièrement sur les photos. Alors seulement je revins sur mes pas pour parler à Santarella, en privé.

— Il y a quelque chose que je voudrais vous soumettre. Que diriez-vous si je vous annonçais que pendant que je procédais aux interrogatoires éliminatoires tout récemment, j'ai parlé avec un gars dont le véhicule portait un autocollant de l'université du Montana, et que ce même gars avait une blessure à la main qui ressemblait à une morsure en voie de cicatrisation ?

C'était ce que je venais de vérifier dans le livre d'Hadley : les photos de morsures correspondant à une dentition humaine. En les voyant, j'avais compris que la marque rouge sur la main de Silverhus était trop recourbée pour provenir d'un pincement entre une porte et son cadre.

Santarella haussa les sourcils.

— À mon avis, vous avez déjà votre réponse. De qui s'agit-il ?

— Pas d'un délinquant sexuel. Juste d'un ami en visite chez l'un d'eux.

— Ça change la donne. Et d'où vous vient votre conviction ?

Je lui parlai brièvement de Silverhus, y compris du fait que le campus principal de l'université du Montana se trouvait à Missoula, et que la berline de couleur foncée ressemblant à une voiture de patrouille qu'un témoin avait vue près du parc pouvait correspondre à une Ford Taurus bleu nuit.

Puis, en esprit, je me repassai les images de Silverhus. L'enjouement avec lequel il avait salué Dean Holmes avait sensiblement diminué, quand il m'avait vue. Plus tard, tandis que nous parlions de l'affaire Ryan, il avait par deux fois levé la main pour se toucher le visage. En psychologie, c'était un geste typique de dérobade.

— Il n'était pas à l'aise avec moi, même avant de savoir que j'étais flic, et encore moins ensuite.

— Avant de savoir que vous étiez flic ? Et donc ?

— Je pense qu'il était mal à l'aise avec moi au départ parce que je suis une femme. C'est justement comme ça que Hasan décrit notre suspect : un type craintif, à qui il arrive de perdre la boule.

Santarella croisa les bras sur sa poitrine, un geste montrant de la réticence, me dis-je. Dès qu'on a commencé à analyser le langage corporel des gens, on ne peut plus s'arrêter.

— Avez-vous cherché des antécédents sur ce gars ? me demanda-t-il. Eh bien, commencez par là. Et sauf si vous trouviez quelque chose d'accablant, je préfère que vous découvriez d'abord ce que Roback a à nous dire.

*

* *

Il me fallut une heure de recherches laborieuses sur l'ordi avant de retrouver Danielle Roback. Elle avait passé son permis de conduire dans le Wisconsin, avec une adresse à Clear Lake. Elle n'était pas chez elle quand j'appelai, aussi je laissai un message sur son répondeur en lui demandant de me rappeler dès son retour. Puis j'allai me servir un café à la machine. En revenant, j'entendis sonner mon téléphone ; je l'avais laissé sur mon bureau. J'abandonnai mon café sur un meuble de rangement en métal ; c'était cela ou risquer de me brûler en courant avec mon gobelet à la main, or je ne voulais surtout pas manquer l'appel de Mlle Roback. Mais ce n'était pas elle.

— Salut, Pribek, lança Hadley. Ça te dirait, un petit tour instructif sur le terrain ?

— Ça dépend. Est-ce que tu laisses les gens boire leur café dans ta voiture ?

— Non. Pas de café.

— Ce n'est même pas ta propre voiture, c'est un véhicule de service, rétorquai-je.

— Pribek, tu veux bien oublier ton fichu café ? Ce truc mérite que tu renonces à ta dose de caféine, crois-moi.

C'était un petit jeu entre nous de faire semblant de nous disputer, mais à présent, j'étais intriguée.

— Pourquoi ? Il y a du nouveau ?

— Je t'expliquerai en route.

14

Hadley travaillait à son bureau quand l'agent d'accueil du département de la MPD avait poussé devant lui un gosse tout en jambes de plus de un mètre quatre-vingt-dix qui « voulait parler à quelqu'un de l'affaire Jessie Ryan ».

Asa Jackson était encore au lycée. Il était le pivot de l'équipe de basket-ball, avec l'ambition de jouer à l'université et même d'entrer dans la National Basketball Association. Les après-midi, il travaillait dans le service commandes et expéditions d'un fabricant de fournitures électriques, et donc il s'entraînait dès qu'il avait du temps libre, généralement tard dans la soirée. Le soir du 30 octobre, il était parti à presque 22 heures pour une longue course à travers la ville. Cette course l'avait mené jusqu'au parc situé à l'est de Stone Arch Bridge.

— Je courais sur l'un des sentiers quand j'ai glissé et je suis tombé, raconta-t-il à Hadley. Rien de grave, j'ai vraiment des super réflexes. J'ai continué mon tour, mais quand je suis rentré chez moi, il y avait du sang séché sur mon genou. J'étais surpris, parce que je ne m'étais pas fait mal du tout. Je me suis lavé, et mon genou ne m'a même pas piqué. Je ne voyais pas d'éraflure ni rien de ce genre…

Hadley se pencha en avant.

— Est-ce que vous en avez parlé à quelqu'un ?

— Nan. Pourquoi ? Je n'y ai pas repensé jusqu'au moment où j'ai entendu mon oncle dire qu'une étudiante qui habitait le même quartier avait disparu. Alors ça m'est revenu… Je ne crois pas que c'était mon sang que j'ai nettoyé, ajouta Asa Jackson au cas où il ne se serait pas bien fait comprendre.

Moi non plus, s'était dit Hadley.

*
* *

À l'ouest, un soleil moribond pâlissait déjà dans le ciel d'hiver. Je me trouvais à l'extrémité est du Stone Arch Bridge, au-dessus des eaux blanches et écumeuses du déversoir qui coulaient comme une eau de lessive sur une gigantesque planche à laver. Derrière moi, les hommes de la police scientifique vaquaient sur la zone où Asa Jackson avait glissé et était tombé. Hadley et moi l'avions amené pour qu'il nous désigne l'endroit de sa chute, aussi précisément que sa mémoire le lui permettrait. Puis un agent en uniforme l'avait ramené chez lui.

À présent, nos gars de la scientifique faisaient fondre la neige et examinaient l'asphalte mouillé en dessous. Nous ne pensions pas qu'il resterait du sang, après plusieurs couches de neige. Seulement les clefs de Jessie Ryan n'avaient pas été retrouvées. Si elles étaient dans sa poche au moment de l'attaque, elles ne seraient sans doute pas sur la scène de crime. Mais si elle les tenait dans sa main tout en courant, ou qu'elle les avait prises comme la seule arme dont elle disposait contre l'agresseur qui avait surgi de l'ombre, elle avait très bien pu les lâcher. Il était également possible que son agresseur ne les ait pas remarquées, ou que dans sa hâte de s'enfuir après avoir jeté Jessie sur son épaule, il ne se soit pas arrêté pour les ramasser.

Pour calmer son impatience, Hadley était allé à pied s'acheter un Coca dans une épicerie du coin. Moi, j'avais préféré rejoindre le pont.

— Êtes-vous Sarah Pribek ?

J'avais bien remarqué la femme rousse qui approchait, mais je l'avais prise pour une touriste. Je la détaillai du regard. Mince, elle mesurait dans les un mètre soixante-cinq, avec des cheveux roux et bouclés retenus par des barrettes contre les assauts du vent, et elle m'observait avec une intense curiosité.

— Oui, c'est moi, confirmai-je. On se connaît ?

— Non. Mais il n'y a qu'une femme dans l'équipe qui travaille sur Jessie Ryan. C'était facile à deviner.

Elle était vêtue d'un jean, d'une chemise blanche, d'une parka vert-jaune et portait des chaussures de randonnée en cuir ocre brun. Une tenue décontractée qui laissait penser qu'elle n'était pas au beau milieu d'une journée de travail. Mais j'avais manqué un seul détail, révélateur : le stylo coincé derrière son oreille.

— Je m'appelle Rosamund Ross.

Les journalistes correspondent rarement aux présentateurs grisonnants que nous associons aux émissions d'actualité du passé. Ross, qui signait de son nom toutes les histoires parues sur Jessie Ryan, avait à peu près mon âge, et un teint clair constellé de taches de rousseur, un peu pâlottes en cette saison.

— Le bruit court que les recherches entreprises ici sont reliées à l'affaire Ryan, déclara-t-elle en sortant un calepin de sa sacoche en cuir.

— Attendez, vous n'en aurez pas besoin, fis-je, sur le qui-vive. C'est Joseph Santarella, du bureau des Affaires criminelles, qui gère tous les contacts avec les médias. Je vais vous donner son numéro de poste direct.

— Je l'ai déjà, indiqua-t-elle sans se laisser démonter, en ôtant son stylo de derrière son oreille. Enfin, puisque vous êtes ici et moi aussi, puis-je juste vous demander quel genre de preuve ou d'indice vous recherchez ?

— Je ne peux faire aucun commentaire.

— Y a-t-il eu une percée significative ces dernières vingt-quatre heures ?

— Rosamund… Mademoiselle Ross, sincèrement je ne peux rien vous dire, à moins que ça ne reste complètement officieux.

— Est-ce que vous questionneriez un suspect sachant que rien de ce que vous obtiendrez de lui ne sera recevable devant un tribunal ? me rétorqua-t-elle, puis elle inclina un peu la tête. Je suis journaliste. Quand je suis en service, je le suis officiellement, sinon c'est une perte de temps pour tout le monde.

— Il n'empêche, dis-je avec un geste d'impuissance.

Je n'étais pas fière de me montrer aussi timorée. Personnellement, je n'avais rien contre les journalistes et m'étais toujours bien entendue avec ceux ou celles que j'avais connus. Mais on m'avait inculqué cette paranoïa à l'école de police. Nos formateurs n'avaient cessé de le répéter : quelles que soient les circonstances, aussi anodine et innocente que puisse paraître la conversation, si vous parlez à un journaliste même si c'est en faisant la queue pour acheter une bière à un match des Timberwolves, attendez-vous à être cité ou à voir vos paroles imprimées dans la presse. Tout ce que vous pourrez dire ne sera jamais considéré comme officieux ni confidentiel tant que vous n'aurez pas obtenu un accord écrit.

Seuls les porte-paroles, capitaines ou chefs du département répondaient aux questions des journalistes, et il n'y avait guère d'intérêt à rompre cette règle. Au mieux, voir votre nom cité dans la presse vous vaudrait les quolibets de vos collègues qui n'appréciaient pas les arrivistes. Au pire, vous découvririez le lendemain que l'information que vous aviez laissé filtrer avait mis en péril une enquête, une erreur qui entacherait à jamais votre dossier.

— Bon, dit Rosamund Ross en refermant son calepin et en le rangeant, puis elle s'adossa contre la rambarde de sécurité et s'appuya dessus, l'air très à l'aise. Vous êtes de l'Ouest ?

Peu de gens vous posent ce genre de question, surtout quand ils viennent seulement de faire votre connaissance.

— Oui, du Nouveau-Mexique, admis-je. Pourquoi ?

— Les accents, c'est mon truc. La linguistique était ma matière secondaire, à l'école. Moi-même, je suis de l'Arizona. Je suis venue ici pour faire mes études et je n'en suis jamais repartie.

Le vent redoubla soudain en ébouriffant ses cheveux et elle écarta une boucle rebelle de son visage.

— Je me rappelle mon premier automne ici. Les gens ne parlaient que de la rigueur de l'hiver. Ils adorent découvrir que vous venez de l'Ouest. « Vous n'avez jamais passé l'hiver ici, hein ? Vous allez connaître votre malheur ! » se moqua-t-elle en prenant la voix d'une petite brute de cour d'école.

Je n'étais pas dupe : elle essayait de nouer une relation de façon tout à fait intéressée. Pourtant je trouvai sa tentative un peu désarmante et ne pus m'empêcher de lui sourire.

Soudain son regard bleu s'aiguisa.

— On dirait que vos gars ont trouvé quelque chose.

En me retournant, je vis Malik, l'un des deux types de la scientifique, qui agitait le bras en essayant d'attirer mon attention. Il brandissait un sac plastique, mais le dernier rayon de soleil fit luire l'objet en métal qui se trouvait à l'intérieur : un objet de la taille d'un porte-clés.

15

— Steven Silverhus n'a aucun antécédent dans le Minnesota ni dans le Montana. Mais il était étudiant à Missoula à l'époque du viol de Danielle Roback, tout comme il vivait ici quand Jessie Ryan a été tuée.

Il était à peine 9 heures lors de la réunion du matin. Je transmettais ce que j'avais appris la veille au soir à Santarella, qui me scrutait d'un air las par-dessus une bouteille de jus d'orange. Nous manquions tous de sommeil après une soirée qui s'était terminée tard. Hier soir, nous avions eu confirmation que le trousseau de clefs était bien celui de Jessie. Et avec le sang répandu sur le sol, nous tenions notre site d'enlèvement. Nous nous étions donc aussitôt mis à interroger, ou réinterroger pour certains, les gens qui habitaient ou travaillaient dans le coin.

J'en vins à raconter comment j'avais connu Silverhus, comment il s'était comporté, et la marque étrange sur sa main. C'était surtout pour Vang et Hadley qui n'étaient pas présents, la fois où j'avais rapporté ces éléments à Santarella.

— Sa voiture est une Ford Taurus bleu foncé, et nous avons un témoin qui dit avoir vu une berline « foncée », revenant du parc le soir où Jessie a été enlevée, poursuivis-je. Ce témoignage, la connexion avec le Montana et cette possible marque de morsure, voilà ce que j'ai pour l'instant. Par ailleurs, j'ai laissé un message à Danielle Roback, mais elle ne m'a pas encore rappelée. Qu'en pensez-vous ? demandai-je après un petit temps d'arrêt.

Santarella resta un instant dubitatif en grattant l'un de ses épais sourcils.

— Vous m'avez dit que ce type faisait quelque chose d'inhabituel, une sorte de volontariat social... de quoi s'agissait-il, déjà ? reprit-il.

— Un groupe d'hommes bénévoles engagés contre les violences interpersonnelles.

— Voilà ce qui me dérange, remarqua-t-il en tapant sur la table avec son stylo. Pourquoi un type nourrissant ce genre de pulsions envers les femmes rejoindrait-il un groupe animé d'une vocation contraire ?

— Pour résister à ses pulsions, justement, répondit Hasan, et chacun se tourna vers lui. Il espère peut-être que ces réunions l'empêcheront de passer à l'acte, expliqua-t-il. Tout dépend de sa prise de conscience, il est possible qu'il ne s'en rende même pas compte. Il peut s'être persuadé qu'il croit aux objectifs d'un tel groupe.

— En supposant que l'enlèvement n'ait été ni prévu ni prémédité, dit Vang. Que lorsqu'il a vu Jessie, il a juste agi sur une impulsion.

— Tout à fait, confirma Hasan. Danielle Roback a été violée le soir d'Halloween. Il est possible que l'approche de cette date ait été stressante pour Silverhus.

— Tu veux dire que le fait de se sentir coupable d'avoir violé une femme deux ans plus tôt a pu conduire ce gars à s'en prendre à une deuxième fille en allant jusqu'à la tuer ? s'étonna Vang.

— Oui, je pense que c'est possible, répondit Hasan. J'aimerais vraiment voir ce type de plus près.

— Eh bien, Pribek, vous avez éveillé l'intérêt de tout le monde, constata Santarella. Avez-vous une idée de la façon dont vous allez commencer à enquêter sur ce type ?

— Oui, j'ai ma petite idée, confirmai-je.

*

*   *

Vingt ans plus tôt, une étudiante en licence de sociologie à l'université de Boston était partie d'une séance de révision tard le soir chez une amie. Elle n'était jamais arrivée à l'appartement qu'elle partageait avec son petit ami, un étudiant en doctorat de psychologie. Elle avait été attaquée en voiture, violée, assassinée, puis son corps avait été abandonné sur un chantier.

Son petit ami, Robert Donovan, fit la une des journaux deux ans plus tard quand il rendit visite au meurtrier de son amie en prison. Il pardonna publiquement à cet homme, un récidiviste de vingt-quatre ans qui avait été abandonné enfant par une mère toxicomane et qui avait grandi principalement dans le cadre du système pénal des mineurs.

En partie parce que Donovan et sa petite amie étaient blancs tandis que son meurtrier était noir, son geste provoqua une vive réaction publique, des militants pour les droits civils et la réforme des prisons jusqu'à des groupes féministes et des associations de victimes. Certains applaudirent la mansuétude de Donovan ; d'autres appelèrent lors de débats radiophoniques pour dire qu'il ne faisait que cracher sur la tombe de son amie.

Le quart d'heure de gloire de Donovan passa, mais il continua son action en fondant un groupe universitaire appelé *Men Against Interpersonal Violence*. Ses objectifs étaient de promouvoir les recherches sur les causes sociales sous-jacentes des violences sexuelles et de repositionner le viol comme un problème concernant autant les hommes que les femmes. Aujourd'hui, il existait sept sections sur les campus de l'Est et du haut Midwest. La plupart fonctionnaient comme un groupe d'entraide pour les hommes dont les compagnes avaient été victimes, mais aussi en tant qu'organisation activiste travaillant bénévolement pour apporter une assistance socio-psychologique à des délinquants sexuels.

Il y a plusieurs années, Robert Donovan avait obtenu une chaire à l'université du Minnesota, et pour cette raison, il supervisait lui-même la section de Minneapolis. Quand je l'avais appelé, j'avais seulement mentionné que je souhaitais discuter avec lui de l'affaire Jessie Ryan. Il avait accepté de m'accorder un peu de temps après son cours sur la psychologie adolescente, qui se terminait à midi.

Aucun des articles que j'avais lus sur le net au sujet de Donovan et de sa cause ne comprenait de photo. J'avoue que je m'attendais à rencontrer un homme barbu et bedonnant à force d'être en position assise, avec des cheveux grisonnants et clairsemés.

Or celui qui m'accueillit dans son bureau de l'université Elliott Hall était bâti comme le défenseur d'une équipe de hockey, avec une belle tignasse de cheveux noirs sans un seul fil gris. Quand ses yeux croisèrent les miens tandis qu'il se penchait pour me tenir la porte, son regard direct me fit presque l'effet d'un contact physique. Il avait des yeux d'un bleu très clair dont la pupille était entourée de bleu foncé. Si Donovan m'avait été présenté comme un agent formé à Quantico, je n'aurais pas été surprise.

La porte ne s'était pas ouverte en grand et je m'aperçus qu'elle en était empêchée par une pile de livres posée par terre.

— Pardon, fit Donovan avec une profonde voix de basse assortie à sa large poitrine. Je garde l'espoir que mon bureau finira un jour par exploser, de préférence en mon absence, et qu'on voudra bien m'en donner un nouveau où je pourrai repartir de zéro.

Il ôta d'une chaise une autre pile de livres pour que je puisse m'asseoir.

— Et perdre du même coup tous ces documents ? remarquai-je.

— Aucun problème, tout est là, répondit Donovan en se touchant la tempe. Pour mon bonheur ou mon malheur, j'ai une mémoire quasi photographique.

Était-ce ou non un peu vaniteux de sa part de confier ce don à une inconnue au bout de deux minutes ? En tout cas, je le crus.

— Alors, que puis-je faire pour vous ? s'enquit Donovan après s'être assis derrière son bureau.

Je sortis mon calepin. Même si je n'étais pas certaine d'avoir à y noter quelque chose, c'était une bonne entrée en matière avec des personnes censées aider officiellement la police dans leurs enquêtes.

— J'espérais que nous pourrions parler un peu de votre groupe et des différentes motivations pouvant conduire un homme à vous rejoindre.

— Inspectrice Pribek, suggérez-vous qu'un membre de mon groupe puisse être un suspect dans le meurtre de Jessie Ryan ?

C'était vif et sans détours. J'avais eu l'intention de commencer par des généralités en avançant peu à peu vers mon objectif initial, à savoir Steven Silverhus. Mais rapides comme l'éclair, ses pensées avaient bondi par-dessus tous ces préliminaires pour en venir au fait.

— Y aurait-il une raison pour que vous me posiez cette question ? ripostai-je.

— Je croyais que vous veniez pour parler de l'agresseur qui a tué Jessie Ryan. Et voilà que vous me posez des questions, non pas sur les facteurs psychologiques qu'implique ce meurtre, comme je l'escomptais, mais sur les membres de mon groupe.

— C'était une question plutôt générale et ouverte.

— Pourtant révélatrice, répliqua Donovan. Croyez-le ou non, ce n'est pas la première fois qu'on me laisse entendre qu'un homme puisse rejoindre le mouvement contre les violences sexuelles pour réprimer des pulsions qu'il ne veut pas affronter directement en thérapie. Je vais vous dire, ajouta-t-il en saisissant un crayon par les deux bouts. Donnez-moi un nom, et peut-être qu'en contrepartie, nous pourrons avoir quelques échanges productifs.

— Il n'est pas question de contrepartie, m'insurgeai-je, et presque aussitôt, je me dis que nous finirions bien par devoir parler de Silverhus.

Alors pourquoi tergiverser ? Peut-être était-ce une bonne chose ; peut-être avait-il déjà senti que quelque chose ne tournait pas rond chez Silverhus.

— Je dois surtout m'assurer que personne n'est suspect à ce stade, ajoutai-je.

— Mais soupçonnez-vous quelqu'un en particulier ?

— Nous sommes un peu perplexes, avançai-je avec prudence. À cause de similitudes entre ce que nous savons sur le meurtrier de Ryan et sur un membre de votre association. Je ne peux mentionner de nom tant que je n'ai pas eu votre parole que vous ne lui parlerez pas de ma visite. Non seulement ça risquerait de mettre l'enquête en péril, mais ça pourrait aussi troubler cet homme inutilement, au cas où il serait dégagé de tout soupçon dès demain, par exemple.

Donovan fit une moue ironique.

— J'ai dit quelque chose de drôle ?

— Oui, quand vous parlez d'épargner de l'angoisse à votre suspect. Il faut me pardonner, mais j'ai eu pas mal affaire à la police au fil du temps, et très peu de policiers m'ont impressionné par leur compassion.

La moitié des flics que je connaissais lui auraient servi la vieille rengaine en disant qu'ils gardaient leur compassion pour les victimes, mais je n'avais pas envie qu'on m'enferme dans le rôle du flic réactionnaire.

— Est-ce que vous me donnez votre parole de ne pas lui en parler ?

— Vous avez ma parole, confirma-t-il.

J'étais bien obligée de lui faire confiance.

— Alors veuillez me dire ce que vous savez sur Steven Silverhus.

— Steve ? s'étonna-t-il, et je compris à son expression que je m'étais trompée, ce n'était pas à Silverhus qu'il pensait.

— Vous pensiez à quelqu'un d'autre ?

— Non, absolument pas, répondit Donovan en secouant lentement la tête. Quant à Steven, il étudie la psychologie ici même, et auparavant, il suivait un cursus dans le Montana. Il est membre du groupe depuis six mois et il s'est senti assez formé pour commencer il y a trois mois à accompagner un ou deux délinquants sexuels n'ayant qu'un délit à leur actif.

— Ça, je le savais déjà. Ce que je me demande, c'est ce qui a conduit Steven à s'engager dans ce domaine. Connaissait-il une victime parmi sa famille ou ses amies proches ? Ou bien était-ce pour une autre raison ?

— Entrer là-dedans, ce serait violer l'intimité de Steven, déclara-t-il.

— Pardon, dis-je en lui lançant un regard incrédule, je croyais que nous faisions un échange de bons procédés. Vous ne m'avez encore rien appris que je ne sache déjà.

— Je sais, pourtant il y a certaines choses que...

— Exercez-vous en tant que thérapeute, docteur Donovan ?

— Oui, en séances individuelles.

— Steven est-il l'un de vos patients ? Ce serait vraiment fascinant de votre part de missionner un homme dont vous savez qu'il a des problèmes sexuels apporter un soutien psychologique à des délinquants sexuels.

— Non, Steven n'est pas l'un de mes patients, rétorqua-t-il en serrant les lèvres.

— Bien, alors la confidentialité entre un avocat et son client...

— Un avocat ?

Bon sang. Quel lapsus maladroit. Je me sentis rougir jusqu'aux oreilles.

— Je voulais dire, la règle de confidentialité entre un thérapeute et son client ne s'applique pas, en l'occurrence. Vous êtes libre de me parler.

Donovan sourit, avec un brin d'ironie.

— Certes, mais rien ne m'y oblige. Vous pouvez sûrement recourir à une procédure judiciaire pour m'y contraindre, si vous avez aux yeux d'un juge une raison suffisante pour ça. Je doute toutefois que vous en soyez à ce stade. En attendant, j'ai construit des relations avec les membres de ce groupe qu'il serait irresponsable de détruire sans motif valable... Pourquoi Steven vous intéresse-t-il ? reprit-il après un petit silence. Si vous m'en disiez un peu plus à ce sujet, alors je pourrais peut-être...

Oh non, tu ne m'auras pas deux fois à ce jeu-là, pensai-je. Il m'avait déjà soutiré le nom de Silverhus en me promettant d'échanger des informations, pour ensuite me faire faux bond. On ne m'y reprendrait pas.

— Je crains de ne pouvoir divulguer les éléments d'une enquête en cours.

— Nous sommes tous deux restreints par les exigences de nos métiers respectifs, semble-t-il, conclut Donovan en écartant les mains.

J'aurais pu invoquer le nom de Jessie Ryan, expliquer comment on l'avait retrouvée dans une benne à ordures, jetée comme un sac-poubelle. Mais je n'irais pas me servir de sa mémoire de cette façon-là.

— Très bien, conclus-je en me levant, puis je déposai ma carte sur son bureau. S'il vous vient l'envie de coopérer, vous savez où me trouver.

*

* *

Le hasard nous joue parfois des tours bien étranges. Si, tandis que je regagnais le parking couvert, j'étais tout de suite montée en voiture, je n'aurais pas rencontré une deuxième fois Rob Donovan. Au lieu de ça, j'étais montée sur le toit terrasse pour me dégourdir les jambes. J'avais beau réfléchir, je ne me rappelais pas une autre occasion où un témoin s'était comporté de cette manière. Certes il arrivait qu'à la barre, un avocat de la défense me désarçonne, mais cela n'avait rien de personnel. Donovan n'était pas censé se positionner en ennemi.

J'aurais pu le secouer en le prévenant que s'il revenait sur sa promesse de ne pas informer Silverhus de ma démarche, je le ferais accuser d'obstruction. Mais malgré ma colère, j'avais senti que Donovan tenait parole, une fois qu'il l'avait donnée. Le fait que je ne pouvais justement pas le rejeter comme un homme dépourvu d'intégrité augmentait encore mon sentiment d'humiliation.

Allons, assez tergiversé. Arrête de te perdre dans tes états d'âme et retourne au boulot.

Je gagnai la cage d'escalier, descendis vers la place où je m'étais garée et je m'apprêtais à ouvrir la portière quand Donovan arriva derrière moi.

— Inspectrice Pribek.

Je fis volte-face et me campai sur mes pieds comme avant un combat. D'ailleurs, il s'arrêta à deux mètres de moi.

— Je regrette que notre conversation ait si mal tourné, me déclara-t-il d'un ton conciliant qui ne suffit pas à me radoucir.

— Si vous m'avez suivie pour me présenter personnellement des excuses, sachez que mes sentiments ne sont pas en cause. J'ai besoin d'informations, un point c'est tout.

— Je sais. C'est pour ça que je vous ai suivie, me dit-il en détournant le regard vers un étudiant qui s'approchait d'une vieille Subaru. Écoutez, il arrive que des gars rejoignent le groupe sans expliquer clairement leurs motivations. Bien évidemment, je ne cherche pas à exiger d'eux qu'ils prouvent leur intérêt à travailler pour le bien commun, mais personnellement, je trouve ça curieux… Parfois, certains ne se décident jamais à le dire tout net, mais leur engagement relève d'une sorte de fascination malsaine pour la pornographie.

— Ce serait le cas de Silverhus ?

— Non. Steven n'a jamais expliqué les raisons de son engagement, et il serait irresponsable de ma part de me livrer à des supputations. Mais je lui ai donné ma carte et mon numéro de portable en lui disant de m'appeler, s'il avait besoin de me parler. Il ne s'en est servi qu'une fois.

Donovan croisa les bras sur sa poitrine, un langage corporel trahissant de la gêne, pourtant il poursuivit :

— Je supervise un groupe de sex addicts en voie de guérison. Steven m'a appelé durant une réunion, mais j'ai manqué son appel parce que dans ce cas, j'éteins toujours mon téléphone. Le message qu'il m'a laissé disait seulement qu'il avait vraiment besoin de me parler. C'est tout. Et c'était justement la nuit du 30 octobre. La nuit où Jessie a disparu, n'est-ce pas ?

— En effet. Docteur Donovan, ça peut s'avérer très important : à quelle heure vous a-t-il appelé ?

— La séance se déroule entre 21 et 22 heures, répondit-il en se frottant le menton. Sachez également que quand il m'a rappelé le lendemain, il m'a expliqué qu'il était perturbé parce que son grand-père venait juste d'apprendre qu'il avait un cancer… C'est une explication plausible, ajouta-t-il, bien inutilement.

— Quand vous dites qu'il vous a rappelé, ça signifie qu'il a appelé deux fois ? Ou l'avez-vous joint entre-temps ?

— Dès que j'ai entendu son message, j'ai rappelé. Il n'a pas répondu.

— Quand était-ce ?

— À 22 h 30 ou un peu avant.

L'horaire correspondait.

— Docteur Donovan, pourriez-vous me donner l'heure exacte de ces coups de téléphone, le sien et le vôtre ? Je serai discrète sur votre implication, lui assurai-je en le voyant détourner les yeux et rester silencieux. Je ne révélerai pas à Silverhus que je vous ai parlé à moins d'y être obligée.

— Ce n'est pas moi qui suis en cause. La question, c'est de savoir si l'on s'engage sur la bonne voie. Aucune personne ne mérite d'être la cible de la police alors qu'elle est innocente.

— Au stade où nous en sommes, je ne peux pas savoir s'il est innocent à moins justement d'explorer cette voie-là.

— Je vais vous donner les horaires, dit-il en sortant son portable de la poche de son manteau. Ils figurent sur la liste de mes appels.

Le visage penché sur l'écran, il pianota sur le clavier. Tout près, quelqu'un déverrouilla sa voiture à distance, un son électronique qui résonna dans l'espace bétonné du garage.

— 21 h 45, déclara Donovan. C'est le premier appel. Je l'ai rappelé à 22 h 19 sans qu'il réponde.

Parfait, pensai-je. À 21 h 40, il voit Jessie, veut la suivre, appelle son mentor pour qu'il l'aide à résister à ses pulsions. À 22 h 19, il est trop tard ; Jessie est dans le coffre de sa voiture. Je gardai pour moi mes conclusions.

— Merci. Ça m'aide beaucoup, dis-je en ouvrant la portière.

— Quant à ce qui s'est passé tout à l'heure, reprit-il en hésitant. Les flics qu'il m'arrive de rencontrer me prennent souvent pour un adversaire, à cause de ce que je fais. Mais il serait injuste que vous en pâtissiez.

— Oubliez ça, lui dis-je, sincère, car il avait largement mérité mon indulgence.

16

Avant de regagner le centre-ville, je fis une escapade en voiture, avec une destination bien précise.

L'emplacement : on dit que c'est le premier critère immobilier. Il en va de même pour tout crime complexe. Les vols à la tire peuvent se produire dans les rues, mais si l'on veut commettre un crime sophistiqué qui demande du temps sans risquer d'être surpris, il faut pour cela un lieu à sa disposition.

Nous pensions à l'affaire Ryan comme à un meurtre et à une agression sexuelle. Mais c'était avant tout un enlèvement. Le ravisseur avait besoin d'un endroit pour enlever Jessie. Il était hautement improbable qu'il l'ait attaquée n'importe où à l'extérieur, au risque d'être surpris. De plus, nous pensions à présent qu'elle avait été noyée dans une baignoire : pas le genre de chose facile à transporter à l'arrière d'une voiture.

En admettant que Silverhus soit notre homme, où avait-il emmené Jessie ? Il habitait avec son grand-père ; j'avais vérifié son adresse dans l'annuaire des étudiants de l'université du Minnesota et elle correspondait bien à celle de Niels Silverhus. Cette maison était située sur Portland Avenue, et même s'il s'agissait d'un quartier chic, les habitations étaient accolées les unes aux autres ; il n'y avait donc pas de terrain ni de dépendances. À mon avis, Steven n'aurait pas ramené Jessie inconsciente chez son grand-père pour monter l'escalier en la trimballant sur son épaule.

Steven lui-même m'avait donné une piste : il m'avait dit s'être coincé la main dans une porte dans l'un des logements loués par son grand-père. Une recherche sur les dossiers de taxes foncières m'avait fourni les informations suivantes : Niels Silverhus possédait deux biens immobiliers. Si les deux étaient occupés, cela éliminait des lieux éventuels où Silverhus aurait pu transporter sa victime. Je le découvrirais plus tard. Dans l'immédiat, pourquoi ne pas aller y faire un tour pour vérifier s'ils offraient ou non la privauté requise ?

La première location se trouvait à Saint Paul, à seulement trois kilomètres du logement de Niels et Steven.

Je commençai par là. C'était une maison de banlieue à un seul étage, peinte dans un jaune pâle peu attrayant. Dans le jardin de devant, il y avait un amas de neige à moitié fondue faisant un peu moins d'un mètre de hauteur, sans doute le vestige d'un défunt bonhomme de neige. La neige qui avait recouvert le trousseau de clefs de Jessie était la première de l'année ; c'est le jour où jaillissent les bonshommes de neige dans les quartiers où vivent des enfants. D'après son état de déliquescence, celui-ci semblait bien avoir six jours d'existence. La datation des bonshommes de neige… cela pourrait devenir une nouvelle expertise médico-légale.

Je montai les marches du perron et sonnai à la porte, dans l'intention de demander aux locataires s'ils avaient perçu des signes d'intrusion ou des bruits insolites durant la nuit. Un chien aboya de l'intérieur, mais personne ne répondit. Avant de repartir, je vérifiai le courrier dans la boîte aux lettres qui n'était pas verrouillée, et j'obtins un nom grâce à une facture d'électricité : Thomas T. Jones. Je coinçai ma carte dans la porte grillagée, avec un mot écrit à la main lui demandant de m'appeler à un moment qui lui convienne.

Je savais déjà qu'il n'en sortirait pas grand-chose. Dans ce quartier, les maisons étaient très proches les unes des autres, ce qui n'offrait guère de tranquillité. En outre, un chien montait la garde chez les Jones : celui qui avait aboyé en entendant mes pas.

Non, ce n'était décidément pas le bon endroit.

*

* *

Le second logement appartenant à Niels était à une grande distance du premier : à Victoria, au sud-ouest des Cities. Je suivis une route de campagne sinueuse et trouvai enfin l'adresse. C'était une maison modeste peinte en blanc cassé, semblable à la moitié des maisons de campagne du haut Midwest. J'avais grandi dans un environnement coloré, avec une architecture rustique propre à l'Ouest espagnol et indien. L'uniformité du Midwest, murs blancs et brique rouge, me pesait parfois.

Le garage indépendant qui se trouvait derrière la maison en datait la construction du début au milieu du XXe siècle, quand les architectes considéraient encore le garage comme l'héritier des remises destinées aux voitures à chevaux, qui devaient être séparées de la maison. Elle n'avait elle aussi qu'un rez-de-chaussée et un étage, censé être l'atelier de l'homme de la maison, ou servir de grenier. Le terrain entourant les deux bâtiments n'était pas clôturé. Au centre d'un jardin aux limites imprécises, il y avait un étendage et une girouette, d'où pendaient de petites stalactites.

La neige qui recouvrait l'allée n'avait pas été dégagée à la pelle, aussi je me félicitai d'avoir aux pieds mes solides bottes d'hiver. Les marches couvertes d'une fine couche de glace étaient encore plus traîtres. Une fois devant la porte, j'appuyai sur la sonnette, mais là non plus, personne ne répondit. Je retournai sur mes pas jusqu'à la boîte aux lettres pour trouver le nom du locataire, comme je l'avais fait à Saint Paul. Elle était vide ; apparemment, le courrier n'avait pas encore été distribué.

Se pouvait-il que cette maison soit inoccupée ? Je l'observai avec plus d'attention. Les volets de toutes les fenêtres dans mon champ de vision étaient fermés. Aucune vapeur ne s'échappait des conduits d'aération sur le toit. Généralement, en plein hiver, on voit au moins un peu de vapeur monter d'un bâtiment chauffé. Plus il fait froid, plus grands sont les bâtiments, plus prodigieux sont les nuages produits par le contraste entre chaud et froid. Il m'arrive parfois de rouler au cœur du centre-ville de Saint Paul par des matins de la mi-janvier, quand le Capitole et les édifices alentour semblent fumer comme les vestiges d'un gigantesque incendie, avec d'épais nuages blancs montant vers un ciel d'un bleu froid et implacable.

Là, je ne voyais rien, et c'était étrange : les gens baissent le chauffage quand ils vont être absents toute la journée, mais ils ne l'éteignent pas complètement. Cela reviendrait aussi cher de le rallumer le soir que de laisser le thermostat à basse température, sans parler de l'inconfort de rentrer dans une maison glaciale.

La maison située au sud de Saint Paul m'avait donné des signes évidents d'occupation : le chien qui avait aboyé à l'intérieur ; le bonhomme de neige à moitié fondu sur la pelouse blanche. Cette maison-là ne montrait aucun signe de présence, du moins pas de mon point de vue, à l'extérieur.

Si elle n'était pas louée en ce moment, qu'en déduire ? Steven devait savoir qu'elle était inoccupée. Et elle était perdue dans la campagne – un endroit idéal pour y transporter Jessie.

La piste mérite d'être creusée, décidai-je en traversant la route pour regagner ma voiture. Puis j'opérai un large virage avant de retourner en ville.

17

— Bon, dit Syed Hasan, ce que j'ai appris de plus utile dans ce boulot, c'est qu'on ne peut pas identifier ni s'occuper des violeurs et auteurs de crimes sexuels si l'on considère leurs crimes comme une monstrueuse aberration du comportement humain. Car ce n'est pas ce dont il s'agit. Le comportement humain est un continuum.

Hasan, son épouse Natalie et moi-même étions dans un bar du centre-ville proposant un excellent happy-hour. Hasan expliquait son approche du travail de profileur, sans doute davantage à mon intention qu'à celle de Natalie, car à mon avis, elle devait déjà être au parfum.

— Chaque femme qui a gardé la chemise de son petit ami même après une rupture comprend l'impulsion qui vous pousse à conserver des trophées, poursuivit Hasan. Chaque homme ayant pris un malin plaisir à conserver la petite culotte de sa partenaire dans le tiroir de son bureau sans qu'aucun de ses collègues ne s'en doute connaît le pouvoir d'un objet totémique. Et s'il vous est déjà arrivé de succomber au charme de quelqu'un qui conduit une certaine voiture, et que vous avez commencé à voir partout le même modèle, vous comprenez ce qu'est une obsession. Du moins en partie.

Il se mit un peu en retrait pour nous permettre d'alimenter la conversation, mais aucune de nous ne prit le relais. Je me contentai de boire une gorgée de bière.

Plus tôt, j'avais réussi à joindre Thomas Jones, le locataire de la maison de Saint Paul. Il m'avait confirmé ce dont je me doutais déjà : il était parti en vacances, et il n'y avait eu aucune trace d'intrusion chez lui. Le locataire de la maison de Victoria s'avérait plus difficile à pister et donc, quand Hasan m'avait invitée à faire la connaissance de Natalie, qui était arrivée de Washington DC le matin même, j'en avais été enchantée.

Si Hasan ne s'était pas levé à son approche, je n'aurais pas tout de suite repéré Natalie Singh-Hasan à son entrée dans le bar. Je crois qu'inconsciemment, j'attendais une femme plutôt petite et discrète. Pas mal d'hommes de ma connaissance qui menaient une carrière à haute responsabilité dans la force publique épousaient des femmes petites et douces, travaillant dans un domaine artistique ou littéraire, bien éloigné du sordide univers des enquêtes criminelles.

Natalie Singh-Hasan mesurait plus de un mètre soixante-quinze et la forte présence qu'elle dégageait venait moins de son état de femme sur le point d'accoucher que de sa vive intelligence. Elle avait d'épais cheveux noirs réunis par deux piques croisées, et le regard de ses yeux noirs était amical, mais pénétrant. Comme Hasan, elle s'était formée en psychologie, avec une sous-spécialité en analyse linguistique.

Elle ne faisait pas partie du FBI. De nationalité anglaise, elle avait rencontré Hasan quand il était attaché à l'agence du FBI de Londres.

— J'ai été ravie de venir aux États-Unis, lorsque Syed a été réaffecté ici, m'expliqua Natalie. Quand on veut percer dans le cinéma, on va à Los Angeles, et à Nashville quand on joue de la musique country. Pour travailler sur les affaires criminelles, rien ne vaut l'Amérique.

— Je ne cesse de lui dire que nous avons juste plus d'armes et de plus grands espaces où se cacher, mais elle n'écoute pas, intervint Hasan.

Lui et moi buvions de la bière, et Natalie de l'eau minérale. En revanche, elle s'était jetée sur les tortillas chips que nous avions commandées, et elle dédaignait le pico de gallo au profit de la sauce pimentée.

— Quel genre de travail pouvez-vous exercer ici sans avoir la citoyenneté américaine ? lui demandai-je en trempant un triangle dans la sauce.

— Je ne peux pas faire partie d'une agence gouvernementale comme Syed, mais n'importe laquelle de ces agences peut m'engager comme consultante. Et je peux enseigner à l'École nationale de police, entre autres. Pour l'heure, je suis en congé, à cause du bébé.

Je hochai la tête sans pouvoir répondre tant j'avais la langue enflammée par la sauce, et je tentai de calmer un peu ce feu en gardant de la bière bien fraîche dans la bouche. Comment Natalie pouvait-elle en ingurgiter aussi facilement ? Le premier-né de la famille Hasan aimerait sûrement la cuisine relevée.

J'aurais pu passer toute la soirée à écouter Syed et Natalie me renseigner sur leurs spécialités respectives en matière de criminalité et sur leur parcours à chacun, mais ils finirent par me lancer la balle. J'avais déjà exposé la situation de Shiloh à Hasan, et il avait compris que c'était un point sensible sans poser d'autres questions. Pourtant son épouse et lui voulurent savoir ce qui m'avait amenée à travailler pour le bureau du shérif.

— Étiez-vous une accro à l'adrénaline depuis votre plus jeune âge ? demanda Hasan. C'est un profil très courant.

— Pour faire bref, je répondrais que oui, mais ce n'est pas exactement ce qui m'a conduite à entrer dans la police. En fait, j'étais très réticente, au départ.

— Réticente ? releva Natalie. Vous voulez dire que quelqu'un vous y a poussée ?

— Oui. À l'époque, je vivais dans une ville minière de l'Iron Range, et j'étais amie avec un type plus âgé qui servait les week-ends dans les patrouilles civiles de prévention du crime. J'étais un peu paumée. Il l'a compris, et m'a suggéré d'entrer dans la police. Ça ne m'était jamais venu à l'esprit.

Je leur racontai l'existence creuse que je menais à vingt ans, à travailler la semaine dans le service de nettoyage et d'entretien d'une mine de taconite, et à boire les week-ends pour tuer le temps. Jusqu'à une nuit d'été brûlante où vers

2 heures du matin j'avais entendu un hurlement de femme venant du dehors, à travers la fenêtre de ma salle de bains. Je m'étais penchée sans rien voir, et j'avais appelé sans obtenir de réponse. Incapable de rester sans réagir, j'étais sortie, une torche à la main, pour tenter de retrouver l'origine de ce cri, sans succès. Mais le matin venu, j'avais décidé de ce que je voulais faire dans la vie.

— Et à quoi avez-vous attribué ce cri ? C'était juste une ivrogne excitée après une nuit de débauches ? demanda Natalie.

— Non, ce n'était pas ce genre de hurlement, répondis-je lentement en me concentrant, car je pouvais encore me remémorer sa nature, même après toutes ces années. C'était un cri de détresse. Pourtant le lendemain, je n'ai pas vu de crime ni d'accident mentionné dans les journaux du matin. Et rien ne m'est revenu par le bouche-à-oreille. Or c'était une petite ville.

— Assez petite pour que vous ayez découvert quelque chose, avec un peu d'effort ?

— Oui, je pense.

— Alors, croyez-vous que vous l'ayez imaginé ? demanda Natalie. Apparemment, si vous n'aviez pas entendu hurler cette femme, vous auriez fait autre chose dans la vie. C'était la main du destin, ou votre subconscient qui a voulu vous donner un petit coup de pouce ?

— Je ne suis pas certaine que je serais aujourd'hui chauffeur de taxi, si j'avais dormi à poings fermés cette nuit-là, répondis-je. Peut-être que j'aurais pris la même décision d'entrer dans la police une semaine plus tard, même sans cet épisode.

Aucun d'eux ne voulut me laisser offrir la deuxième tournée. Hasan s'était tu et prenait plaisir à nous écouter. Pour mon plus grand plaisir, Natalie m'expliquait avec humour les différents parlers anglais, dans la haute société et au sein des classes laborieuses. Quant à moi, j'évoquais les difficultés rencontrées pour relever des empreintes de pieds ou de pneus dans la neige avec du soufre : on devait d'abord le chauffer sur un réchaud de camping et sur la scène de crime, au risque qu'il s'enflamme si on laissait la température monter trop haut.

18

Sans perspective de déplacement intéressant aux environs de l'agglomération, la journée du vendredi traîna en longueur. Il fallut plusieurs recherches de données avant que je retrouve la personne qui payait les factures de gaz et d'électricité de la maison que Niels Silverhus possédait à Victoria : une certaine Martha Ann Washington. Quand j'appelai au numéro figurant sur ces factures, une voix impersonnelle sur le message du répondeur l'identifia comme « Marty » Washington. Je laissai un message lui demandant de me rappeler.

Le reste du vendredi fut occupé par le suivi des appels qu'on recevait encore sur le numéro du service de signalement consacré à Jessie Ryan, appels bien intentionnés, mais qui n'apportèrent strictement rien. Vers la fin de la journée, tandis que je m'apprêtais à ranger mes affaires pour me rendre à mon cours de soins d'urgence, Vang et Hadley firent leur entrée. Ils avaient dû rester dehors un bon moment, car ils apportaient avec eux des effluves de vent glacial.

— Alors ? demanda Hadley. On vient voir si tu veux prendre un sandwich et une tasse de café avant la cérémonie.

— La cérémonie ? répétai-je. Oh mon Dieu, j'avais oublié.

Il s'agissait de l'hommage public rendu à l'université, celui dont Santarella nous avait parlé la veille. Cette fois encore, l'événement tombait en même temps que mon cours.

Je faillis demander à Vang et Hadley s'ils pourraient me couvrir en comblant le vide créé par mon absence. Les lundis et mercredis soir, j'avais un cours magistral, tandis que les vendredis soir, c'étaient des travaux pratiques. Si je pouvais facilement rattraper les cours en potassant des manuels, les exercices étaient notés, et manquer celui de ce soir nuirait à mon classement final.

Pourtant hier matin, Santarella avait été très clair en nous expliquant qu'il aurait besoin de nous tous.

— Oui, je suis partante pour un sandwich, dis-je en essayant de réprimer le malaise qui vous envahit quand l'un de vos projets capote au dernier moment.

Certes j'avais dit à Santarella que j'étais tenue à une certaine assiduité, mais pas que je ne pourrais manquer aucun cours. Pour l'instant, j'étais au niveau ; je survivrais à cette absence.

Tandis que Vang passait rapidement un coup de fil à sa femme, Hadley s'adossa nonchalamment contre mon bureau.

— Dis donc, tu étais déjà bien pressée de t'en aller lundi et mercredi soir… Lundi, mercredi, et maintenant vendredi… ça ressemble à des cours du soir.

— Tu m'as eue. Je savais que tu étais un bon détective.

— Une formation en mi-carrière pour un flic, ça signifie généralement qu'on vise de l'avancement, avec à la clef un poste du genre lieutenant ou peut-être même capitaine. J'ignorais que tu étais aussi ambitieuse.

— Eh bien, figure-toi que je descends sur l'échelle sociale. Je suis des cours de soins d'urgence.

— Quoi ? Tu veux quitter la police ? fit-il, abasourdi.

— Oui.

— Je peux te demander pourquoi ?

Prenait-il cette nouvelle personnellement ? Cela ne cadrait pas avec ce que je savais du caractère de Skyler Hadley, dont la devise était plutôt vivre et laisser vivre. Je n'eus pas le temps de me justifier car mon téléphone sonna. Nous échangeâmes un regard et Hadley se retira pour me laisser répondre en toute tranquillité.

— Inspectrice Pribek, Marty Washington au bout du fil, annonça une voix de femme. Vous m'avez appelée. Que puis-je pour vous ?

— C'est exact, dis-je en me rasseyant à mon bureau. Je voulais vérifier que vous êtes bien la locataire du…, commençai-je, puis je lui lus l'adresse.

— Oui, c'est chez moi.

— C'est votre résidence principale ? Vous y vivez ?

— Évidemment que j'y vis. Tout comme mon mari et mon fils. Pourquoi louer une maison si ce n'est pas pour y habiter ?

— Certes, mais je devais m'en assurer. La semaine dernière, étiez-vous en vacances ou absents de la maison pour une raison ou pour une autre ?

— Inspectrice, euh…

— Pribek.

— Pribek. Mon mari et moi, nous travaillons tous les deux. Nous passons beaucoup de temps en ville. Mais nous vivons bien à Victoria, et nous ne sommes pas partis en vacances. Est-ce que je peux savoir ce qui se cache derrière vos questions ?

C'était délicat : je n'avais pas envie qu'elle apprenne que le petit-fils de son propriétaire était suspect dans une affaire de meurtre. Comme Donovan l'avait souligné, je devais à Silverhus de la discrétion tant que je n'en saurais pas davantage.

— Je suis désolée, je n'ai pas la liberté de divulguer des informations sur une enquête en cours.

Marty Washington resta un instant silencieuse.

— Inspectrice, reprit-elle, je suis membre de la presse indépendante ici, à Minneapolis. Sans vouloir entrer en conflit avec vous, je suis certaine qu'après avoir passé quelques coups de fil, je saurai ce que vous cherchez. Alors il serait plus simple d'en venir aux faits. D'autant que si une menace pèse sur ma famille, vous avez l'obligation de m'en informer.

La raison invoquée par Marty Washington m'incitait à davantage de discrétion, même si je pouvais comprendre le souci qu'elle avait de sa famille.

— Désolée, je ne voulais pas vous inquiéter. Je cherche juste des logements inoccupés dans votre quartier où quelqu'un aurait pu pénétrer sans autorisation dans le cadre de la perpétration d'un crime. Si vous et votre famille vivez bien dans cette maison, il n'y a aucun risque pour que votre domicile soit impliqué.

— Ah, dit-elle, soulagée. Eh bien, nous vivons ici. S'il s'avère que quelqu'un s'est introduit chez nous en notre absence, j'apprécierais que l'on nous en informe.

— Je ne l'oublierai pas, dis-je, sans rien promettre. Merci de votre aide.

Après avoir raccroché, je mâchonnai un moment le bout d'un crayon en espérant avoir su gérer au mieux la situation. La sécurité de la famille Washington venait avant le droit de Silverhus à la discrétion ; je le comprenais. Mais Jessie avait été kidnappée et tuée de nuit. Je ne voyais pas comment l'assassin aurait pu la transporter jusqu'à la demeure des Washington alors que la famille s'y trouvait. Sans parler du fait que Silverhus était juste un suspect.

— Prête ? lança Vang dans mon dos. Skyler a tellement faim qu'il est prêt à faire une razzia sur tous les bureaux pour dénicher un casse-croûte.

— Prête, fis-je en me levant, puis j'enroulai un foulard bleu et or autour de mon cou. Allons-y.

19

La veillée en hommage à Jessie Ryan commençait à 18 h 30, heure à laquelle les cours seraient finis, mais où beaucoup d'étudiants se trouveraient encore sur le campus. Peu après 18 heures, nous arrivâmes habillés en civil dans la cour carrée enneigée située au centre du campus. Ce n'était pas inhabituel pour nous qui étions inspecteurs. Mais ce soir-là, même les symboles d'autorité que nous arborions d'ordinaire à l'extérieur étaient dissimulés : insignes, armes, étuis de revolver à l'épaule. Les policiers chargés de maintenir l'ordre assureraient sur la foule le contrôle nécessaire. Notre travail à nous, c'était d'être aux aguets, et sans devenir exactement des agents infiltrés, nous étions discrets.

Ce que nous recherchions n'était pas facile à définir en quelques mots : un homme dont la présence nous semblerait déplacée ou insolite, un homme à la mine trop réjouie en ces circonstances, qui savourait en secret sa notoriété en se mêlant de façon anonyme à ceux que ses actes avaient choqués et indignés.

À l'une des extrémités de la cour, il y avait une esplanade avec des marches en pierre, où les organisateurs avaient installé une estrade équipée d'un micro et de haut-parleurs, près d'une photo agrandie de Jessie à la patinoire, en tenue de compétition bleue et patins blancs. Des bénévoles distribuaient des bougies à la foule. Plus bas, des groupes organisateurs avaient disposé sur des tables des prospectus d'information expliquant les mesures de sécurité et d'accompagnement sur le campus ainsi que de prévention du viol.

— Regarde, me glissa Hadley dont l'haleine soufflait de la vapeur blanche tant le froid était intense.

Il inclina la tête en direction des tables, et nous vîmes tous ce qui avait attiré son attention. L'association *Men Against Interpersonal Violence* avait un stand, et je reconnus sans mal la personne qui se tenait derrière la table, même s'il portait un bonnet et une parka pour se protéger des frimas, en cette soirée de novembre.

— C'est lui ? me demanda Hadley, et je le lui confirmai.

Hasan et Santarella se penchèrent par-dessus mon épaule pour mieux voir cet homme qui était notre seul suspect plausible.

— Bon sang, réagit Santarella en secouant la tête. Il s'est porté volontaire.

Nous comprenions tous ce qu'il entendait par là. Le fait que Silverhus tenait ce stand rendait douteuse toute conclusion que nous aurions pu tirer de sa présence en ces lieux. Il avait une raison parfaitement légitime d'assister à l'hommage public rendu à la mémoire de Jessie.

— Vous savez quoi ? fit Santarella en tournant le dos à la table pour nous faire face. Retournons ça à notre avantage. Vang, va lui parler. Contente-toi de te présenter, demande un prospectus, fais connaissance. N'y reste pas plus d'une minute ou deux, puis continue ton chemin.

— Compris. Vous voulez préparer le terrain. Je me présente aujourd'hui, et dans un jour ou deux, nous le ferons venir chez nous en raison de son statut d'étudiant en psycho et expert non officiel.

— Exactement, confirma Santarella. Maintenant, dispersons-nous, ajouta-t-il en nous considérant tour à tour. Vous savez ce que nous cherchons.

Sauf qu'en réalité, nous ne le savions pas. La consigne était « tout individu suspect », mais qu'entendait-on par là ? Un visage masculin parmi une forte présence féminine ? Pas exactement, puisqu'il entrait justement dans les objectifs du groupe de Rob Donovan de proclamer au monde que les hommes se souciaient des violences contre les femmes. Un homme plus mûr parmi des étudiants et étudiantes ? Toujours pas, car des gens de tous âges préparaient des diplômes, et de plus, cette cérémonie était ouverte au public. L'idée, plutôt vague, était la suivante : nous étions cinq venus ici pour observer, écouter et suivre ce que nous soufflerait notre instinct sur des comportements suspects ou inhabituels.

Vang traversa la cour carrée pour entrer en contact avec Silverhus. Je l'observai discrètement. Une jeune fille en anorak rose fuchsia me donna une bougie qu'elle alluma avec un long briquet.

La cérémonie se déroulait, alliant mémoire et pédagogie. Alors qu'une jeune femme prenait place devant le micro et commençait à lire des statistiques sur les violences faites aux femmes, je scrutai l'assistance. Comme c'était prévisible, elle était en majorité féminine. En anoraks aux couleurs pastel et bottes fourrées, ces jeunes et jolies filles m'évoquaient les personnages de Hans Christian Andersen, avec leur teint à l'éclat ravivé par le froid et la lumière ambiante et leurs grands yeux graves aux pupilles dilatées, un apanage propre à la jeunesse. Bientôt je repérai un visage non pas suspect, mais familier. C'était Temple, habillée elle aussi en civil. Je me dirigeai vers elle en fendant la foule.

— Salut. Qu'est-ce que tu es venue faire là ? Apporter ton soutien à la cause ?

— Pas vraiment, répondit-elle.

— Eh bien, tu as une curieuse façon de le montrer, remarquai-je en indiquant la bougie qu'elle tenait à la main.

— Justement, c'est bien là le problème, non ? L'Amérique adore sortir des bougies blanches pour honorer ses défuntes, mais elle ne leur accorde même pas un jour d'entraînement à l'autodéfense. Pense un peu aux centaines d'heures que ces filles ont passées au gymnase à faire du cardio ou du yoga, dit-elle en regardant les jeunes femmes qui nous entouraient. À ton avis, y en a-t-il une parmi elles qui ait passé ne serait-ce que deux heures à apprendre comment lancer un coup de genou ou de coude bien placé ? Je sais, ajouta-t-elle en me dévisageant. Tu vas me dire que je rejette la faute sur les victimes.

— Pas du tout. Je vais juste te demander de faire quelques pas avec moi… je suis censée circuler en surveillant ce qui se passe.

Temple se tut et nous avançâmes sur la neige qui crissait sous nos pas. Une femme plus âgée, peut-être une professeure, remplaça la première oratrice au micro. Je n'écoutais guère son intervention, toute à mes réflexions sur ce que venait de dire Temple.

Ma jeune colocataire s'exprimait avec fougue, et j'y étais habituée. Son engouement obsessionnel pour les arts martiaux était une forte réaction, un peu disproportionnée sans doute, à une jeunesse surprotégée. Mais avait-elle tort, au fond ? Si Jessie avait eu le même souci d'apprendre à se défendre que Temple, serait-elle en vie aujourd'hui ? Et si Temple avait été agressée par le même homme, en dehors de ses horaires de travail et sans son arme de service, ses aptitudes l'auraient-elles sauvée ?

C'était s'engager en terrain miné. Car comme Temple l'avait souligné, les gens étaient prompts à utiliser la formule « rejeter la faute sur les victimes ». Je ne pouvais pourtant m'empêcher de repenser à ma propre jeunesse. Pour ma part, je n'avais guère été surprotégée ; mon enfance avait été bien différente de celle de Temple. Ce dont je me souvenais en particulier, c'était de ma formation en autodéfense durant les cours d'éducation physique, au lycée. Elle s'était bornée à écouter un conférencier devant un tableau noir raconter à une salle remplie de filles comment chercher à frapper les yeux d'un agresseur ou lui donner un bon coup de pied dans les parties. Nous n'avions jamais pratiqué les gestes eux-mêmes. Or je ne me rappelai aucune autre discipline dans laquelle des aptitudes physiques n'étaient enseignées que théoriquement.

Si Jessie Ryan était dans la norme, elle avait dû grandir avec pour modèles les princesses guerrières qui sévissaient à la télé, en compagnie de tueurs de vampires. L'Amérique donnait à ses filles des héroïnes capables de se battre seules contre cinq hommes, jouées par des actrices aux abdos parfaits doublées par des cascadeuses dans les scènes d'action. Elle leur vendait des super-girls comme symbole d'émancipation, tout en les excluant ou en les détournant des sports de contact sous prétexte qu'il n'était pas naturel ni normal pour une fille de se battre ; un comportement considéré comme inévitable chez les garçons.

Le fait que des jeunes femmes comme Jessie atteignaient l'âge adulte sans même avoir appris des rudiments d'autodéfense n'était que la moitié du problème. L'autre moitié, c'était que de sales types comme celui que Jessie Ryan avait rencontré la Nuit du démon pouvaient prendre pour acquis qu'elles ne sauraient pas se défendre.

De l'autre côté de la cour carrée, Syed Hasan croisa mon regard, ce qui me tira brusquement de mes pensées. Il haussa les sourcils d'un air interrogateur et en réponse, je me contentai de secouer la tête.

La personne suivante à monter sur l'estrade pour prendre place devant le micro fut Jen Ryan, la sœur cadette de Jessie.

Jen déplia une feuille de papier et se mit à lire une lettre adressée à sa sœur. Elle expliqua combien elle attendait avec impatience l'année qu'elles allaient passer ensemble sur le campus de l'université du Minnesota, comme elles l'avaient vécu auparavant, quand Jessie était en terminale et Jen en troisième. Elle racontait qu'elle ne serait jamais en mesure d'aider sa sœur à se coiffer et à s'habiller le jour de son mariage, qu'elle avait déjà prévu ce jour-là de cacher ses chaussures ou son rouge à lèvres pour lui faire une farce, et que désormais cela n'arriverait jamais. Quand sa voix se mit à trembler, on sentit la foule frémir de compassion.

Je projetai mon regard vers le stand de *Men Against Interpersonal Violence*. Les yeux de Silverhus étaient rivés sur la sœur cadette de Jessie. Mais tous les présents faisaient de même.

Jen termina sa lecture sans céder aux larmes puis elle descendit les marches. Le moment était trop grave pour que les gens applaudissent, et l'assemblée se contenta de la regarder partir, tandis que les lueurs tremblotantes des bougies dansaient sur les visages recueillis, dans la vapeur blanche que les souffles projetaient dans l'air.

Pendant que Jen rejoignait sa famille et se réfugiait dans les bras de sa mère, l'organisatrice prit à nouveau place au micro et s'éclaircit la voix avant de clore la cérémonie.

— Alors ? Tu as remarqué quelqu'un en particulier dans la foule ? me demanda Temple, postée à côté de moi.

— Non, répondis-je après une hésitation.

Pour l'instant, nos théories au sujet de Silverhus ne pourraient franchir notre salle de réunion.

Tandis que Temple regardait encore vers l'estrade, je laissai de nouveau mes yeux errer vers Silverhus. Il ne me remarqua pas. Lui non plus ne prêtait pas attention à l'oratrice. Il scrutait intensément la petite famille Ryan-Nedegaard alors qu'elle s'éloignait pour rentrer chez elle. À cette distance, on aurait dit que Silverhus observait la famille dans son ensemble. Je frémis cependant d'effroi, sachant qu'il était possible que son attention se concentre sur une personne en particulier.

Et comment ne pas voir à quel point Jenny Ryan ressemblait à sa sœur ? Mince, séduisante, chevelure blond vénitien... Or nous savions également que l'assassin de Jessie pouvait se trouver là. J'espérais vivement que nous n'avions pas fait une erreur en laissant la cadette de la victime occuper le devant de la scène lors de cet hommage funèbre.

20

C'est juste un autre rêve. Je suis devant la penderie, et je cherche quelque chose à me mettre pour assister à l'hommage rendu à Jessie. Au fond du placard, il y a une robe noire que je ne porte qu'aux enterrements. Je la sors. Elle est en laine. Elle me tiendrait assez chaud quand je devrais rester immobile près de la tombe.

— Non, intervient alors Shiloh. Celle-là, elle nous est réservée.

— Je dois me rendre à un service funèbre.

— D'accord, mais c'est dans le cadre de ton travail. Mets plutôt ton tailleur noir, me conseille-t-il. Il y a des choses qu'il vaut mieux séparer.

Il vient me rejoindre et pose la main au creux de mes reins.

— Tu portais cette robe, le soir où nous nous sommes rencontrés.

— Oui, je m'en souviens.

C'était dans le bar d'un aéroport, douze heures après que j'eus enterré mon père.

— Tu m'avais labouré le dos de tes ongles, me murmure-t-il à l'oreille tandis que sa main me caresse longuement le dos en descendant de plus en plus bas.

— Shiloh, arrête, ce n'est pas le moment.

Pourtant je me sens soudain humide à l'entrejambe, et ce n'est pas à cause de la douche que je viens de prendre.

— Est-ce que tu porteras cette robe à mon enterrement, mon amour ? Promets-le-moi.

Évidemment, je me suis réveillée.

*

* *

L'hiver semble plus lumineux dans les petites villes environnées de campagne, où les prés couverts d'une neige immaculée renvoient l'éclat du soleil sous d'immenses cieux d'un bleu limpide. En ce matin où il faisait moins 12, le soleil était presque aveuglant tandis qu'accompagnée de Syed Hasan, je roulais vers la frontière du Wisconsin, là où Jessie Ryan avait grandi et où elle allait être enterrée.

Syed m'avait attendue devant l'immeuble où le Bureau les logeait, lui et son épouse. Il était vêtu d'un costume sombre et portait des lunettes noires pour se protéger de l'éclat aveuglant du soleil.

— Ah, tu as enfin l'air d'un véritable agent fédéral, lui lançai-je pour le taquiner.

— Toi aussi, répliqua-t-il en descendant du trottoir, car je portais le tailleur noir vivement prescrit par Shiloh dans mon rêve. C'est ta voiture ? s'étonna-t-il, et j'acquiesçai.

Un jour de semaine, j'aurais réservé une voiture de service. Mais gagner le centre-ville pour faire l'échange m'aurait compliqué la vie en ce samedi matin où je devais déjà m'habiller convenablement pour ces obsèques, puis passer prendre un collègue et rejoindre la frontière du Wisconsin avant 10 heures. Je conduisais donc ma Nova 1970, ma première et unique voiture, celle que j'avais achetée en économisant sur mon salaire de réceptionniste quand j'habitais sur l'Iron Range, des années plus tôt.

— Ne te fais pas trop d'illusions, on a peu de chance de voir quelqu'un de suspect au service, déclara Hasan durant le trajet, tout en contemplant les champs enneigés.

— Pourtant tu as tenu à venir, m'étonnai-je.

— Je sais. Je deviens nerveux quand je reste enfermé trop longtemps à me bourrer le crâne de rapports de témoins et de diagrammes… C'est peut-être juste un prétexte pour prendre un peu l'air... Je ne le regrette pas, ajouta-t-il en haussant les épaules, mais hier soir, j'ai discuté de la situation avec Natalie, et j'ai de plus en plus tendance à penser que si ce type est du genre impulsif comme je le crois, il aura préféré venir hier soir, à la commémoration. Il est sans doute assez malin pour se rendre compte qu'à l'enterrement d'aujourd'hui, il risquerait de se faire repérer parmi un cercle plus restreint de proches et d'amis.

— À moins que nous nous trompions, et qu'il ait connu Jessie bien mieux que nous ne le pensons, objectai-je.

— Exact. Si c'est un vieux copain de lycée, il peut très bien en profiter pour venir. Quant à savoir si nous le repérerons à son comportement, rien n'est moins sûr.

Je ralentis et quittai la route nationale pour prendre une voie secondaire.

— En admettant qu'il vienne à cette cérémonie, qu'espère-t-il en retirer ?

— Une ou deux choses, répondit Hasan. L'inhumation est le dernier des événements programmés, et donc elle représente pour lui son dernier moment passé avec Jessie. Il peut aussi prendre plaisir à se mélanger avec ses amis et sa famille en savourant leur chagrin.

Je repérai l'église juste à temps et engageai la Nova sur une allée qui montait en pente raide.

Shiloh m'avait dit un jour que les histoires architecturale et ecclésiastique sont étroitement liées, les églises représentant souvent l'art et les techniques les plus aboutis de leur époque. Pourtant, l'église luthérienne fréquentée par la famille Nedegaard-Ryan ne suivait pas cette tradition. Datant d'une cinquantaine d'années, sa façade s'érigeait en A, sans fenêtre, avec une croix en métal fichée à la pointe de sa toiture. À l'intérieur, aucune odeur d'encens ne flottait dans l'air ; ça sentait la moquette usée et les produits de nettoyage au citron, dans une atmosphère dénuée de mystère qui évoquait plutôt celle d'un centre socioculturel. Noir et orné de bronze, le cercueil de Jessie reposait sur l'estrade, devant une gerbe de lis et d'œillets.

Hasan et moi nous séparâmes pour prendre place au fond, de chaque côté de l'allée, afin de mieux observer les personnes assises devant nous. La famille de Jessie occupait le premier rang : Roy Nedegaard, dos raide en costume noir, Katharine, vêtue de gris, et Jen, frêle et pâle dans une robe noire à col bateau.

Les rangs de devant étaient presque tous occupés par les amies de Jessie, des camarades de lycée et d'université. J'en avais vu entrer certaines : elles arboraient, épinglé sur leurs robes ou chemisiers, un ruban en forme de nœud, tel que les gens en portent pour la recherche sur le cancer du sein ou autre cause semblable. Ceux-là étaient noirs, ce qui me surprit un peu. Certes le noir est la couleur du deuil, mais j'aurais cru que les amies de Jessie auraient choisi une couleur vive en souvenir de sa vie. Sur les rangs suivants étaient assis des gens plus âgés et des couples mariés, sans doute des relations de Katharine Ryan et Roy Nedegaard.

En parcourant du regard les rangs situés à l'arrière, je repérai Nate Shigawa, presque méconnaissable en costume noir. Il s'était assis sur le dernier banc, à distance respectueuse de la famille et des amis qui avaient bien connu Jessie. J'envisageai d'aller m'asseoir à côté de lui, mais deux rangs plus haut, j'aurais une meilleure vue sur le devant.

Une prière ouvrit le service, suivie d'un chant, puis vint la lecture des écritures. Le microphone était si sensible que l'on entendait bruire les pages de la Bible, quand le lecteur les tournait.

— « Ne craignez pas ceux qui tuent le corps et qui ne peuvent tuer l'âme… Ne vend-on pas deux passereaux pour un sou ? Cependant, il n'en tombe pas un à terre sans la volonté de votre Père. Et même les cheveux de votre tête sont tous comptés. Ne craignez donc point : vous valez plus que beaucoup de passereaux. »

Au premier rang, il y eut un peu d'agitation, suivie des doux sanglots d'une femme. Au début, je ne pus en discerner l'origine, puis je vis Jennifer Ryan, courbée comme un arbre sous un amas de neige et secouée de spasmes. Quand son grand-père voulut lui entourer les épaules pour la réconforter, Jen se dégagea vivement. Puis elle glissa sur le banc et s'empressa de s'éloigner par l'allée latérale. Comme Roy Nedegaard, tout rouge, se retournait pour la regarder partir, Katharine Ryan posa doucement une main sur son bras pour le dissuader de la suivre.

J'étais assise près de l'allée, je pourrais donc la rejoindre sans déranger personne. Certes je la connaissais à peine, et quelques mots de gentillesse ne suffiraient pas à adoucir son chagrin. Pourtant je me levai.

Il n'était pas difficile de deviner où Jen s'était réfugiée. L'allée latérale qu'elle avait prise menait à travers le narthex au lieu que la plupart des églises appellent la pièce de la mariée. Je regardai à l'intérieur, mais ce que je vis me fit m'arrêter net. Oui, Jen était bien là, assise devant une coiffeuse, et elle sanglotait. Cependant elle n'était pas seule. Nate Shigawa avait approché une chaise et je le vis la retourner pour s'y asseoir à califourchon. Puis il croisa ses avant-bras sur le dossier et y posa le menton. Il resta immobile, sans rien dire, sans lui prodiguer aucun geste de réconfort. Il se contenta de rester assis près d'elle en la laissant pleurer tout son saoul.

Dans cette posture, il me rappelait ces grands chiens de garde, et la façon dont ils vous considèrent dans des moments de détresse, comme pour dire, J'ignore ce qui te bouleverse, mais je suis là pour te soutenir. Juste ce dont on a besoin.

Seulement quatre ans nous séparaient, Shigawa et moi, et à certains moments, il arrive que le fossé entre générations s'ouvre telle une crevasse sismique suivant une ligne de fracture bien précise. C'était le cas là, avec Jennifer Ryan et Nate Shigawa d'un côté, et moi de l'autre. Le type de réconfort que j'aurais procuré à Jen serait tombé à plat. Je me retirai avant que l'un d'eux puisse me voir.

À la fin du service, il se produisit une chose aussi touchante qu'inhabituelle. Six jeunes femmes se levèrent et s'avancèrent. Je reconnus parmi elles Kori, la colocataire de Jessie ; quant aux autres, je les avais toutes interrogées ces derniers jours.

Tandis qu'elles se plaçaient de chaque côté du cercueil, je me crispai malgré moi tant je craignais qu'elles croulent sous le fardeau. Elles semblaient si délicates, si frêles. Aucune ne mesurait plus de un mètre soixante-dix. Elles soulevèrent Jessie à hauteur d'épaules, puis se mirent lentement à avancer dans l'allée, et tout se passa bien.

Si l'on peut dire.

21

Mortalité.

En tant que flic, on entend beaucoup parler de ce moment particulier où l'on prend conscience qu'on risque de mourir en service. Certes, la plupart des policiers ne vivent pas cette expérience digne d'un roman à sensation, *J'ai fixé le canon du pistolet et au fond de son orbite noire, j'ai vu ma propre mort.* Moi non plus, je n'en ai pas fait les frais.

Pour moi, la mort est devenue concrète quand j'étais à l'école de police. Nous avions déjà eu droit au discours sur les dangers que ce métier peut comporter ; un ancien commissaire adjoint nous avait raconté le tir fatal dont son partenaire avait été victime suite à un simple appel pour violence domestique, et j'avais acquiescé d'un air grave ainsi que mes camarades, pour ensuite échanger avec un ami sur l'aspect terriblement édifiant de cette histoire, en me croyant sincère. Mais ce n'était pas à ce moment-là que pour moi, la perspective d'une mort prématurée était devenue réelle. Cela s'était produit une semaine plus tard. J'étais au champ de tir, lors d'un cours particulier donné par l'un des instructeurs. Le maniement des armes n'était pas nouveau pour moi. J'avais déjà pratiqué le tir avec un .40 sur une cible en papier. Mais l'instructeur avait voulu me faire une démonstration de l'une de ses armes préférées. Une arme dont il ne se servait jamais en service : un Desert Eagle, un pistolet semi-automatique extrêmement puissant. Quand il fit feu, je portais heureusement une protection auditive ; ce fut dans mon sternum que je ressentis la déflagration.

Après avoir déchiqueté la silhouette en papier, l'instructeur se tourna vers moi d'un air désinvolte. Je n'ai aucun souvenir de ses propos. Je n'en perçus que les premiers mots : « Ce dont beaucoup de gens ne se rendent pas compte avec une arme à feu comme celle-ci… » Ensuite, mon cerveau fut comme figé.

Voici ce dont moi, j'avais pris conscience : je me trouvais à cinquante centimètres de lui. Il avait juste à pointer son Desert Eagle sur mon visage, à appuyer sur la gâchette, et c'en serait fini. Je n'aurais sans doute même pas le temps de m'en étonner, tout serait terminé. L'idée que je pourrais mourir sans même comprendre que j'allais mourir, voilà ce qui m'avait glacée jusqu'au sang.

Tandis que l'instructeur poursuivait son argumentaire, je le regardais dans les yeux derrière mes lunettes de protection tout en acquiesçant gravement à ses propos, mais je n'avais aucune idée de ce qu'il racontait. Des gens se trimballaient autour de Minneapolis avec des armes chargées comme la sienne, et il n'y avait aucun moyen de savoir où ils se trouvaient. Dans quelques semaines, je serais shérif adjoint, et il entrerait dans mes attributions de les approcher, de me confronter à eux, de les arrêter.

L'instructeur artilleur continuait à parler et le fil de mes pensées suivait son cours morbide. Je connaissais les scenarii où les policiers étaient tués dans l'exercice de leurs fonctions, selon la formule consacrée. Et j'aurais beau apprendre mon métier le plus consciencieusement du monde, cela pourrait m'arriver suite à un simple appel de routine ne présentant apparemment aucun danger. Peut-être que le tireur serait suicidaire, ou bien en proie à un trouble délirant, ou encore désespéré à l'idée de retourner en prison. Il ne me verrait même pas, en tout cas pas la personne que je suis. Peu lui importerait que je sois encore jeune, que je n'aie toujours pas vu l'océan et que j'aie mis du steak à mariner dans mon frigo en prévision de mon retour chez moi, après le service. Je serais juste pour lui un obstacle à sa liberté, il lèverait son arme, tirerait sur moi à bout portant, et ma vie serait finie.

Depuis toujours, Shiloh savait mieux s'exprimer que moi, et il l'aurait sûrement mieux formulé. Au début de notre relation, durant l'une des conversations à bâtons rompus dont nous avions l'habitude, il m'avait raconté sa visite au Mémorial des anciens combattants du Vietnam, à Washington.

— Je savais déjà que l'âge moyen des combattants du Vietnam était dix-neuf ans, m'avait-il confié. Mais pour la première fois, j'ai pris conscience de ce que ça signifiait vraiment pour eux, de mourir à cet âge-là. « Désolé, petits, c'est fini. Vous n'aurez droit à rien d'autre. Plus de samedis soir au drive-in ; d'église le dimanche matin, de films grandioses, d'émissions de télé ringardes. Plus de sexe, ni de mariage, enfants, petits-enfants... Tout ça, c'est terminé pour vous. Nous le savons, c'est beaucoup demander, mais pas question que le Vietnam soit gouverné par des communistes. »

22

Après l'église, il y eut encore une prière au cimetière, situé dans un pré surplombant la rivière. Hasan assistait à l'enterrement ; quant à moi, j'étais montée en voiture en haut de la colline pour observer à la jumelle si quelqu'un d'autre regardait la scène à distance. Rien à signaler, je ne perçus aucune lueur reflétée sur des lunettes noires. En bas, la foule commençait à se disperser. Comme dans un film muet, je vis Hasan échanger une poignée de mains avec Roy Nedegaard et Katharine Ryan et prononcer des paroles de condoléances dans la vapeur blanche qui s'exhalait de leurs bouches.

Quand je vins le récupérer, Hasan ne dit pas un mot.

— La famille de Jessie a-t-elle vu quelqu'un dont la présence lui a paru étrange ?

— Quoi ? Non, répondit-il d'un air absent.

— Leur as-tu posé la question ? insistai-je, ce que je ne me serais jamais permis en temps normal.

— Oui, je leur ai posé la question.

Encore un silence.

— Qu'est-ce qui ne va pas ? finis-je par demander.

— On va devoir s'arrêter pour acheter des cigarettes, fit-il après avoir poussé un long soupir.

— Des cigarettes ?

— Je sais, admit-il en passant une main dans ses épais cheveux. Je ne voulais vraiment pas recommencer mais…

— Laisse-moi deviner. Tu te demandes s'il est bien raisonnable de concevoir un enfant dans un monde où Jessie Ryan a été fauchée dans la fleur de l'âge ?

— Exactement, reconnut Hasan en me récompensant d'un sourire. Ça fait un peu cliché, mais tu as vu juste. Natalie espère avoir une fille. Quant à moi, jusqu'à présent, je me bornais à dire que je voulais juste avoir un enfant en bonne santé, maintenant, j'avoue que je préférerais avoir un fils, déclara-t-il, puis il ferma les yeux un instant. Natalie va me tordre le cou si je me remets à fumer alors que ça lui est interdit.

— Natalie fumait aussi ?

— Oh que oui. On fumait comme des sapeurs tous les deux, quand on s'est rencontrés, lâcha-t-il, et son regard devint vague à l'évocation de ces tendres souvenirs. Bon, ajouta-t-il en se redressant. Oublions les cigarettes pour l'instant, mais je ne suis vraiment pas d'humeur à retourner au boulot. Connaîtrais-tu un endroit tranquille, où nous pourrions juste faire quelques pas ?

Il faisait moins 5, dehors. Pas le temps idéal pour se balader dans un parc.

— Oui, répondis-je. Je sais où aller.

*
* *

Le parquet du Minneapolis Institute of Art convenait mieux à mes chaussures de ville que les allées verglacées menant à l'église. On était samedi et pourtant, à midi pile, le musée était silencieux, hormis les murmures venant d'une autre salle où une guide touristique accompagnait quelques visiteurs.

— Je ne me doutais pas que tu avais des penchants pour l'art.

— En fait, ce n'est pas vraiment le cas. Quand je contemple des tableaux de la Renaissance, j'ai l'impression que l'artiste a sorti ses personnages d'une boîte à chaussures pour les jeter tels quels sur la toile les uns après les autres.

— Oui, je vois ce que tu veux dire, approuva Hasan avec un petit rire. Ces peintres-là n'avaient pas exactement les mêmes conceptions de la perspective et de la composition que les artistes d'aujourd'hui.

— C'est Shiloh, mon mari, qui aime l'art, expliquai-je. Il m'a amenée ici au tout début de notre relation. Laisse-moi te montrer quelque chose.

Hasan me suivit jusqu'à une petite salle latérale à la lumière tamisée, où des peintures sur soie et sur papier venant d'Asie étaient exposées.

— Voici les œuvres préférées de Shiloh.

Hasan contempla les paysages, flancs de montagne abrupts, maisons trapues, arbres, cascades, tous dessinés en lignes noires très fines sur de longs panneaux verticaux.

— Intéressant, commenta-t-il à voix basse, car même s'il n'y avait personne alentour, le silence qui régnait sous le haut plafond du musée nous incitait à la discrétion. Ça ne te trouble pas un peu que ton compagnon soit attiré par des images où ne figure aucun être humain ?

Jusqu'à présent, je n'avais vu dans ces soies d'Asie que des scènes de la nature, sans chercher plus loin.

— J'avoue à ma grande honte que je n'y ai jamais songé sous cet angle. Mais oui, tu as raison. Ça correspond bien à Shiloh. Il est difficile à percer à jour. En apparence, il n'a besoin de personne.

Hasan étudiait une scène peinte sur un fond bleu pâle montrant une cabane à moitié cachée par des arbres broussailleux.

— Tu dois être fière d'être la seule invitée à entrer dans son monde.

— Fière ? Non, plutôt nerveuse. Après m'avoir montré ces dessins, il m'a demandé de lui désigner quelque chose qui m'avait plu tout particulièrement. Ça m'a donné le trac. J'ai eu peur qu'il préfère m'échanger contre une fille plus cultivée.

— Mais tu as trouvé quelque chose.

— Sous la pression, oui… Je vais te montrer.

Campé devant *Les Rois Mages en voyage* de Tissot, Hasan contempla le tableau un long moment.

— Et qu'est-ce qui te plaît dans cette œuvre ? finit-il par me demander.

— La lumière, expliquai-je. Elle me rappelle celle du Nouveau-Mexique.

— C'est là que tu as grandi ?

— Oui.

Nous arpentâmes ensuite les salles du musée, et même si Hasan semblait songeur, il ne reparla pas de son enfant à naître, ni des peurs que les obsèques de Jessie Ryan avaient suscitées en lui. Ce n'était plus la peine, apparemment. Le simple fait d'être dans ce musée avait un effet apaisant, et je le comprenais aisément. Pour toute personne agnostique ou athée, comme l'était certainement Hasan, un musée ressemble plus à un temple qu'un lieu de culte proprement dit.

Tandis que nous prenions un café dans la petite cafétéria, j'abordai ce sujet avec lui.

— Ta famille et toi, étiez-vous pratiquants, quand tu étais enfant ?

— Tu veux savoir si nous fréquentions régulièrement une mosquée ? Non. Mes parents étaient très laïques. Mais oui, il m'est arrivé d'entrer dans des mosquées. Car mes grands-parents étaient pratiquants.

— Ta famille est originaire d'Arabie saoudite ?

— Non, du Pakistan. Mais si l'on remonte assez loin, notre lignée vient sans doute d'Arabie.

— Ce ne doit pas être toujours facile, d'avoir ces origines dans une Amérique d'après le 11 Septembre, repris-je après un moment, en choisissant soigneusement mes mots.

— À qui le dis-tu, commenta Hasan, et je vis son regard s'abaisser un instant sur sa canne.

Il me sourit, avec une ombre de regret.

— Parfois je me dis que j'aurais dû prendre le nom de famille de Natalie. Si je pouvais juste signer Singh au lieu de Hasan, ma vie serait bien plus facile… Je me suis toujours douté que ma famille avait un peu de sang Punjabi, expliqua-t-il. C'est le cas de beaucoup de Pakistanais, d'ailleurs les gens me prennent souvent pour un Indien.

Ce que Hasan racontait était intéressant, même si mon esprit s'était attardé sur l'instant où il avait baissé les yeux sur sa canne. Je me souvenais aussi que durant ma première conversation avec lui, il m'avait dit qu'il s'agissait d'un accident survenu quatre ans plus tôt, et que ce triste anniversaire tomberait à la fin de ce mois. Fin novembre 2001… calculai-je. Juste deux mois après les attaques des Twin Towers et du Pentagone.

— Syed… tout à l'heure, quand j'ai abordé la question du 11 Septembre, tu as regardé ta canne.

— Voilà que tu profiles le profileur, répliqua-t-il aussitôt, devinant mes intentions.

— Désolée…

— Non. Tu as vu juste, et ce n'est pas un secret à ce point-là. Ce n'était pas un accident, mais une agression, déclara-t-il en désignant sa jambe.

— On t'a attaqué ?

— Oui, à la sortie d'un bar, à Washington. Natalie était à nouveau en déplacement pour son travail, suite à l'assouplissement des restrictions. Quant à moi, j'avais fait des tas d'heures supplémentaires, comme nous tous, mais ce soir-là, les choses s'étaient un peu calmées, j'avais pu quitter le boulot vers 22 heures. Je suis allé dans un bar pour me détendre un peu. Et quand j'en suis parti vers 23 heures, deux gars m'ont rattrapé au coin de la rue. Ils m'ont défoncé les côtes et bousillé la jambe.

— Est-ce qu'on les a arrêtés ?

— Jamais.

— Syed, je suis tellement désolée…, fis-je en sentant combien ces mots étaient maladroits, mais il secoua la tête.

— C'est du passé. Si je dis aux gens que c'était un accident de voiture, c'est parce que dans le cadre de mon travail, chaque mois, quand ce n'est pas chaque semaine, je rencontre de nouvelles personnes. Et je n'ai pas envie de raconter cette histoire au premier venu…

Il se tut un court instant en observant la serveuse au comptoir, qui remplissait un petit sucrier avec un sac de sucre sorti de la réserve.

— Quatre ans… Même moi, je finis par m'en lasser, conclut-il, et je me le tins pour dit, comprenant qu'il n'avait pas envie de s'étendre davantage.

Ne sachant comment poursuivre cette conversation, je bus le reste de mon cappuccino. Hasan prit le relais.

— Tout à l'heure, tu m'as demandé si j'avais vu quelqu'un à la cérémonie ou à l'enterrement qui n'avait rien à faire là, et je t'ai répondu que non. Et toi ? As-tu remarqué quelque chose d'insolite ?

— À part les porteuses de cercueil ?

— Ah, le fait que ce soit des femmes, tu veux dire ?

— Oui. D'habitude, ce sont presque toujours des parents ou des proches de sexe masculin. Or on sait que Jessie avait des cousins. Et puis il y a le grand-père. Il était très présent dans sa vie.

— C'est inhabituel, mais ça n'a rien de suspect, constata Hasan en haussant les épaules.

— Je ne dis pas le contraire, admis-je tout en me demandant pourquoi j'avais amené ce sujet sur le tapis.

Quant à Hasan, il resta un moment à regarder fixement par la fenêtre.

— C'était peut-être une bonne chose, finit-il par dire. Jessie n'aura jamais de demoiselles d'honneur. Ou plutôt si. Au lieu de l'accompagner à son mariage, ses demoiselles d'honneur l'ont portée jusqu'à sa dernière demeure.

23

Danielle Roback avait accepté de me rejoindre dans un petit restaurant de New Richmond, Wisconsin. Il faisait froid et sec en ce dimanche, lendemain de l'enterrement de Jessie Ryan, et même si j'y allais pour mon travail, j'avais de nouveau pris la Nova.

Le restaurant n'ayant pas de parking, je me garai le long du trottoir, entre un pick-up Ford blanc flambant neuf et une vieille Silverado toute cabossée, puis je verrouillai les portières par habitude. Les vitrines du resto affichaient deux panneaux, l'un annonçant *Today's Sandwich's*, et l'autre poussant à la réélection de l'administrateur principal. À l'intérieur soufflait un chauffage à air pulsé. J'ôtai mon anorak et le suspendis au portemanteau situé près de la porte.

— Allez vous installer, c'est comme ça qu'on fait ici, me lança du comptoir la serveuse.

Je jetai un coup d'œil aux tables alentour. Personne ne correspondait à la description que Danielle Roback m'avait donnée d'elle-même : un mètre soixante, 50 kilos, des cheveux bruns mi-longs. Je m'assis près de la vitrine, d'où je pouvais surveiller la rue ainsi que l'entrée du restaurant, et j'attendis. Roback me reconnaîtrait aisément à mon holster d'épaule, bien visible.

Elle arriva cinq minutes plus tard, m'adressa un hochement de tête et me rejoignit. Prévenue que j'attendais quelqu'un, la serveuse avait disposé sur la table deux menus plastifiés et deux verres d'eau avec des glaçons.

Roback avait une coupe au carré, et un visage aux traits fins et aiguisés. Ses yeux marron me scrutaient avec une certaine défiance.

— Merci d'avoir accepté de me rencontrer, lui dis-je. Je suis affamée, je vais commander quelque chose. Faites de même, si le cœur vous en dit.

Elle commanda une salade du jardin, et s'en tint à l'eau. Quant à moi, n'ayant pris que du café et du jus de fruit pour le petit-déjeuner, j'étais tentée par le plat du jour, une tartine chaude au rosbif avec de la purée de pomme de terre. Au lieu de ça, je commandai un sandwich toasté au fromage avec du café noir. C'est dur de conserver une aura de professionnalisme en se goinfrant avec la voracité d'un ouvrier agricole revenant des champs.

— C'est au sujet de ce qui s'est passé à Missoula ? demanda Danielle Roback, quand la serveuse fut repartie.

Elle le savait très bien, puisque je lui en avais parlé au téléphone. C'était juste une entrée en matière.

— Je sais que vous vous êtes montrée très coopérative avec l'inspecteur Daley, dans le Montana, lui dis-je. J'aimerais juste vous entendre de nouveau.

— A-t-il attaqué quelqu'un à Minneapolis ? Est-ce pour ça que vous êtes ici ?

— Il se peut qu'il y ait un lien, répondis-je en me dérobant, car il n'y avait aucune correspondance ADN établie. Il est important que vous gardiez tout ça pour vous pour l'instant, insistai-je.

Nous n'avions pas révélé aux médias ce qui avait trait au Montana. Or c'était une pièce maîtresse du puzzle, et si l'assassin apprenait que nous étions au courant, il serait nettement moins complaisant. Nous ne voulions pas l'effrayer.

Nos plats arrivèrent et Danielle me conta son histoire. Même si son récit fut un peu plus détaillé que celui figurant dans le dossier, il ne s'avéra guère plus utile. Les souvenirs qu'elle avait retrouvés entre-temps n'étaient pas assez ciblés sur l'attaque elle-même. Elle se rappelait qu'elle s'apprêtait à rentrer chez elle en voiture, elle revoyait en un éclair sa propre main tenant sa clef de voiture pour verrouiller la portière côté conducteur. Mais de l'attaque proprement dite, rien.

— Vous avez dû parler à l'inspecteur Daley des hommes que vous aviez vus rôder alentour, insistai-je. Des clients du bar, des gens du quartier. Avec le recul, y aurait-il quelqu'un que vous auriez omis de lui mentionner et que vous jugez important de nous signaler ?

— Non, personne. Désolée.

Nous restâmes silencieuses un moment.

— Je vais vous montrer des photographies, repris-je, et j'aimerais que vous me disiez si l'un de ces hommes vous semble familier.

Je les sortis de mon sac et les étalai sur la table : le Polaroid d'un gardien de l'hôtel de ville qui avait aimablement accepté de poser, la photo d'identité d'un cambrioleur de Saint Paul, et le cliché du permis de conduire de Steven Silverhus.

Si elle choisissait la dernière photo, j'étais consciente que cela ne prouverait pas grand-chose, car Silverhus et elle avaient habité la même ville au même moment. S'il lui semblait familier, je saurais que leurs chemins s'étaient croisés assez fréquemment pour qu'elle se rappelle de lui. Et donc que lui aussi l'avait vue plus d'une fois.

Danielle se pencha pour les examiner.

— Navrée, je ne pense pas avoir croisé un de ces types.

— Pas de problème. Laissez-moi vous demander autre chose qui pourrait nous aider : quand vous viviez à Missoula, votre apparence était-elle différente ?

— Oui, répondit-elle après un petit temps de réflexion. J'avais des cheveux blonds. J'ai pris l'habitude de les teindre.

— Quelle nuance de blond ? Tirant sur le roux ?

— Oui, blond vénitien, confirma-t-elle, alors ses yeux noisette plongèrent dans les miens avec une lueur de compréhension. Vous avez une deuxième victime, déclara-t-elle.

Ce n'était pas une question, aussi je ne répondis pas.

— Après l'attaque, reprit-elle, je me suis coupé les cheveux très courts, et je les ai teints en brun.

— Pourquoi ?

— J'étais… je n'aimais pas penser qu'il pouvait me reconnaître. Inspectrice Pribek, le pire dans ce qui m'est arrivé, c'est le fait que je ne me souviens de rien. Mes amies me répètent que j'ai eu de la chance de rester inconsciente pendant l'agression, mais elles ne peuvent pas comprendre.

Elle se tut et piqua une tomate cerise avec sa fourchette. Je remarquai qu'elle n'avait guère touché à sa salade.

— Quand j'ai repris connaissance, j'ignorais ce qui m'était arrivé, poursuivit-elle. L'inspecteur Daley a dû me le raconter. L'enquête était en cours depuis des semaines. Tous mes proches étaient au courant. Tout le monde sauf moi, dit-elle en levant les yeux pour observer deux camionneurs qui se dirigeaient vers une table au fond de la salle. Comme je ne me souvenais de rien, je me suis rendu compte que quand j'aurais repris le travail, il se pourrait très bien que cet homme vienne au bar en simple client et que je lui serve à boire, sans savoir que c'était lui. Il pouvait se pointer et me surveiller tout en se délectant du souvenir de cette nuit-là, sachant que moi, j'étais dans l'impossibilité de le reconnaître. C'est pour ça que j'ai quitté la ville et changé d'apparence. Si je croisais son chemin dans la rue, je ne voulais pas qu'il puisse m'identifier.

*

* *

Hormis l'attention que je devais porter à ma conduite sur ces routes verglacées, j'eus tout le temps de réfléchir, en rentrant sur Minneapolis.

Steven Silverhus avait quitté Missoula environ six semaines après l'agression de Danielle Roback. Pas juste quelques jours après, presque deux mois. Il n'avait jamais été identifié comme suspect. Son nom n'apparaissait nulle part dans les dossiers de police du Montana. Il ne fuyait donc pas une arrestation imminente. Mais la façon dont il avait abandonné sa vie au Montana m'évoquait autre chose.

J'avais enquêté sur plusieurs affaires de viol dont de jeunes étudiantes avaient été victimes. Or certaines de ces jeunes femmes avaient lâché leurs études pour regagner le domicile familial dans les mois suivant l'agression. Aucune d'elles n'avait vu son identité révélée dans les médias ; ce n'était donc pas cette publicité qu'elles avaient fuie. Leur motivation était d'ordre purement émotionnel : la fac, c'était fini pour elles. Des tas de détails leur rappelaient sans cesse combien leurs premiers pas dans la vie adulte avaient mal tourné, et elles recherchaient la sécurité en retournant dans leurs foyers.

La décision de Silverhus de quitter le Montana me rappelait ces exemples.

La phrase, *partir chercher fortune dans le vaste monde* n'apparaît guère que dans les contes de fées, elle semblait pourtant s'appliquer à la volonté première de Silverhus d'aller s'établir dans le Montana. Il avait choisi à vingt ans de devenir indépendant. Pourquoi le Montana ? Peut-être que Steven s'était rappelé avec nostalgie les étés passés là-bas avec son grand-père. À part ce dernier, il n'avait aucun lien avec Missoula, pas de famille ni d'amis vivant là-bas. Mais peut-être était-ce justement ce qui l'avait attiré. C'était son idée à lui. Puis il en était parti si soudainement qu'il n'avait même pas terminé son semestre.

Pourquoi ? Parce que Missoula lui était désormais interdit ; il s'était grillé, à cause de ce qu'il y avait fait subir à Danielle Roback. Telle était mon hypothèse.

Nous n'avions toujours pas pu établir de lien entre Silverhus et Danielle. Silverhus avait fait partie d'une équipe de paysagistes, il était donc possible qu'il ait travaillé dans une maison située dans la rue où Danielle Roback louait son petit appartement. Il se pouvait également qu'il se soit arrêté pour boire un coup après le boulot au Copper Grill, où Danielle travaillait à l'époque. En tout cas, il l'avait très probablement vue plus d'une fois. Le désir qu'il éprouvait pour cette femme avait grandi en lui en quelques jours ou quelques semaines. C'était Danielle Roback qui avait servi de modèle à Jessie Ryan. Voilà pourquoi j'avais voulu m'assurer qu'elle lui ressemblait : mince, avec des cheveux blond vénitien, au temps où elle aussi vivait comme lui à Missoula.

Quelque part dans le passé de Silverhus, il y avait eu une autre femme, avec la même silhouette et la même carnation.

Peut-être une institutrice, ou une écolière un peu plus âgée que lui, dont les cheveux d'or rouge attrapaient la lumière du soleil quand elle jouait dans la cour de récréation, et Stevie Silverhus la regardait sans se rendre compte que sa fascination pour elle était comme du métal en fusion versé dans un moule qu'il ne serait jamais capable de briser.

Sur les dix garçons contemplant une fille dans la cour de récréation, six ou sept grandiraient pour épouser une femme qui lui ressemble. Deux ou trois auraient des relations d'échec à répétition avec une femme comme elle, incapables qu'ils étaient de s'engager pour diverses raisons. Peut-être que l'un d'eux, en grandissant, deviendrait d'une timidité maladive et se satisferait d'un monde fantasmatique peuplé de créatures à son image.

Mais statistiquement, aucun n'aurait dû finir par la noyer dans une baignoire.

*

* *

Santarella m'appela alors que j'étais encore sur la route.

— Vous nous rejoignez cet après-midi, n'est-ce pas ? demanda-t-il après un bonjour plutôt sec. Je me suis dit que vous auriez peut-être oublié que nous avions une réunion, même si c'est dimanche.

— Non, je n'ai pas oublié. Enfin ne misez pas trop sur moi. Roback ne m'a rien apporté de neuf. Elle s'est montrée coopérative, mais elle ne se souvient de rien qui nous soit utile.

— Hum, dommage. Vang et Hadley ont bien creusé dans le passé de Silverhus.

— Ça valait le coup ?

— En partie, d'après Hadley. Il va nous mettre au parfum dès que nous serons tous là.

24

Il y a aux États-Unis des endroits comme New York ou Los Angeles où la célébrité n'a rien d'exceptionnel ; a contrario, il existe d'autres lieux où l'étoile de la renommée brille d'un éclat plus singulier. Pour presque tous les habitants du Minnesota, le nom de Niels Silverhus était au minimum vaguement familier.

À Saint Paul, les racines de la famille Silverhus dataient d'avant la création de l'État. La boucherie qu'elle tenait avait prospéré pendant presque un siècle, puis le magasin avait été rasé en 1958. On trouvait le nom de Silverhus inscrit sur divers registres d'impôts fonciers et gravé sur des tombes dans les cimetières de la ville. Le *Pioneer Press* rapportait qu'à l'époque de la prohibition, un certain Silverhus, sergent de police, avait été blessé durant des échanges de coups de feu avec une bande de gangsters venue de Chicago. À part ce fait divers, la famille Silverhus se composait principalement de travailleurs aux cols bleus et blancs menant une vie tranquille et sans histoire. Jusqu'à Niels.

On peut voir une photo de lui dans un pub de Saint Paul, accrochée au-dessus du bar parmi d'autres trophées et souvenirs sportifs. La photo fut prise à Squaw Valley, dans les montagnes de Californie, durant les Jeux olympiques auxquels Niels participa. Sur la photo, bien campé sur ses skis de fond, il a d'épais cheveux noirs et rayonne de vitalité. Le cliché est en noir et blanc, pourtant on devine les rougeurs que l'épuisement et l'air froid ont fait éclore sur ses joues. Niels concourut pour le biathlon qui combinait ski de fond et tir à la carabine, association qui peut paraître un peu étrange aujourd'hui. Il ne remporta aucune médaille olympique, mais n'en revint pas moins en héros dans sa ville natale.

Après des études à Harvard, Niels regagna le Minnesota. À part quelques années à la Mayo Clinic de Rochester, puis six mois passés à enseigner dans une école de médecine de ce qui s'appelait alors l'Union soviétique, la carrière de Niels se déroula dans les Twin Cities. S'il n'inventa pas de techniques de chirurgie proprement dites, il recourut à maintes reprises à des procédures novatrices dans son domaine, ce qui lui valut au Minnesota une réputation prestigieuse. Dans les années 1970, il possédait une maison sur Portland Avenue, et avait des places attitrées aux concerts symphoniques ainsi qu'un abonnement aux matchs des Vikings du Minnesota.

À cause des phénomènes de migration et des taux de natalité en baisse, la tribu Silverhus s'était rapidement restreinte, comme beaucoup de familles en Amérique. Sa présence à Saint Paul se limitait à quatre membres : Niels et son épouse Julia, leur fils Kevin et leur belle-fille Mary-Anne. La famille s'agrandit quand Mary-Anne mit au monde un fils, mais cinq ans plus tard, elle fut frappée tragiquement : Julia Silverhus succomba à une attaque, et à la fin de la même année, Kevin et Mary-Anne périrent dans un accident, quand un camion dérapa et se mit en travers sur une section enneigée de la nationale 94. Les seuls survivants de la famille Silverhus furent dès lors Niels, le chirurgien renommé, et son petit-fils de six ans.

Steven Mark Silverhus était donc né vingt-cinq ans plus tôt dans un hôpital de Saint Paul disparu depuis. Son parcours scolaire n'avait rien de particulier : école élémentaire, collège et lycée de la ville. Il n'avait pas de casier judiciaire, même si son nom apparaissait sur une plainte déposée alors qu'il avait quinze ans. Vers 22 heures un soir d'été, un voisin avait découvert Steve Silverhus caché dans des buissons devant sa maison, face à la fenêtre éclairée où l'on voyait sa fille, en chemise de nuit, occupée à se vernir les ongles de pieds. Silverhus avait expliqué qu'il rentrait chez lui à pied quand, poussé par un besoin pressant, il s'était glissé dans ces buissons sans même prêter attention à ce qui se passait derrière la fenêtre en question.

L'officier de police qui avait répondu à l'appel de l'homme et à sa colère légitime avait déclaré que la seule charge pouvant être retenue contre Steven était la violation de propriété, et il lui avait conseillé d'aller trouver le grand-père du garçon pour avoir avec lui et Steven une petite conversation. Aucune charge ne fut donc instruite contre l'adolescent, et apparemment, il n'y eut pas de récidive.

À dix-huit ans, Silverhus obtint brillamment son diplôme de fin d'études secondaires, il n'entra pourtant pas tout de suite à l'université. À l'âge de vingt ans, il quitta les Twin Cities pour aller vivre à Missoula, dans le Montana, où il s'inscrivit à la fac et trouva du travail dans une équipe de paysagistes. Un an et demi plus tard, Silverhus interrompit ses études en plein milieu d'un semestre et rentra à Saint Paul.

Là, il retourna vivre chez son grand-père, qui n'avait guère ralenti ses activités ; jusqu'à aujourd'hui, il avait exercé dans le privé au Centre médical du comté de Hennepin, et travaillé comme éditeur pour une collection d'ouvrages médicaux. Il avait aussi investi une partie de ses considérables revenus dans l'immobilier en achetant deux maisons, l'une dans Saint Paul Sud et l'autre à Victoria, qu'il avait mises toutes deux en location. Son petit-fils Steven était devenu son gestionnaire et factotum.

Durant les deux dernières années, les locataires de ces maisons avaient signalé à cinq reprises la présence d'un rôdeur.

Les voisins de Niels Silverhus parlaient de Steven en des termes exprimant l'air de rien une sorte de pitié compatissante : Steven « mettait un peu de temps à se trouver », disaient-ils. Il était « plutôt intelligent » et avait « l'air d'un brave garçon ».

Aucun n'imputait à Niels le fait que Steven ne parvenait pas à se détacher du foyer familial. Niels était très occupé, et s'il pouvait parfois être un peu cassant, personne ne l'avait jamais entendu parler durement à son petit-fils, ni le dénigrer derrière son dos. Malgré un planning surchargé, il l'avait chaque été emmené passer la saison dans un cabanon qu'il avait dans le Montana, où le jeune garçon s'était pris de passion pour les pierres et les fossiles. Niels avait aussi, disait-on, soutenu financièrement son petit-fils dans son projet de vivre au Montana. Et quand Steven avait décidé de reprendre des études à l'université du Minnesota, Niels avait payé ses frais de scolarité.

Lorsque Hadley eut fini son exposé, Santarella resta songeur un instant, puis il déclara :

— Je veux qu'on amène ce gars ici.

Sa déclaration me surprit. Nous n'avions rien récolté de plus que la veille. Silverhus avait une raison valable d'assister à l'hommage funèbre, il n'était pas présent à l'enterrement, et j'étais moi-même revenue du Wisconsin sans aucun indice supplémentaire.

— Qu'est-ce qui a changé ? s'étonna Hadley.

— Le temps presse, répondit Santarella. Si nous continuons à enquêter sur lui en tant que suspect, ça suppose de parler avec des personnes que son grand-père et lui connaissent, et quelqu'un ne tardera pas à vendre la mèche.

Il avait raison. Vang et Hadley avaient recommandé la discrétion aux voisins avec lesquels ils avaient discuté, mais nous avions trop souvent constaté qu'à peine la porte d'entrée refermée, ce genre de promesses s'oubliait vite.

— On ne peut pas l'arrêter, poursuivit Santarella. On essaiera de le faire parler en lui faisant croire qu'on veut se servir de ses connaissances en tant que conseiller bénévole accompagnant des délinquants sexuels. Vang a d'ailleurs préparé le terrain lors de la cérémonie d'hommage.

— Je vais l'appeler, dis-je en cherchant dans mes notes son numéro de téléphone.

— Non, pas vous, Pribek. J'aimerais que ce soit Vang qui le contacte et mène l'entretien.

Je relevai les yeux de mes notes. C'était moi qui l'avais désigné comme suspect, moi qui avais posé les bases de ce que nous savions aujourd'hui.

— Vous avez dit vous-même que Silverhus semblait intimidé par votre présence, sans doute par le simple fait que vous étiez une femme, expliqua Santarella. Or cette rencontre doit se passer dans une ambiance décontractée, du moins pour commencer. D'où la nécessité d'un enquêteur neutre.

— En d'autres mots, ni une Amazone de un mètre quatre-vingts, ni un « bad boy » comme moi, intervint Hadley.

— Mais un gentil petit Asiatique, termina Vang.

Santarella nous interrompit.

— Oui, je sais. On déteste tous que ce genre de considérations entre en jeu. Pour le faire parler, je me servirais d'un Martien, si j'en avais un dans mon équipe. Pribek, m'interpella-t-il, passez le numéro à Vang. Vang, appelez-le. Ensuite, repos pour tout le monde.

25

Santarella avait d'abord voulu m'écarter, mais il se ravisa. J'allais donc assister à leur rencontre derrière le miroir sans tain, jusqu'à ce que Vang ait obtenu de Silverhus tout ce qu'il pouvait en tirer. J'irais alors les rejoindre pour prendre la suite et le mettre sur la sellette.

Nous étions tous réunis derrière le miroir, Hadley, Hasan, Santarella et moi. Lorsque Vang fit entrer Silverhus, Santarella et Hadley se penchèrent en avant. J'avais oublié combien notre suspect était grand, aussi grand que Shiloh, mais ses épaules voûtées montraient qu'il avait du mal à assumer sa taille.

— Pas trop d'embouteillages en venant ici, j'espère ? demanda Vang en s'asseyant devant la table.

— Non, ça va, répondit Silverhus.

— Donc vous êtes venu en voiture ? en déduisit Vang.

Ce n'était pas une question superflue, cet élément s'avérerait important plus tard.

— Oui.

— Eh bien, dit Vang en remuant des feuilles posées devant lui, j'ai juste quelques papiers à vous faire signer, confirmant que vous êtes ici de votre plein gré pour nous aider dans notre enquête et que vous n'exigez pas la présence d'un avocat, puis il lui tendit un formulaire que Silverhus se mit à lire. J'ai parlé avec le Dr Donovan du travail que vous accomplissez dans l'association, ajouta Vang pour le rassurer. Il nous en a dit le plus grand bien. Je m'en veux de vous faire signer ce truc.

Enfin que voulez-vous ? Notre époque est très procédurière, comme vous le savez. C'est une simple formalité.

Silverhus apposa ses initiales et signa.

Vang commença par échanger avec Silverhus sur sa vie en général. En partie pour le mettre à l'aise, mais aussi pour répondre à des questions restées en suspens au sujet de son passé, malgré nos échanges avec les voisins. Silverhus expliqua le fait qu'il vivait depuis longtemps chez son grand-père en disant que c'était plus pour le bien de Niels que pour le sien ; avant même d'apprendre qu'il avait un cancer de la prostate, Niels souffrait de divers problèmes de santé. Vang compatit et confia que son propre couple avait connu ce genre d'épreuve quand il leur avait fallu s'occuper de la grand-mère de sa femme.

Sous l'effet du ton apaisant de Vang et de questions qui ne contenaient aucune menace, Silverhus se détendit peu à peu. Il étira ses longues jambes sous la table et commença à s'exprimer par gestes telle une créature marine portée par un courant plus rapide.

Vang but un peu de café et se renfonça dans son siège.

— J'avoue que votre travail au sein de *Men Against Interpersonal Violence* m'intrigue un peu, avoua-t-il. Par curiosité professionnelle, pourrait-on dire.

Silverhus acquiesça aimablement, l'invitant ainsi à continuer. Son attitude décontractée laissait penser que pour lui, cet engagement ne pouvait qu'éloigner toute méfiance que nous aurions eue à son égard.

— Qu'est-ce qui motive des hommes à rejoindre un groupe comme le vôtre ?

— La polarisation des sexes nuit à tout le monde, répondit Silverhus. Ce combat ne concerne pas que les femmes. La façon dont l'alcool, les drogues et la pornographie minent les relations affectives est un problème qui touche l'ensemble de la société.

— Il a bien appris sa leçon, murmura Hasan, et Santarella approuva, tant son discours avait quelque chose de scolaire.

— Vous n'avez donc pas d'implication personnelle dans cette cause en particulier ?

— Non.

— Et votre petite amie, que pense-t-elle de votre impliction ?

— Je n'ai pas de petite amie attitrée en ce moment, avoua Silverhus avec un petit sourire. Je suis trop pris par mes études, ce travail et mon grand-père, dont je dois aussi m'occuper.

— J'imagine bien. En tout cas, c'est un domaine intéressant. Je pense parfois que dans notre boulot de policier, nous devrions travailler plus étroitement avec des bénévoles tels que vous. Dites-moi, quand vous avez appris la disparition de Jessie Ryan, cette situation vous a-t-elle inspiré certaines idées ?

— Quel genre d'idées ?

— Sur le type d'individu qui aurait pu commettre ce crime... Certaines informations ou détails vous ont-ils semblé significatifs ?

Il y avait plusieurs éléments de l'enquête que nous n'avions pas divulgués aux médias sur le rapt et la mort de Jessie Ryan, dont le long pan de velours brun qui enveloppait son corps. Nous espérions évidemment que Silverhus laisserait échapper l'un d'eux par mégarde. C'était le moment ou jamais.

— J'ai pensé que c'était terrible, ce qui lui est arrivé.

— Vous allez dans la même fac qu'elle, commenta Vang. L'avez-vous rencontrée ?

— Non, répondit-il sans aucune hésitation.

— À votre avis, qu'est-ce qui a pu attirer cet homme ?

— Elle était très jolie. Je peux comprendre qu'à force de l'observer, un homme ait pu nourrir des sentiments romantiques à son égard.

— Romantiques, répéta Vang d'un ton neutre, et pourtant lourd de sous-entendus : *Ah, parce que c'est romantique de frapper une femme à la tête avec un instrument contondant, puis de la jeter dans une benne à ordures ?*

— Lubriques, corrigea Silverhus en remuant sur sa chaise, et Vang se pencha en avant.

— À votre avis, son assassin éprouve-t-il des remords ?

— Je… je ne sais pas. Je n'y ai pas vraiment réfléchi. J'ai juste lu quelques articles de presse, mais… Vous avez un échantillon ADN, c'est ça ?

— En effet, confirma Vang, toujours d'un ton neutre.

Santarella n'avait pas parlé publiquement des indices ADN que nous avions trouvés, mais n'importe quel téléspectateur aurait pu deviner que nos techniciens en avaient relevé quelques-uns. Vang n'avait rien à perdre en le confirmant à Silverhus.

— Et euh… sont-ils exploitables ? demanda ce dernier.

À côté de moi, Santarella se pencha en avant. Le signal était au rouge : Silverhus voulait savoir ce que nous avions découvert, et quels éléments nous possédions susceptibles de le coincer.

— Quand nous avons un suspect, un juge peut nous donner un mandat pour prélever un échantillon ADN afin de le comparer, expliqua Vang.

— Il vous faudrait sans doute un indice solide, avant d'obtenir un mandat de ce type, n'est-ce pas ?

— Tout dépend du juge.

Derrière le miroir, Santarella fit craquer les jointures de ses doigts, un son étonnamment fort.

— J'en ai assez entendu, lança-t-il. Pribek, prenez la suite. Et secouez-le comme il faut.

— Avec plaisir.

Comme je me levais pour sortir, Hasan me fit un clin d'œil au passage, ce que j'interprétai comme un vote de confiance.

*

*   *

Une fois sortie de la pièce, je pris le temps de verser un peu de café chaud dans ma tasse qui refroidissait sur mon bureau, puis je ramassai au passage une chemise cartonnée et entrai dans la salle d'interrogatoire.

Le matin même, je m'étais bien amusée en choisissant ma tenue. Pour intimider Silverhus, j'avais sorti de ma penderie un blouson en cuir noir que je portais rarement et une paire de bottines que Shiloh m'avait offerte, avec de hauts talons qui me grandissaient encore.

— John, vraiment tu exagères ! Tu m'avais promis de ne pas commencer sans moi, lançai-je à Vang en refermant la porte et en portant la voix plus que d'habitude, car quelque chose me disait que Silverhus n'aimait pas les femmes grande gueule.

Vang se retourna pour me regarder, mais je ne le vis que du coin de l'œil tant j'étais occupée à observer la réaction de Silverhus. Je ne fus pas déçue en le voyant bouche bée. Manifestement, il m'avait reconnue.

— Dans mon souvenir, on avait convenu que je m'occuperais de ça tout seul, me répliqua Vang, un peu sèchement. D'ailleurs nous allions conclure.

Je l'ignorai et m'adressai à Silverhus.

— Vous vous rappelez de moi ? Nous nous sommes croisés chez Dean Holmes. Sarah Pribek.

Silverhus serra avec réticence la main que je lui tendais. J'approchai une chaise et m'y assis.

— Cette marque sur votre main a vite guéri, remarquai-je. Vous avez raconté à John comment vous vous étiez pincé dans une porte ? C'était à peu près au même moment que la disparition de Jessie, n'est-ce pas ? Un pinçon d'une drôle de forme.

— Excusez-moi, fit poliment Silverhus, mais je préférerais avoir affaire à l'inspecteur Vang.

— Ah vraiment ? Eh bien, sachez que nous ne sommes pas dans une banque où l'on demande à voir son conseiller particulier, monsieur Silverhus, répliquai-je en le fixant jusqu'à ce qu'il détourne les yeux. Et puis je parie que je sais certaines choses sur votre compte que vous n'avez pas communiquées à John, ajoutai-je en ouvrant la chemise cartonnée que j'avais apportée. La nuit du 30 octobre, vous avez essayé de joindre Rob Donovan sur son portable.

J'inclinai la chemise vers John pour qu'il fasse mine de découvrir cette information.

— J'ai vérifié l'heure, lui glissai-je à voix basse. Regarde.

— Effectivement, vous ne m'en avez pas parlé, déclara Vang d'un ton surpris en relevant les yeux. Vous avez appelé le Dr Donovan quelques minutes avant l'agression.

— Je peux vous expliquer, dit Silverhus, anxieux à l'idée de perdre le soutien de Vang, son gentil petit officier. La veille, mon grand-père venait d'apprendre qu'il avait un cancer. Voilà pourquoi j'ai appelé.

— Comme c'est étrange que vous n'ayez fait aucune allusion à ça dans votre message, et que vous ayez choisi de contacter un psychologue expert en déviances sexuelles, fis-je observer.

— Le Dr Donovan est le seul thérapeute que je connaisse, répliqua Silverhus. J'avais sa carte professionnelle.

— Il vous a rappelé peu après 22 heures, et vous n'avez pas décroché. Que faisiez-vous donc, Steven ?

L'expression de Silverhus se durcit.

— Inspecteur Vang, je ne pensais pas être considéré comme suspect en venant ici.

— Dans mon souvenir, je ne crois pas l'avoir spécifié, Steven, avança Vang alors que nous échangions un coup d'œil, sachant que nous entrions là en terrain miné, légalement parlant. Vous avez le droit de ne plus répondre à nos questions, précisa Vang, mais, à ce stade, arrêter l'entretien et appeler un avocat ferait mauvais effet. Non, ce qui nous aiderait vraiment, ce serait de vous éliminer en tant que suspect, si vous pouviez nous dire où vous étiez et ce que vous faisiez durant la soirée du 30 octobre.

— Le 30 ? J'étais à la maison avec mon grand-père. Je crois me souvenir que je me suis couché tôt, ce soir-là.

Cette réponse évasive ne fit qu'aiguiser notre méfiance.

— Je vois, dit Vang. Et votre grand-père pourra-t-il le confirmer ?

Nous n'avions pas à nous en préoccuper. Un inspecteur était déjà en route vers le domicile des Silverhus pour vérifier avec Niels le cours des événements du 30 octobre. Nous ne pouvions attendre que Steven rentre après cet entretien pour prévenir son grand-père, ce qui leur aurait permis d'accorder leurs témoignages.

— Bien sûr qu'il le confirmera, affirma Silverhus. Même si lui aussi s'est endormi tôt.

Vang soupira d'un air désappointé.

— Voilà qui ne nous avance guère, constata-t-il d'un air pensif. Vous savez ce qui nous serait utile ? De jeter un coup d'œil à votre voiture.

— Ma voiture ? s'étonna Silverhus.

— Oui.

Alors, loin de la réaction que j'escomptais, notre suspect sourit.

— Vous n'allez pas être déçus. Je n'ai pas eu le temps de la nettoyer.

— Ne vous en faites pas pour ça. On connaît la chanson, dit Vang d'un air rassurant.

*

* *

Silverhus avait garé sa Ford Taurus au cinquième niveau d'un parking ouvert dont la structure me rappelait l'assemblage enfantin d'un jeu de construction ; quand nous sortîmes de l'ascenseur, de la vapeur blanche s'échappa de ma bouche, tant il faisait froid. Je vérifiai à ma ceinture l'endroit où mes menottes étaient accrochées. Si des indices concrets nous confortaient dans l'idée que Jessie Ryan s'était trouvée dans la voiture de Silverhus, nous devrions procéder à son arrestation.

Mains dans les poches, Vang avançait sans rien dire, tandis que Silverhus marchait d'un pas rapide. Par nervosité, ou par envie de se débarrasser au plus vite de cette corvée ? Pourquoi s'était-il plié volontiers à cette fouille s'il avait quelque chose à cacher ? Sa bonne volonté nous avait surpris, nous avions craint de devoir insister beaucoup plus lourdement pour obtenir son accord.

Silverhus déverrouilla les quatre portières pour que nous puissions inspecter l'intérieur du véhicule. À part un journal plié sur le siège passager et un gobelet en polystyrène vide dans le support prévu à cet effet, l'intérieur était relativement propre.

— Nous allons devoir inspecter le coffre, dit Vang à Silverhus tandis que je promenais ma torche électrique sur le revêtement gris sans rien trouver.

— Ah, le coffre aussi ?

D'où venait cette contrariété que je percevais dans la voix de Silverhus ? Allait-il refuser ? Tout en continuant mon inspection, je tendis l'oreille pour capter la conversation entre lui et mon coéquipier.

— Je vous aurai prévenus, déclarait Silverhus, et un petit bruit étouffé m'indiqua qu'il déverrouillait la serrure du coffre. Il y a deux nuits, j'étais en voiture et j'ai vu un chien blessé sur le bord de la route. Des gosses lui avaient tiré dessus avec un pistolet à air comprimé. Je l'ai ramassé et je l'ai emmené à la clinique vétérinaire la plus proche.

Je me redressai soudain pour les regarder. Silverhus avait ouvert le coffre, et Vang l'inspectait. En voyant son expression, je sortis aussitôt du véhicule pour les rejoindre.

Le tapis du coffre était presque entièrement maculé de sang séché d'un brun rougeâtre. Il n'y aurait aucun moyen pour un technicien de séparer du sang humain de tout le sang que l'animal avait perdu.

Dieu du ciel. Si j'avais espéré trouver quelque chose dans ce coffre, ce n'était décidément pas ça.

— Le pauvre chien a beaucoup saigné, indiqua Silverhus. Je n'ai pas encore essayé de nettoyer.

Dire que nous nous étions crus malins de jouer avec ce jeune homme notre numéro du bon et du mauvais flic, en le harcelant dans la salle d'interrogatoire comme deux moineaux titillant un faucon. Nous l'avions peut-être effrayé, peut-être l'était-il encore, mais il n'était pas sans défense. Depuis la nuit où il avait transporté Jessie Ryan inconsciente et blessée dans son coffre, il avait prévu ce moment et l'avait planifié. Je ne me faisais aucune illusion : Silverhus avait dû s'arranger pour que l'équipe de la clinique vétérinaire voie son visage et enregistre son nom. Et il s'était sûrement débarrassé de l'arme après avoir tiré sur le chien.

D'une voix éteinte, Vang demanda le nom de la clinique et la date, et Silverhus lui donna bien volontiers ces détails.

— Vous pourrez vérifier facilement, je crois que le véto en service s'appelait…

Je l'interrompis et m'approchai de lui pour me tenir à quelques centimètres de son visage.

— Ne vous réjouissez pas trop vite, Steven. Vous n'êtes pas sorti de l'auberge, lui assénai-je, et Silverhus cligna des paupières en reculant d'un pas. Vous n'avez fait qu'empirer les choses. Maintenant, à force de faire le malin, vous êtes deux fois plus suspect qu'auparavant.

— Sarah, me glissa Vang d'un air las. Laisse tomber.

26

La salle où Nate Shigawa donnait son cours d'assistance en soins médicaux d'urgence était différente de la plupart des salles de classe que j'avais fréquentées : un tableau non pas noir mais blanc, et un éclairage au néon qui infligeait un teint blafard à pratiquement tout le monde. Pourtant, au lieu des classiques bureaux individuels dont la tablette est attenante au bras du siège, nous disposions de longues rangées de tables avec des tabourets à roulettes. Ce que j'appréciais, car cet agencement semblait plus convenable et procurait une surface plus généreuse pour écrire.

Par habitude, j'avais choisi une place vers le fond, au cas où je devrais sortir discrètement pour répondre à un appel. Mon téléphone était sur vibreur, mais il se trouvait dans mon manteau, collé contre moi. Je voulais être en mesure de sentir les vibrations, en cas d'urgence.

Shigawa avait dessiné un triangle inversé sur le tableau blanc, avec ce sous-titre en lettres rouges : RÉANIMATION DES NOUVEAU-NÉS. Le triangle illustrait les différents stades où l'intervenant devait inciter un nouveau-né à respirer, depuis le plus simple et le moins invasif aux plus avancés. Comme j'avais déjà lu le manuel à ce propos et donc vu le diagramme, j'avais du mal à suivre le cours de Shigawa.

Non, ce n'était pas la vraie raison. En réalité, je ne pouvais m'empêcher de penser à la ruse de Silverhus.

Certes Vang et moi avions vérifié son histoire. À la clinique vétérinaire de Saint Paul, une jeune femme avait amené un

Labrador noir et trapu du chenil situé au fond du bâtiment. Il avait le ventre rasé et couturé, et sa démarche maladroite et saccadée laissait deviner des blessures internes en voie de guérison. La malheureuse rencontre du chien avec Steven Silverhus n'avait nullement amoindri la foi de l'animal en l'espèce humaine ; ses yeux vifs passaient de Vang à moi-même, devenus instantanément ses amis, comme si notre visite illuminait sa journée. L'assistante du vétérinaire nous avait assuré qu'elle se rappelait très bien de l'homme qui avait déposé le chien, et qu'il avait même appelé le lendemain pour prendre de ses nouvelles.

L'inspecteur de Saint Paul qui était allé s'entretenir avec Niels avait rapporté à Santarella que le grand-père s'était couché tôt ce soir-là et pensait que son petit-fils était à la maison. Il ne pouvait cependant en jurer. Voilà qui n'aidait guère Steven. Non seulement cela faisait écho à ce qu'il avait dit, « Je crois m'être couché tôt », mais c'était une dérobade des plus classiques. Le sommeil étant l'activité la plus intime et réduite qui soit, on ne pouvait exiger aucun indice ni témoignage.

— Pribek.

La voix de Shigawa interrompit soudain le fil de mes pensées.

— Oui ? fis-je en haussant les sourcils d'un air que j'espérais attentif et courtois.

Avait-il deviné à mon expression combien j'étais ailleurs ? Impossible à savoir, car en cours, Nate adoptait un ton dur et autoritaire.

— Imaginons ensemble une situation donnée : vous avez aidé à mettre au monde un enfant ; comme il ne respire pas de façon autonome, vous réussissez à déclencher sa respiration par ventilation avec masque et ballon. Alors qu'elle attend d'être transportée à l'hôpital, la mère vous demande de nettoyer son bébé. Que faites-vous ?

Facile.

— Je décline poliment. Je lui explique que les résidus qui enveloppent le corps de l'enfant le protègent.

— Les résidus ? répéta Shigawa. N'existe-t-il pas un terme plus précis pour désigner cela ?

C'était moins évident. Je fouillai mentalement dans une demi-douzaine de moyens mnémotechniques avant de retrouver le mot.

— Vernix caseosa, répondis-je, l'enduit sébacé qui protège la peau du fœtus et l'empêche de ramollir quand il baigne dans le liquide amniotique.

— Bien, confirma Shigawa. Merci. Chantal, pourriez-vous nous dire...

*

* *

Après le cours, j'avais à peine gagné l'entrée du bâtiment que je sentis mon portable vibrer. Je stoppai net dans le petit sas situé entre les deux portes et pris mon téléphone. C'était Santarella.

Cela tombait à pic ; un peu plus tôt j'aurais dû subir la désapprobation de Shigawa en sortant de la salle. Tournant le dos à mes camarades de classe, j'appuyai sur la touche connexion.

— Joe ?

— Vous n'allez pas le croire, dit Santarella. Moi-même je n'en reviens pas. Steven Silverhus m'a appelé il y a une heure. Il veut bien nous donner un échantillon sanguin pour le test ADN.

— Sans blague ?

— Sans blague. Et lui non plus ne plaisante pas, apparemment. J'ai besoin d'un inspecteur pour accompagner Silverhus tout au long du processus. La fille de Vang est malade et il l'emmène demain chez le médecin. Alors, à vous l'honneur, d'accord ?

Comme les portes se refermaient derrière Chantal et Kim, une rafale d'air glacial tournoya dans l'entrée.

— Avec plaisir, répondis-je en resserrant mon manteau. Avez-vous une idée de ce qui l'a incité à nous proposer ça ?

— Non, aucune, et je suis trop mort de fatigue pour faire des hypothèses. Nous en reparlerons demain.

Durant le court trajet de retour vers chez moi, je réfléchis à cette nouvelle donnée.

À quoi donc jouait Silverhus ? Il avait recouru à de tels stratagèmes pour nous empêcher de trouver des indices dans le coffre de sa voiture. Celui du chien blessé n'était pas des plus subtils, mais ce n'était pas nécessaire. Il nous incombait de prouver à un juge qu'il était un suspect valable pour obtenir des mandats, que ce soit pour l'arrêter ou pour procéder à des recherches approfondies. Or Silverhus nous avait acculés à recourir à la preuve circonstancielle, c'est-à-dire à invoquer des faits qui, pris dans leur ensemble, pourraient conclure à la culpabilité de l'accusé, en l'absence de preuve directe. En effet, dans le parc, tout indice matériel avait été effacé, et ce qui s'était trouvé dans le coffre avait disparu sous un flot de sang canin.

Après ses parades réussies, pourquoi diable changeait-il de tactique en se montrant aussi complaisant ? Jouait-il au chat et à la souris avec nous ? Cela me rappelait des séquences de films improbables où un chauffeur qui transporte des produits de contrebande dans son coffre, voyant un flic lui faire signe de s'arrêter, l'invite à inspecter son coffre avec un sourire si désarmant que le flic lui fait passer le poste de contrôle sans rien vérifier.

En l'occurrence, le scénario ne serait pas le même. Si Steven escomptait que nous ne ferions pas le test ADN, il allait comprendre sa douleur.

27

Il était 13 heures quand je me garai devant la majestueuse demeure que Niels Silverhus possédait sur Portland Avenue. Sur le plan technique, si je devais escorter Steven Silverhus tout au long du processus de prise de sang, rien ne m'obligeait à venir le chercher chez lui, mais j'avais envie de voir où vivaient le grand-père et son petit-fils, apparemment seuls. Comme la plupart des autres alentour, la maison avait été construite au tournant du XXe siècle. Elle comptait deux étages, surmontés d'un toit si pentu qu'aucune neige ne pouvait s'y amasser ; la façade était peinte en un vert tendre évoquant l'été, en cette saison hivernale. Une véranda vitrée courait sur toute la longueur.

Steven Silverhus sortit sur le perron, vêtu de façon si banale qu'on avait du mal à l'imaginer dans la peau d'un meurtrier : jean bleu clair, long polo lui arrivant à mi-cuisses, blouson vert à capuche et chaussures de marche.

Je l'avais appelé à 8 heures ce matin-là, et il n'était pas revenu sur sa promesse faite à Santarella. Il avait toutefois précisé qu'il avait des choses à faire durant la matinée et qu'il préférait un rendez-vous dans l'après-midi ; j'en avais donc fixé un à 13 h 30, au laboratoire d'analyses scientifiques rattaché au BCA.

Je n'avais encore jamais suivi ce type de procédure. Je comprenais le rôle que j'avais à y jouer, qui consistait à surveiller la prise de sang et à valider au fur et à mesure les formulaires de la chaîne de contrôle pour que plus tard, aucun avocat de la défense ne puisse contester la provenance de l'ADN de Silverhus, ni prétexter une contamination quelconque.

Le laboratoire d'analyses était une petite pièce avec au centre un fauteuil aux accoudoirs dépliés de chaque côté, et sur les étagères situées derrière, un support contenant des tubes aux bouchons de différentes couleurs. Le bruit mat de semelles en caoutchouc nous annonça l'arrivée de la biologiste. Elle devait avoir dans les seize ans, avec des cheveux blonds en queue-de-cheval et de grands yeux bleus. Sur l'écusson de sa blouse, on pouvait lire son prénom : Mandy. Je m'attendais presque à voir stagiaire indiqué en dessous, mais non. Elle devait avoir obtenu son diplôme tout récemment.

— Vous pouvez vous asseoir et poser votre bras sur la table, dit-elle à Silverhus.

Il obéit et se mit à remonter sa manche. Le polo avait des poignets en bord côtes, et il eut un peu de mal à les remonter au-dessus du coude, là où le muscle du biceps commençait à saillir. Il sourit comme pour s'excuser auprès de Mandy.

— Est-ce que ça suffit ?

— Oui, ça ira. Pour une prise de sang, il vaut mieux porter un polo à manches courtes. On peut toujours mettre une veste chaude par-dessus, s'il fait froid, lui répondit-elle, puis elle saisit une lingette désinfectante et déchira l'emballage. Voilà. Serrez le poing.

Elle tamponna ensuite le pli du coude avec du désinfectant, puis prépara l'aiguille et le flacon de drainage.

J'étais allée donner mon sang assez souvent pour savoir qu'en général, les gens détournent le regard. Pas Silverhus. Il suivit avec attention l'aiguille pénétrer dans la chair tendre à l'intérieur de son coude. Il semblait également à l'aise avec Mandy, peut-être à cause de sa jeunesse et de son petit gabarit.

Le tube se remplit d'un sang foncé. Lorsque Mandy retira l'aiguille et appuya une boule de coton sur son bras, il émit un très léger soupir de soulagement. Malgré moi, je comprenais ce qu'il éprouvait. C'est l'un des instincts les plus universellement partagés de vouloir garder son sang à l'intérieur de son corps.

Mandy et moi, nous validâmes ensemble les formulaires de la chaîne de contrôle, tandis que Silverhus rabaissait tant bien que mal sa manche sur son poignet.

— Il faut que je rentre chez moi. Je m'inquiète pour mon grand-père.

— Bien sûr. Il nous reste juste quelques formulaires à remplir.

*

*   *

— Dites donc, repris-je quand nous fûmes sur la route, vous avez opéré une drôle de volte-face. Hier, vous vous offusquiez d'être considéré comme suspect dans l'affaire Jessie Ryan. Et aujourd'hui, il semblerait que vous ayez accepté cette idée.

— Je suis juste prêt à coopérer, répondit Silverhus.

Il posa son bras avec raideur sur l'accoudoir en gardant les yeux fixés droit devant lui, comme s'il regardait la télé à travers le pare-brise.

— Vous faites plus que coopérer. Nous n'avions pas encore envisagé de vous demander un échantillon ADN. C'est vous qui l'avez proposé.

Le verbe « envisager » était un euphémisme : en réalité, nous n'avions pas encore assez d'indices pour obtenir le mandat adéquat.

— Alors pourquoi ? Pourquoi vous porter volontaire ? insistai-je.

— Parce que je m'efforce d'aider, répondit Silverhus en regardant défiler les arbres dénudés sans jamais croiser mon regard.

Une fois la voiture garée devant chez son grand-père, Silverhus m'interpella :

— J'aimerais avoir un coup de fil, quand vous aurez obtenu les résultats du test ADN et que je serai officiellement rayé de la liste des suspects.

Je tirai sur le frein à main et scrutai son visage en quête d'une expression que je pourrais déchiffrer, telle que de la colère ou un air de martyr. En vain.

— C'est une étrange demande. Puisque vous tenez pour certain que votre ADN ne correspond pas à ceux que nous avons relevés sur Jessie et donc que vous serez lavé de tout soupçon, pourquoi tenez-vous à être mis au courant des résultats ?

— Mon grand-père a été très perturbé par tout ça, déclara Silverhus. C'est juste pour sa tranquillité d'esprit.

Puis il toucha le creux de son coude, pour tâter le pansement que Mandy lui avait appliqué et un sourire flotta sur ses lèvres qui s'effaça presque aussitôt, comme une enseigne au tube de néon déficient.

— N'y voyez rien d'hostile, je ne vous garde pas rancune, me lança-t-il, puis il remonta l'allée menant à l'entrée de la maison sans jeter un regard en arrière.

*

* *

Un voile assombrit le reste de mon après-midi. Depuis que Santarella m'avait appelée la veille au soir, je n'avais guère eu le temps de réfléchir à l'attitude et aux agissements de Steven Silverhus, ni à leurs implications. Et voilà que tout ça se mettait à trotter dans ma tête : soit Silverhus était innocent, soit il était dans le déni, déconnecté de la réalité. Cette dernière hypothèse était difficile à avaler : si vraiment il avait tué Jessie, je pouvais concevoir qu'il gomme ensuite ses actes de son esprit en se persuadant qu'il ne s'agissait que d'un fantasme cauchemardesque.

Mais se pouvait-il que le lendemain, il se soit empressé de couvrir ses traces en blessant le labrador avec un pistolet à air comprimé, pour s'assurer que l'équipe vétérinaire se souvienne de son nom ? Se pouvait-il qu'il ait effacé son crime de sa mémoire juste après l'avoir couvert ? Non, je n'y croyais pas. C'est le genre de théorie tordue que les avocats tentent de vendre à des jurés qui marchent rarement dans la combine.

J'allais descendre au rez-de-chaussée pour m'offrir un cappuccino qui m'aide à m'éclaircir les idées quand j'aperçus

Syed Hasan, planté devant les ascenseurs. Lorsqu'il me vit, il m'indiqua d'un signe de tête la double porte et me lança :

— Tu fais une pause ? Dans ce cas, ça te dirait de m'accompagner dehors ? ajouta-t-il en me voyant acquiescer. Je sors m'en griller une.

— Oh, Syed..., dis-je d'un air chagrin qui le fit rire.

*

* *

Sur la Troisième Avenue, les employés municipaux suspendaient des couronnes de houx et de sapins ornées de rubans rouges pour Noël. Je les observai tandis que Hasan allumait sa cigarette tête baissée, puis il rejeta la tête en arrière, du geste commun à tous les fumeurs, et exhala la première bouffée dont il s'était empli les poumons.

— Tu as vu le *Star Tribune* d'aujourd'hui ? me demanda-t-il.

— Seulement la première page. Pourquoi ?

D'un accord tacite, nous marchions sans nous presser vers la rivière.

— Roy Nedegaard, le grand-père de Jessie, a publié un texte sur la tribune libre d'aujourd'hui.

— Un texte pour le retour de la peine de mort au Minnesota, j'imagine ? Il m'en a parlé le jour où il m'a surveillée pendant que j'inspectais la chambre de Jessie.

— Exactement, et il a exigé aussi la réclusion à perpétuité pour les primo-délinquants coupables de crimes sans homicide comme l'enlèvement ou le viol. Selon lui, c'est le moyen d'empêcher les récidives.

— Et qu'en penses-tu ?

— Ce sont des propos très communs aux familles des victimes, en particulier quand elles sont jeunes, répondit-il en tapotant le bout de sa cigarette pour en faire tomber la cendre. « Ma petite-fille est morte ; si seulement nous avions voté assez de lois, cela ne serait pas arrivé. » Ce n'est pas une logique parfaite, mais elle est bien compréhensible... Normalement, reprit-il après un petit temps de réflexion, je dirais que Roy va un peu vite en prenant pour un fait acquis que l'assassin de Jessie a déjà commis un crime. Même si nous savons que c'est effectivement le cas.

— Danielle Roback, dis-je.

— Oui. Et comme personne n'a été ni accusé ni arrêté pour ce crime-là, une sentence plus dure n'aurait servi à rien.

— Attends, Nedegaard serait donc au courant, pour Roback ? C'est une information que nous n'avons pas divulguée pour l'instant.

— Non, même s'il a très bien pu l'obtenir de son côté. Il appelle régulièrement Santarella en invoquant son statut de policier à la retraite, et il a donc pu récolter plus d'informations que nous n'en donnons normalement aux familles de victimes.

— Mais Santarella ne donne pas dans ce genre de complaisance.

— Lui non, bien sûr. Nedegaard n'évoquerait sans doute pas Roback auprès des médias, si Joe le lui demandait, mais il finirait par en toucher un mot à ses vieux potes de la patrouille d'État, qui en parleraient eux-mêmes à une ou deux connaissances... Ça deviendrait vite public.

Nous continuâmes à marcher un petit moment en silence.

— Qu'est-ce que tu vas faire aujourd'hui ? lui demandai-je.

— Pister un appel téléphonique anonyme, répondit Hasan. Une confession. Soit son auteur a obtenu l'info en interne, soit il a deviné que Jessie était enveloppée dans du tissu. Je l'ai gardé en ligne assez longtemps pour retrouver sa trace et nous l'avons débusqué. Mais ce n'est pas lui le coupable. Il a été interné plusieurs fois en psychiatrie.

— Ça ne le raye pas pour autant de la liste des suspects.

— Il est en très mauvaise santé, ajouta Hasan. Même une jeune fille aussi menue que Jessie l'aurait renversé d'une pichenette.

Nous nous étions arrêtés au milieu du pont. Hasan inhala une dernière bouffée et jeta sa cigarette dans la rivière.

— J'ai un peu réfléchi pour essayer de comprendre pourquoi Steven Silverhus nous a rendu ce grand service en nous procurant son ADN, dis-je en m'adossant à la rambarde.

— Sans tenir compte de la raison évidente ? À savoir qu'il est innocent ?

— Et même. Admettons qu'il soit innocent. Pourquoi ne pas attendre que nous lui demandions un échantillon ?

— Spontanément, je mettrais ça sur le compte de la nervosité. C'est très inconfortable, d'être suspect dans une affaire de crime majeur, et il a voulu que le focus ne soit plus sur lui. C'est ce que je dirais, si j'étais certain qu'il est innocent.

— Tu n'y crois pas, insistai-je, ravie de voir mon intime conviction confirmée.

— Je n'en sais rien, mais je l'ai observé hier, dans la salle d'interrogatoire. Il avait peur de quelque chose.

— Moi aussi, j'ai eu la même impression. Je n'arrive pas à concilier ce que je sais d'autre à son sujet, en particulier le coup du chien, avec sa proposition de donner son sang de lui-même… Tu vas me dire que c'est de la paranoïa, n'est-ce pas ? Que les grands cerveaux criminels sont rares, et que les meurtriers réussissent rarement à rester toujours cachés.

— Exact, d'après mon expérience, confirma-t-il en regardant un camion municipal dont la plateforme était chargée de branches de sapin et de houx avancer tout doucement sur le pont. Mais j'aimerais bien qu'on en sache un peu plus sur la famille de Steven. Je suis allé sur le net pour essayer de trouver des éléments sur Niels, autres que ceux qui figurent sur sa biographie officielle.

— Et ?

Il haussa les épaules.

— C'est un vieux ronchon plein d'arrogance et bourré de manies rétrogrades. Il donne du « ma fille » à sa secrétaire, et il a la réputation de rudoyer les infirmières. Ça ne me surprend guère ; il est juste le produit d'un terroir particulier…, ajouta Hasan en fronçant les sourcils. Bref, je n'ai rien appris sur sa vie personnelle. Cette famille semble tellement isolée du monde, un peu comme sur une île. Il n'y a qu'eux deux. L'épouse de Niels est décédée, Steven ne s'est pas marié, et la génération intermédiaire a disparu.

J'attendis, sans bien savoir où cela nous menait.

— Dans ces circonstances, les gens entrent dans une relation très fusionnelle. Niels a soutenu Steven financièrement et matériellement jusqu'à ses vingt ans, et Steven ne semble pas tellement s'être épanoui depuis.

Non, il avait plutôt l'air d'une plante d'intérieur fragile et s'étiolant sous l'effet de la vapeur et du manque d'air.

— Est-ce que tu suggères que grandir à l'ombre de son grand-père a perturbé Steven jusqu'à un point de rupture psychotique qui le pousse à s'attaquer à des femmes ?

— Non, déclina Hasan en secouant la tête. Pour des crimes aussi graves, il faudrait plus que ça. C'est frustrant, mais la plupart du temps, on ne dispose pas d'un facteur unique et identifiable qui ait poussé à bout un type comme Steven. Si c'est bien notre gars…, lâcha-t-il en revenant sur ses pas.

Quant à moi, j'avais peu de doutes à ce sujet.

— Je regrette seulement que nous n'ayons pas un autre membre de ce foyer à interroger, conclut Hasan. Quelqu'un qui pourrait ne pas faire bloc avec Niels et Steven et nous révélerait d'autres informations.

— Ne t'en fais pas. D'une manière ou d'une autre, nous réussirons à faire craquer Steven.

28

Le lendemain matin, la sonnerie de mon portable me tira du sommeil dix minutes avant mon alarme. Un moment, mon esprit engourdi ne parvint pas à différencier les deux sons et je tentai en vain d'éteindre le radio-réveil silencieux posé sur ma table de chevet, avant de constater que l'écran de mon portable s'éclairait.

— C'est John, se présenta Vang. On vient d'avoir un tuyau sur une disparition près de l'université. D'après ce qu'on m'a dit, ça m'a tout l'air d'un enlèvement.

— Où ça ?

*

* *

À environ sept cents mètres du campus des Twin Cities se dresse un groupe d'immeubles que les étudiants trouvent sans doute pittoresque et qui paraît miteux aux yeux de leurs parents. Des bâtiments tout en longueur, flanqués d'échelles, de passerelles et d'escaliers en diagonale servant de porches et d'issues de secours en cas d'incendie, avec une cour centrale ombragée l'été par des ormes. À la saison chaude, en guise de climatisation, on fait tourner à plein tube des ventilateurs électriques et l'on sort du frigo des glaçons dont on se frotte la nuque en trempant sa chemise.

Aujourd'hui, à 7 h 10 du matin, il faisait dans les moins 15, et les couleurs du paysage citadin ressortaient comme les lèvres rouges et les cils noirs d'un nageur évoluant en eau glacée. Je n'avais pas eu le temps de gagner le centre-ville pour échanger la Nova contre un véhicule de service. Le chauffage de la voiture commençait tout juste à se diffuser dans l'habitacle quand un agent en uniforme me fit signe d'entrer dans le parking.

La scène de crime se situait à l'arrière du bâtiment, où se trouvait la moitié des places de parking. Tout l'espace était cerné par un cordon de ruban jaune, et à l'intérieur de ce périmètre se trouvaient Vang, Syed Hasan, ainsi qu'une femme d'âge moyen chaussée de grosses bottes fourrées et vêtue d'une lourde parka kaki, qu'elle avait dû enfiler à la va-vite sur un peignoir de bain. Son visage sans fard était rougi par le vent du matin.

Tous les trois observaient les deux techniciens de la police scientifique dépêchés sur place qui s'affairaient autour d'une place de parking inoccupée. Ils photographiaient sur le sol un ensemble qui faisait étrangement penser à quelque installation d'art moderne : dans la neige blanche et fraîche gisait un petit sac à main noir, béant comme un poisson au bout d'un hameçon, à côté d'une cigarette trempée. Tout autour, des empreintes de pas désordonnées formaient un motif rappelant un diagramme à la Arthur Murray, où figureraient les pas de danseurs en pleine crise d'épilepsie. Entre ces empreintes, il y avait des taches et des éclaboussures de sang évoquant plutôt un message codé en morse.

— Raconte un peu, dis-je à Hasan, tandis que Vang se mettait à parler avec la femme en parka et peignoir.

— Un étudiant est parti travailler vers 6 h 15 ; il a un petit boulot d'appoint au réfectoire de la fac. Et il est tombé là-dessus, commença Hasan en désignant d'un geste la neige piétinée et tachée de sang. Hélas, il s'est approché et a ramassé le sac à main pour découvrir l'identité de sa propriétaire, et donc la scène de crime n'est plus vierge. Bref, le sac et le permis de conduire à l'intérieur appartiennent à une certaine Cydney Ann Perrin, âgée de vingt ans. L'étudiant s'est rendu à son appartement et il a parlé avec la colocataire de Perrin. C'est elle, précisa-t-il en se tournant vers la femme avec laquelle Vang s'entretenait. Maureen Rand. Apparemment Cyd, d'après sa colocataire, c'est comme ça que tout le monde l'appelle, travaille au sein d'une équipe d'entretien à l'université.

— Il s'agit également d'un petit boulot ? Elle est étudiante ?

— Non, elle est employée par la fac, répondit Hasan. Elle venait sans doute de rentrer chez elle quand elle a été attaquée en sortant de sa voiture. C'est là qu'elle a perdu un peu de sang, avant que son agresseur la fourre dans sa propre voiture et l'emmène quelque part. C'est du moins ce qui s'est passé en apparence, ajouta-t-il en reniflant, le nez rougi par le vent et le froid. Je suppose que nous allons avoir trois lieux du crime : celui-ci, un endroit où il l'a transférée dans son véhicule, et le lieu où il a fini par l'emmener.

— Où est l'étudiant qui nous a contactés ?

— Au commissariat. On aurait pu recueillir sa déclaration ici mais on a besoin de ses empreintes pour les distinguer des autres et les éliminer, puisqu'il a touché le sac à main, ainsi que d'un moulage de ses semelles pour les comparer à celles relevées ici.

— Espérons que le froid va durer.

— Pour les moulages, oui, espérons-le. Apparemment, ce criminel s'y connaît assez pour savoir qu'il est difficile, sur une scène de crime, de prendre des empreintes de semelles et de pneus dans la neige, en particulier quand la tiédeur du soleil se met à ramollir les motifs.

— Laisse-moi te montrer quelque chose, lui dis-je, et je l'entraînai à l'extrémité du parking en m'obligeant à marcher lentement sur le sol enneigé et inégal par égard pour sa mauvaise jambe.

Après le parking, un flanc de colline descendait vers des rails de chemin de fer, d'épais fourrés, puis jusqu'au Mississippi.

— Regarde, il n'y a pas de barrières, qu'elles soient naturelles ou construites par l'homme, entre le bloc d'immeubles, la rivière et les rails. Quand j'étais de patrouille, je répondais à beaucoup d'appels dénonçant des rôdeurs ou des bruits suspects autour de cette zone. Il ne s'agissait jamais de crimes très sophistiqués, en général des sans-abris cherchant à s'introduire chez des particuliers par une fenêtre ou une porte non verrouillée.

Les sans-abris aimaient s'asseoir pour pêcher et picoler près de la rivière, dans le roulement incessant des trains de marchandises que certains d'entre eux utilisent encore aujourd'hui, au XXIe siècle, pour se déplacer. Les sans-abris sont plus souvent des victimes que des criminels, mais certains d'entre eux sont dérangés mentalement, et doués d'une grande force physique. L'enlèvement de Perrin était peut-être un crime non prémédité : un gars remontant de la rivière et projetant quelque mauvais coup voit Cyd Perrin sortir de sa voiture. Cela expliquerait pourquoi l'agresseur l'avait emmenée quelque part en empruntant la voiture de sa victime.

— Autre chose au sujet de Perrin, ajouta Hasan. Rand, sa colocataire, m'a appris qu'elle avait un bébé. C'est elle qui le garde pendant que Perrin est au boulot.

— Dieu du ciel.

*

* *

Alors que nous approchions de l'appartement, Vang sortit sur le seuil de l'immeuble. Il tenait une photo à la main, qu'il retourna pour nous la montrer.

On y voyait Cyd Perrin à la maternité, assise dans un fauteuil inclinable, avec un nouveau-né enveloppé d'une couverture blotti contre sa poitrine. Elle était mince, et ses longs cheveux blond vénitien lui tombaient sur les épaules. Mon espoir que son enlèvement ne soit pas lié à celui de Jessie se mit à fondre comme neige au soleil.

— Quelle taille ? demandai-je.

— Un mètre cinquante-cinq.

Nous restâmes tous deux un instant silencieux.

— C'est le même type de victime que Ryan et Roback, et le même mode opératoire qu'à Missoula, repris-je. Roback a été capturée par surprise après le travail, juste à sa descente de voiture. Il faut vite retrouver Silverhus.

Hasan observait un technicien de la police scientifique qui projetait délicatement de la cire dans les creux striés des empreintes de pneus et de chaussures. La cire était d'un rouge vif évoquant du sang frais, ce qui rendait le procédé encore plus sinistre.

— On ne peut pas l'arrêter, remarqua Vang. On n'a pas plus d'indices concordants qu'hier, or ça ne suffisait pas. D'autant qu'il s'est montré coopératif.

— Je sais, mais il s'agit d'une urgence. Si Cyd Perrin a fini son travail à 4 heures du matin, il n'a que quelques heures d'avance sur nous. Elle est peut-être encore en vie. Santarella peut faire comprendre ça au juge.

— Je suis d'accord, déclara Hasan, qui avait l'air transi de froid. D'ailleurs le fait que Silverhus coopère ne règle pas tout. En l'absence des résultats ADN, que nous n'avons toujours pas reçus, il n'est pas innocenté. Oui, il faut appeler Santarella, renchérit-il en reniflant encore. On doit parler de la façon dont tu vas t'y prendre avec lui, si tu obtiens le feu vert et qu'on l'amène chez nous. J'ai d'ailleurs quelques idées.

Vang avait déjà sorti son portable et allait appeler, quand il vit Hasan le regarder avec insistance.

— C'est toi qui as les meilleurs rapports avec lui, intervint Hasan, et Vang approuva d'un hochement de tête. Pour le genre d'interrogatoire auquel je pense, tu devrais être le meneur principal, avec Hadley pour t'épauler. Il va nous falloir deux types mariés. Désolé, conclut-il en se tournant vers moi.

— Faites au mieux.

29

Vang réussit à joindre Santarella, qui nous obtint le mandat. En fin de matinée, je me retrouvai dans la même salle d'observation que deux jours plus tôt, avec à nouveau Santarella et Hasan à mes côtés. Cette fois, il semblait peu probable que l'on m'inviterait à intervenir pour mettre la pression sur Steven Silverhus. Comme Hasan l'avait dit, Vang serait aux commandes, épaulé par Hadley.

Pour l'instant, ils laissaient attendre Silverhus, histoire de faire monter la pression. Assis derrière la table, il gardait la tête baissée en nous donnant à Santarella et à moi un bon aperçu d'une calvitie précoce. Dans cette posture, on aurait dit qu'il priait. J'en doutais, mais manifestement, il était du genre à intérioriser sa peur. Certains auraient tapé des pieds et montré des signes de nervosité, incapables de rester tranquilles. Lui faisait plutôt penser à un androïde débranché.

Puisqu'il nous donnait si peu de lui-même à observer, je m'intéressai aux notes que Vang m'avait tendues. Maureen Rand avait dressé à Vang la biographie de Cyd, et je voulais me familiariser avec sa vie et sa personnalité.

Sa biographie était somme toute assez banale : une jeune fille un peu farouche, habitant une petite ville, et qui était tombée enceinte sa dernière année de lycée. Elle avait grandi à Morris, dans le Minnesota, une ville agricole qui accueillait aussi le campus universitaire le plus petit de l'État. Son père, Donald Perrin, était ouvrier agricole et arrondissait ses fins de mois comme mécanicien occasionnel ; sa mère était morte quand Cyd avait quatre ans. Cyd et Donald formaient donc une famille à eux deux.

À l'époque du lycée, Cyd buvait volontiers quelques bières le vendredi soir ou tirait à l'occasion sur un joint qui circulait, et ses résultats scolaires n'étaient pas de ceux qui prédisposent à un brillant parcours universitaire. Elle n'avait toutefois aucun casier judiciaire et prenait régulièrement des petits boulots à temps partiel. L'été précédant sa dernière année de lycée, elle avait obtenu un poste convoité dans une station touristique du Lac des Bois. En échange d'un petit salaire et d'un hébergement, Cyd travaillait au service de location de bateaux, en vendant aussi des appâts et du matériel de pêche. Elle était rentrée chez elle bronzée, en pleine forme et enceinte, un état devenu visible à la mi-septembre.

Le nom du père ne figurait pas sur le certificat de naissance. Cyd s'était contentée de passer un test d'équivalence en guise de diplôme en étudiant à distance. Pourquoi avait-elle choisi de garder l'enfant ? La question avait ému son entourage et fait le tour de la petite ville, car Cyd avait peu de perspectives en vue, et la famille n'avait jamais roulé sur l'or. Donald Perrin et sa fille n'étant pas pratiquants, ce n'était donc pas pour des motifs religieux interdisant l'avortement. Mais Cyd avait gardé ses raisons pour elle.

Quand son fils Daniel eut six mois, Cyd déménagea et vint s'installer avec lui aux Twin Cities. Son père y avait une vieille amie et ancienne camarade de classe, Maureen Rand, qui était prête à héberger une mère et son enfant. Divorcée sans enfant, Maureen adopta Daniel comme si c'était son filleul.

Cyd chercha un travail qui lui permettrait d'avoir des journées libres pour s'occuper de son fils, et elle trouva un emploi dans l'équipe d'entretien de l'université, de 21 heures à 3 heures. Si Daniel faisait alors des nuits complètes, sa mère souffrait néanmoins d'un manque chronique de sommeil. Selon les dires de Maureen, elle était jeune, elle avait de la ressource.

Maureen expliquait aussi que pour se détendre, Cyd buvait volontiers une bière le vendredi ou le samedi soir, ou tirait à l'occasion sur un joint, mais c'était tout. Sa période fêtarde était derrière elle. Le temps lui manquait pour des rendez-vous galants, et dernièrement, elle n'avait évoqué aucun homme qui lui aurait tourné autour. Le plus grand risque dans la vie de Cyd, c'était sans doute ses horaires de travail tardifs, et il semblait que cette dernière nuit, ce risque s'était avéré fondé.

Enfin, la porte de la salle d'interrogatoire s'ouvrit et Hadley entra, suivi de Vang. Silverhus leva la tête et leur jeta un regard interrogateur.

— Je vous ai donné du sang pour le test ADN pas plus tard qu'hier. Je ne comprends pas ce que je fais là. Je me suis montré coopératif.

— Le jeu a changé aujourd'hui, Steven, répondit Vang. Vous devez savoir pourquoi, non ?

Il ouvrait le feu d'emblée, c'était une bonne entrée en matière. La disparition de Cyd Perrin n'avait pas encore paru dans la presse. Si Silverhus faisait allusion à la fille qui venait de disparaître, il s'incriminerait lui-même.

Il ne fit que secouer la tête. Vang lança un coup d'œil vers le miroir sans tain, montrant ainsi qu'il pensait à ceux qui se tenaient de l'autre côté. Il avança une chaise et s'y assit.

— Vous êtes ici parce que nous avons besoin de votre aide. J'habite les Twin Cities depuis que je suis né. Comme vous et lui, ajouta-t-il en indiquant Hadley qui restait debout, adossé au mur, à une distance que Silverhus ne jugerait pas menaçante. Or il se passe quelque chose de vraiment moche dans notre ville natale. Je vais vous montrer quelques photos et vous en parler, poursuivit Vang, puis il déposa un cliché sur la table entre eux. Reconnaissez-vous cette femme ?

Silverhus se pencha en avant et l'espace d'un instant, je crus le voir se raidir. Mais il secoua la tête.

— Non.

— Elle s'appelle Danielle Roback. Quelqu'un l'a frappée sur la tête et l'a violée alors qu'elle était inconsciente. Elle est restée pendant cinq semaines dans le coma.

— D'après ce que vous avez dit, je croyais que ça concernait les Twin Cities, fit remarquer Silverhus en clignant des yeux.

Or Vang n'avait pas précisé que Roback avait été agressée ailleurs. Silverhus n'avait pas prononcé le mot Montana, mais il avait bien failli faire un faux pas. L'expression de Vang montra que cette bourde ne lui avait pas échappé. Je savais qu'il en reparlerait bientôt, quand le moment viendrait de resserrer le filet.

— Vang se débrouille bien, dit posément Hasan, et Santarella acquiesça en hochant la tête.

J'en convins, avec une petite pointe de jalousie. *Détends-toi, hein ?* me sermonnai-je. *Bientôt tu ne seras plus flic, alors laisse tomber cet esprit de compétition entre collègues en quête de reconnaissance.*

Vang sortit une autre photo et la déposa sur la table.

— Reconnaissez-vous cette femme ?

— Évidemment, répondit Silverhus. C'est Jessie Ryan.

— En effet. Elle aussi a été frappée à la tête, et violée. Cette fois, le type l'a noyée ensuite.

Silverhus resta à fixer la table. Vang y déposa une troisième photo.

— Cydney Perrin. Elle est portée disparue depuis ce matin très tôt.

— Seulement deux semaines après le meurtre de Jessie, fit remarquer Hadley. C'est l'escalade. La première victime est restée dans le coma pendant cinq semaines, mais elle a survécu. Jessie Ryan est morte. Elle a été tuée par son agresseur.

— Pourquoi me racontez-vous tout ça ? demanda Silverhus.

— Parce que ce genre de choses ont tendance à empirer, répondit Vang. Elles ne s'arrangent pas tant que quelqu'un n'a pas enfin le cran de dire, j'ai besoin d'aide, il faut que ça s'arrête.

— Je ne sais rien sur Jessie. Ni sur la fille du Montana, ni sur celle qui a été tuée ce matin.

Vang hocha la tête.

— Je n'ai pas dit que Roback était du Montana, n'est-ce pas ?

— Non, tu n'as rien dit de tel, confirma Hadley en avançant d'un pas. Moi non plus, d'ailleurs.

Santarella émit un grognement de satisfaction. Quant à moi, je mis ma main sur ma bouche, car j'avais saisi autre chose dans les paroles de Silverhus : Cydney Perrin est morte.

Il venait juste de le dire : la fille qui a été tuée ce matin. Or aucun de nous ne savait si elle était morte ; ce n'est pas de nous qu'il tenait cette idée.

Dans la salle d'interrogatoire, Silverhus s'efforçait péniblement de rattraper le coup.

— Eh bien, je… j'ai vécu un moment dans le Montana. Peut-être que l'affaire était dans les journaux. Je n'ai pas reconnu le nom au début, voilà tout.

— Bon. Alors, parlons un peu de Danielle. Pas les détails. La vision d'ensemble, dit Vang en se penchant en avant. Voyons un peu, Steven. Baiser une femme inconsciente derrière un auvent pour voitures au milieu de la nuit : quelle idée de l'amour est-ce là ? demanda-t-il en laissant la question en suspens. À mon humble avis, aucun jeune garçon ne rêve d'en arriver là une fois adulte. Personne n'a envie de ça.

— Je suis marié depuis six mois seulement, intervint Hadley en se penchant lui aussi en avant. C'est très intimidant, de promettre solennellement d'aimer et de protéger une femme pour le restant de ses jours. John aussi est marié. Il a une petite fille de deux ans, ajouta-t-il en indiquant Vang d'un geste, et Vang hocha la tête. C'est dur d'être un amant, un mari et un père. Oui, c'est difficile d'être un homme, j'en conviens.

Sa voix était envoûtante, presque hypnotique, au point que je me sentis vaciller un peu sur mes jambes.

— Je pense que toute votre vie, vous avez eu envie de devenir ce genre d'homme, Steven, poursuivit Hadley en s'approchant, et il vint s'asseoir près de Vang, face à Silverhus. Mais ce que vous avez fait à Danielle et à Jessie, ce n'est pas comme ça qu'un homme doit traiter une femme. C'étaient toutes les deux de braves filles qui ne le méritaient pas.

— Et maintenant, il y a Cyd, enchaîna Vang en tapotant la photo. Avez-vous remarqué le bébé ? C'est Daniel, son fils. Il va grandir pour tenter de devenir un homme, lui aussi. Il n'a déjà pas de père. Vous imaginez comme ce sera difficile pour lui, s'il n'a pas de mère non plus ?

— J'ai bien grandi sans mes parents, murmura Silverhus.

— C'est vrai, reconnut Hadley.

À côté de moi, Hasan se pencha en avant en cramponnant sa canne sans même s'en rendre compte, tant il était fasciné par ce qui se passait derrière la vitre.

— Steven, pensez-vous que vos parents seraient fiers de vous, aujourd'hui ? Pensez-vous que votre père le serait ? Il n'est pas trop tard pour commencer à être un homme, continua Vang d'une voix douce. Vous pouvez commencer par Cydney Perrin. Faites ce qui est bien pour elle. Dites-nous où elle se trouve.

À ma gauche, la porte menant à la salle d'observation s'ouvrit en laissant pénétrer la lumière vive du couloir. Un agent en uniforme se profila sur le seuil.

— Agent Santarella ?

Santarella s'empressa de lever la main pour signifier : pas maintenant.

— C'est le labo au téléphone. Ils disent que c'est urgent.

Santarella considéra un instant l'agent, puis il se leva et se glissa hors de la pièce en se baissant tel un cinéphile qui veut éviter de déranger les autres spectateurs.

Je revins à la scène qui se déroulait de l'autre côté du miroir sans tain.

— À votre avis, qu'est-ce que votre père attendrait de vous, là où nous en sommes ? demandait Vang.

Une larme roula sur la joue de Silverhus. Il l'essuya sans rien dire. Vang et Hadley se tinrent cois, eux aussi. Ils étaient au point de basculement, et laissaient le silence travailler pour eux. Mieux valait ne pas pousser le bouchon trop loin.

Alors la porte de la salle s'ouvrit et je vis Santarella entrer. Sous le choc, je me raidis et sentis qu'Hasan faisait de même ; on n'aurait pu trouver pire moment pour interrompre le cours de l'interrogatoire.

— Désolé, intervint Santarella, je vais devoir mettre un terme à cet entretien. Vous pouvez partir, ajouta-t-il en s'adressant à Silverhus, dont les yeux noyés de larmes le regardaient comme s'il était sa planche de salut. Vous êtes libre.

Près de moi, les épaules de Hasan s'affaissèrent sous le poids de la déception tandis que le soulagement qui envahissait Silverhus semblait déferler sur la salle d'interrogatoire. Il se leva. Hadley et Vang décochèrent tous deux le même message silencieux à l'adresse de Santarella : qu'est-ce qui vous prend, ça va pas la tête ?

À la porte, Silverhus se retourna :

— C'est à cause du test ADN ? J'ai le droit de le savoir si j'ai été innocenté.

— Oui, confirma Santarella. Vous n'êtes plus considéré comme suspect.

Vous vous moquez de moi ? me dis-je. Ulcérée, je me détournai, saisis la poignée de la porte et sortis en trombe de la salle d'observation pour les rejoindre à l'instant où ils sortaient de la salle d'interrogatoire. Silverhus tressaillit un peu en me voyant. Visiblement, il ignorait que j'avais été présente tout au long de l'entretien, et il s'empressa de détourner la tête pour me cacher ses larmes. Puis il s'éloigna dans le couloir d'une démarche un peu balourde.

— Il doit y avoir une erreur, lançai-je à Santarella. Il était sur le point d'avouer. Nous l'avons tous vu.

À son air, je devinai qu'Hadley avait dû protester de la même façon, juste avant que j'arrive. Santarella se retourna pour jeter un coup d'œil à la silhouette de Silverhus qui disparaissait au bout du couloir.

— Désolé, mais il n'a pas violé Roback ni tué Ryan. L'ADN provient d'un autre suspect.

— Impossible ! m'exclamai-je. Il savait que Roback était du Montana sans qu'on le lui ait dit. Il était sur le point de craquer, il pleurait, nom de Dieu !

— Son grand-père, un chirurgien réputé, se porte garant de lui pour les deux nuits en question, me rappela Santarella. Roback ne l'a pas désigné parmi une série de photos. Il n'y a aucun indice matériel pouvant le lier à l'une ou l'autre de ces affaires.

— Alors comment expliquer sa ruse pour souiller le sang dans le coffre de sa voiture ?

— Peut-être qu'il dit la vérité et qu'il a vraiment ramassé un chien blessé.

— Vous vous fichez de moi, ce n'est pas possible, m'emportai-je en oubliant toute retenue protocolaire. Et Perrin ?

Nous ne l'avons toujours pas retrouvée. Nous n'avons pas d'ADN. On peut encore le retenir sur ces motifs.

— Mais les similitudes entre les affaires Roback et Ryan sont la seule raison pour laquelle nous l'avons soupçonné dans la disparition de Perrin. Une fois ce lien infirmé, de quels motifs légaux dispose-t-on pour l'interroger ?

— Il y a trop d'indices concordants qui le désignent, arguai-je en secouant la tête. Il y en a à la pelle.

— Pribek ! Je ne peux pas le garder en détention, scanda Santarella en appuyant sur chaque mot d'une voix crispée. Depuis les tout débuts de l'utilisation de l'ADN par la police scientifique, les avocats de la défense ont essayé de détruire les preuves d'ordre génétique. Ils suggèrent que la technologie n'est pas fiable et les résultats peu concluants. Nos médecins légistes ont passé des décennies à améliorer et affiner la procédure pour qu'elle soit inattaquable. Chaque jour, ils viennent témoigner devant les jurys que l'ADN ne ment pas, qu'il ne varie pas et qu'il est impartial. Les jurys ont besoin que ça leur soit spécifié, mais je ne pensais pas avoir à l'expliquer à une inspectrice.

— Je sais, fis-je, la gorge nouée. Je suis désolée. C'est juste que…, bredouillai-je en cherchant du soutien auprès d'Hadley et de Vang, pour comprendre aussitôt à leur air qu'ils avaient abandonné la partie.

— Ne soyez pas désolée, répliqua Santarella. Oubliez Silverhus une bonne fois pour toutes. Et concentrons-nous sur Perrin. On a du pain sur la planche.

*

* *

Environ une heure plus tard, la police d'Hastings appela. Un capitaine de remorqueur avait signalé ce qui ressemblait à un corps de femme pris dans un amas d'arbres tombés dans le Mississippi. Il n'avait su dire s'il s'agissait ou non d'un cadavre. Quand la patrouille fluviale la retrouva, Cyd Perrin était en vie.

30

— Je vous ai apporté plein de photos, car vous risquez d'en avoir besoin, me dit Donald Perrin, le père de Cyd.

Malgré son anxiété et son chagrin, il avait un visage bienveillant pourvu d'une grosse moustache broussailleuse qui le faisait un peu ressembler à un morse. Il portait un jean noir tout neuf et une parka matelassée par-dessus une chemise en flanelle. En arrivant de Morris, après un trajet d'une demi-journée, il avait enlevé sa casquette, mais il la gardait près de lui et la tripotait par moments. Je lui tenais compagnie dans le couloir du Centre médical du comté de Hennepin.

— Je ne crois pas que nous ayons encore besoin de photos.

C'était évidemment en cas de personne portée disparue. Quant à Cyd, on l'avait retrouvée. Plus bas dans le couloir, elle se débattait pour rester en vie, luttant contre le choc, l'hypothermie, et un traumatisme crânien. Le médecin nous avait toutefois fait comprendre avec diplomatie qu'il n'y avait guère d'espoir d'amélioration. Manifestement, son père Donald n'avait pas saisi la mise en garde dans les termes *pronostic vital engagé*. C'était aussi bien. Les humains sont programmés pour garder espoir ; c'est un palliatif dans les moments de détresse. Parfois, hélas, il n'apporte qu'un soulagement temporaire.

— La voici avec le bébé à Noël. Cette photo-là date un peu. Elle est avec ses amies du Lac, près de la location de bateaux.

On y voyait Cyd de trois-quarts, en haut de bikini et jean coupé d'un bleu délavé. Le photographe l'avait saisie à l'instant où elle se retournait, du rire dans les yeux.

— Et la voici avec le petit le jour de son anniversaire. C'était en mars dernier, m'expliquait-il en commentant une photo où Cyd tendait à son fils un peu de glaçage à sucer sur le bout du doigt.

De grâce, me dis-je, sans pouvoir en supporter davantage.

— Monsieur Perrin, puisque nous avons retrouvé Cyd, je pense que des photos ne sont plus nécessaires.

— Et la télé, les journaux ? Ils n'en ont pas besoin ?

— Non, monsieur.

Sauf si Cyd mourait, auquel cas ils voudraient illustrer les articles la concernant. Et de cela, Donald Perrin n'avait pas besoin d'être au courant.

— Monsieur Perrin, quand vous avez appris que Cyd avait disparu, avez-vous pensé à quelqu'un, ne serait-ce qu'une fraction de seconde, même si vous vous êtes dit plus tard que c'était ridicule ? Comme d'anciens petits amis ou des gars habitant Morris ?

— Désolé, non, rien ne m'est venu, agent Pribek.

— Inspectrice Pribek, rectifiai-je. C'est M. Santarella qui travaille pour le BCA. Je sais, c'est dur de s'y retrouver.

Je remis les photos dans l'enveloppe qu'il avait apportée.

— D'après ce que j'ai entendu, vous pensez tous que c'est le même type qui a tué cette fille la nuit d'Halloween, remarqua-t-il.

En réalité, c'était la veille, la Nuit du démon, mais je n'eus pas le cœur de le corriger.

— Donc ça signifie que ça n'a rien à voir avec le passé de Cyd, seulement avec son apparence physique ?

— On l'ignore encore. Vous avez eu des nouvelles de Cyd, récemment ?

— Pas directement.

— C'est-à-dire ?

— Pas au téléphone. Elle m'a envoyé une carte postale.

— Est-ce que c'est dans ses habitudes ?

— Oui, elle aime bien trouver des cartes rigolotes avec des clichés noir et blanc des années 1940 et 1950, et des légendes comiques. Certaines sont… un peu salées, diriez-vous. Des bonnes sœurs faisant des choses pas très catholiques, par exemple. Enfin Cyd n'a jamais été une sainte-nitouche, dit-il tandis qu'un sourire faisait frémir sa grosse moustache. Après la mort de sa mère, c'est moi qui l'ai élevée, et au bout d'un an, j'ai cessé de surveiller mon langage. Faut avouer que je raconte volontiers des blagues d'un goût douteux, alors on est plutôt détendus, sur ce plan-là.

— Quelles nouvelles donne-t-elle dans ses lettres ? demandai-je.

— Pas grand-chose, en fait. Nous n'avons pas la plume facile, elle et moi... Mais Cyd a une sorte de code bien à elle : elle dessine un demi-cercle avec une flèche, vous savez ? Comme un indicateur d'étages pour ascenseur, qui montre à quel niveau il se trouve, expliqua-t-il en vérifiant du coin de l'œil si je le suivais. Sauf qu'elle met des mots à la place des chiffres : super, bien, pas mal, sans plus, sans commentaire. Elle appelle ça l'ascenseur de ses humeurs.

Alors ses traits se crispèrent et ses yeux s'embuèrent de larmes. Sans rien ajouter, il se leva péniblement et se dirigea vers les toilettes pour hommes.

*

*   *

Les nouvelles du soir avaient présenté Cyd comme « la deuxième étudiante disparue ». Cette erreur serait vite rectifiée, mais cela n'avait pas refroidi la fièvre suscitée par sa disparition. Dès qu'on juxtaposait leurs photos, sa ressemblance avec Jessie Ryan était flagrante.

Mon ventre gargouillait, et je me rendis compte que j'avais une faim de loup. Étrangement, monter la garde me fait cet effet-là, alors qu'on passe son temps à attendre. Sur la chaîne d'infos en continu, plusieurs experts débattaient pour savoir si un procès pour crimes de guerre contre Saddam Hussein serait ou non considéré comme légitime par le reste du Moyen-Orient, ou si cela risquait de nuire à la légitimité du nouveau gouvernement irakien.

Je me levai et me dirigeai vers la cafétéria. Vang viendrait me relayer plus tard, pour que je puisse me rendre à mes cours. Si je ne mangeais pas un morceau maintenant, je n'en aurais pas le temps avant de rentrer chez moi.

Devais-je attendre que Donald Perrin sorte des toilettes pour lui proposer de m'accompagner ? Non, il me dirait qu'il n'avait pas faim. Durant ce genre de veille dans une unité de soins intensifs, personne n'a d'appétit. À part les flics.

31

— Inspectrice Pribek.

C'était Rosamund Ross qui m'interpellait. Elle m'avait repérée alors que je déposais un plateau sur la rampe devant les plats proposés par la cafétéria. Aujourd'hui, elle était plus chic que la dernière fois, avec un blazer marron sur une chemise blanche et un pantalon couleur miel, mais toujours chaussée de lourdes bottes en cuir, un choix avisé, en hiver. Elle avait un stylo coincé sur l'oreille.

— Des nouvelles ? me demanda-t-elle.

— Il faudrait demander ça au médecin qui suit Cyd Perrin, répondis-je en regardant un panier de muffins. Vous en savez sans doute autant que moi.

— Combien de temps avant l'expertise médico-légale sur la voiture ?

Je m'arrêtai net.

— Quelle voiture ?

— Un agent a repéré la Buick de Cyd sur une route latérale bordant la rivière à environ sept cents mètres de son immeuble. On l'a déjà remorquée jusqu'au labo du BCA.

— Ne le prenez pas mal, fis-je en secouant la tête, mais je suis toujours furax quand ce genre d'informations me parvient par l'intermédiaire d'un ou d'une journaliste.

— Pas de problème... Sept cents mètres. Ce serait une distance pratique pour l'agresseur. Il gare son propre véhicule, et il se rend à pied jusqu'au lieu de l'enlèvement. Serait-ce l'hypothèse avancée ?

— Étant donné que vous venez tout juste de m'apprendre cette histoire de voiture, je n'ai encore rien sous la main, répondis-je, sans ajouter qu'il existait certaines conclusions qu'on tirait à l'aide d'une simple carte.

— Hum. Écoutez, est-ce que je peux vous offrir un café ? me proposa-t-elle.

— Non, mais je n'ai rien contre un peu de compagnie. Pourvu que nos échanges restent officieux.

— Oui, ça me convient.

Nous avançâmes dans la queue. Je finis avec un plat de spaghetti aux boulettes de viande, une salade du jardin et du café noir. Ross avait choisi un muffin aux myrtilles et elle y ajouta une boisson prise à un distributeur, un *French Vanilla Cappuccino*. Apparemment, elle était portée sur une alimentation riche en glucides.

— Je croyais que tout ce qui devait rester non officiel ne vous intéressait pas, dis-je alors que nous prenions place dans un box, près de la fenêtre. Quelle était votre formule, déjà ? « Quand je suis en service, je le suis officiellement. »

— Ouais, convint Ross d'un air désabusé. C'est un bon préambule pour impressionner une source, lors d'un premier échange. Mais pour connaître quelqu'un, il faut bien mettre un peu d'huile dans les rouages.

Ce qu'elle disait en réalité, c'était qu'une relation amicale avec moi pourrait s'avérer payante, quand j'aurais assez confiance en elle pour faire des déclarations officielles.

— Eh bien, avec moi, vous n'y gagnerez pas grand-chose, dis-je en coupant une boulette en deux avec ma fourchette. Au printemps prochain, je serai devenue technicienne en soins médicaux d'urgence. Il n'y a aucun intérêt à me « cultiver ».

— Surmenage ? demanda-t-elle en me scrutant.

— Non, j'ai juste envie de sauver des vies. Je sais, ça fait un peu nunuche.

— Apparemment, personne n'aurait pu sauver la vie de Jessie ni celle de Cyd, remarqua Ross. Au fait, je ne devrais pas recourir à ce genre d'excuses, mais ce n'est pas moi qui ai qualifié Jessie Ryan de « coed » plusieurs fois dans cet article de la semaine dernière[1], déclara-t-elle en faisant la moue, ce que je comprenais ; c'était un terme dépassé, avec une connotation grivoise de très mauvais goût.

— Si ce n'est pas vous qui avez employé ce terme, comment s'est-il retrouvé là ? m'étonnai-je. Quelqu'un a réécrit l'article ?

— Oui, c'est une secrétaire de rédaction qui a jugé bon de le substituer au mot étudiante, répondit Ross en rompant son muffin en deux. Écoutez ça : quand je retourne au boulot le lendemain et que je lui demande pourquoi elle a changé ce mot sans même me passer un coup de fil, elle me répond : « On ne va quand même pas téléphoner quand il s'agit juste de remplacer un mot par un synonyme. » « Comme c'est étrange, quand nous faisons un article sur la hausse des frais de scolarité, les filles dont nous parlons sont des étudiantes. Quand l'équipe de basket-ball féminine enchaîne les victoires, les joueuses sont des athlètes étudiantes. Mais quand l'une d'elles se fait assassiner, elle devient soudain une *coed.* »

Ross poussa un long soupir avant de reprendre son récit :

— Et là elle contredit ses propres arguments sur les synonymes en me déclarant : « C'est un terme plus porteur. » Sur ce, je me penche sur son ordi et je fais devant elle une recherche sur le mot *coed.* Je lui montre tous les liens afférents, de la pornographie douce aux films d'horreur séries B, et je lui dis, c'est pour ce public-là que vous jugez le mot *coed* plus porteur ?

Ross sourit, comme savourant d'avance ce qui allait suivre.

— Il s'avère que cette secrétaire de rédaction a vingt et un ans et qu'elle est de l'Ohio. Elle suit un stage de formation, expliqua-t-elle. Et voici ce qui a transpiré dans le service : elle a pleuré dans les toilettes pour dames parce qu'une journaliste chevronnée lui a passé un savon…

---

1. *Coed* qualifie au départ des équipes ou des établissements mixtes. Mais l'usage de ce mot pour ne désigner que les étudiantes est considéré comme sexiste. Il sert aussi de mot appât dans des séries B pornographiques et a donc une connotation sexuelle dégradante.

Je lui adressai un regard compréhensif sans bien savoir laquelle je plaignais le plus, entre elle ou la stagiaire.

— Journaliste chevronnée, c'est le titre dont m'a honorée le rédacteur en chef, dans la réunion qui a été organisée pour gérer ce problème, poursuivit Ross. Bon sang, j'ai vingt-sept ans, six ans de plus qu'elle. À les entendre, on dirait que j'ai donné une fessée déculottée à une ado de seize ans... Vous vous en fichez peut-être, ajouta-t-elle en haussant les épaules, mais je voulais que vous sachiez que ce n'est pas moi qui ai employé ce terme. Je me suis dit que vous comprendriez, alors que les gars de votre équipe ne saisiraient pas la nuance. Que vous, en tant que femme, y seriez sensible.

*

* *

Lorsque je regagnai la salle d'attente située à l'étage de Cyd, Donald Perrin s'était assoupi, la tête gauchement inclinée sur le bord de sa chaise. Aussi, quand mon portable sonna, m'empressai-je de répondre.

— C'est moi, dit Vang d'une voix crispée, et je sus aussitôt que ce qu'il allait m'annoncer ne serait pas à mon goût. Ma fille est très malade et je l'emmène aux urgences pédiatriques. Désolé, je ne vais pas pouvoir te relayer maintenant.

Est-ce que ce n'est pas pour ça qu'elle a deux parents ? me dis-je en tenant ma langue, mais Vang devina mes pensées.

— J'aurais laissé ma femme s'en charger, mais elle a dû s'en occuper toute la journée. Elle a été si soulagée de me voir rentrer... Je ne peux pas repartir tout de suite. C'est un problème entre nous, ces heures supplémentaires que je dois consacrer à cette affaire.

— Je comprends, fis-je à contrecœur.

— Je vais appeler Hadley. Si je n'arrive pas à le faire réagir, je viendrai dès qu'Emmy sera couchée et partie pour sa nuit.

— D'accord, dis-je tout en jetant un regard désespéré à l'horloge noir et blanc accrochée au mur.

Dès qu'Emmy sera couchée et partie pour sa nuit... Ce ne serait sans doute pas avant 20 heures, peut-être 21, bien trop tard pour que je puisse me rendre à mon cours du soir. Zut.

Pourtant pas question que je quitte les lieux avant que quelqu'un vienne me remplacer. Si Cyd reprenait conscience, cela risquait fort d'être temporaire. Il fallait absolument que l'un de nous soit présent pour entendre ce qu'elle avait à dire.

— Je suis vraiment désolé.

— Je sais. Arrange-toi juste pour ne pas me laisser veiller toute la nuit.

— Promis, m'assura-t-il.

*

*   *

Le reste de la soirée avança lentement dans une sorte de brume. Donald Perrin refusa de se rendre à l'appartement de sa fille pour se reposer un peu. Maureen Rand arriva à l'hôpital en tenant le bébé contre sa hanche. Et ce ne fut ni Hadley ni Vang, mais Syed Hasan qui survint à 21 h 26. À ce moment-là, j'étais dans un tel état, mêlé d'épuisement et de fatalisme, que je décidai de rester pour lui tenir compagnie. Nous regardâmes ensemble les infos. Les photos de Jessie et de Cyd s'affichaient côte à côte, liant ouvertement les deux crimes. Le médecin vint nous parler, mais il se refusa à nous donner plus d'espoir sur les chances de survie de Cyd. C'était comme si nous vivions son meurtre lentement, heure après heure.

*

*   *

Car il s'agissait bien d'un meurtre. Cydney Perrin mourut à 4 heures du matin. Je me portai volontaire pour assister à l'autopsie.

— Je ne vais pas protester, me dit Hasan avec gratitude, quand je le croisai dans un couloir de l'hôpital à 7 heures du mat. Là, j'ai juste envie de rentrer chez moi pour m'envoyer une lampée de whisky, embrasser ma femme et dormir.

Couchée sur la table d'examen avant que ne commence l'autopsie, Cyd avait meilleure apparence que la plupart des victimes que j'avais pu voir. Sa blessure à la tête n'était pas visible, et son corps, indemne. On aurait dit qu'elle s'était allongée au bord d'une rivière après s'être baignée, que ses cheveux mouillés avaient séché, et qu'un simple baiser suffirait à la réveiller.

Je songeai que celui qui l'avait tuée, quel qu'il soit, aurait apprécié. Sans doute lui aurait-il même trouvé plus de charme maintenant que de son vivant.

32

Une enquête comme celle menée pour le meurtre de Cyd Perrin est au fond une sorte de cercle qui va s'élargissant, tel celui d'un faucon planant dans le ciel, dirait un amateur de poésie. Et le fait que Cyd avait été kidnappée là où elle habitait s'avérait très utile : le bloc d'immeubles était donc le point zéro de ce cercle. Pendant que je m'accordais chez moi cinq heures de repos, Hadley et Vang interrogèrent tous ceux qui habitaient le même bâtiment que Cyd ; ils épluchèrent aussi les listes d'appels au 911 pour trier ceux qui émanaient de ce quartier.

En début d'après-midi, nous nous retrouvâmes tous en cellule de crise. Hadley expliqua qu'ils avaient cherché la même chose durant les interrogatoires et les listes d'appels, à savoir des signalements de véhicules ou de rôdeurs suspects. Il n'y avait rien de ce genre ; les appels au 911 étaient surtout des plaintes pour tapages nocturnes ainsi qu'un cas de douleurs thoraciques.

Mais l'une des voisines, une femme qui vivait seule, s'était inquiétée de voir la même voiture garée deux nuits de suite de l'autre côté de la rue : une berline de couleur foncée, avec un homme à l'intérieur. Sous la pression scrupuleuse de Vang, la femme avait affirmé que la tête qui se profilait du côté conducteur était masculine (« C'est comme ça, je suis sûre de mon fait »), et que la berline était un modèle ancien (« Pas une caisse luxueuse du genre Cadillac, non. Un modèle courant, comme en conduisent les gens ordinaires »). Elle avait refusé de s'avancer en précisant une marque, et Vang avait eu la sagesse de ne pas insister.

Quand ils eurent terminé leur rapport, j'évoquai brièvement les premières conclusions de l'autopsie. Santarella détenait déjà ces informations ; je lui avais laissé un message vocal très tôt ce matin, juste après que le médecin légiste eut terminé. À l'attention de Hadley, Vang et Hasan, je répétai ce que je lui avais déjà dit : la blessure à la tête de Cyd était assez grave pour nécessiter une hospitalisation, mais la cause du décès était le choc et l'hypothermie, après qu'on l'eut jetée dans les eaux glaciales du Mississippi.

Personne ne trouva rien à ajouter.

— Et le père de l'enfant ? demanda Santarella en mettant fin à notre silence. Que savons-nous à son sujet ?

Ces derniers temps, il avait adopté la même attitude en position assise : le coude sur la table, il soutenait son menton dans sa main, signe d'une grande fatigue. Cela n'inspirait guère confiance quant à sa faculté d'écoute. J'ouvris mon calepin, histoire de donner du poids à mes propos.

— Donald Perrin ignore de qui il s'agit. Je me suis entretenue avec lui et Maureen Rand, la colocataire. D'après lui, quand Cyd a découvert qu'elle était enceinte, elle a simplement déclaré qu'elle n'avait pas envie que le père s'immisce dans la vie du bébé, et Donald n'a pas cherché plus loin.

— Eh bien, à nous de le faire, lança Santarella. Je veux savoir qui est ce type et où il vit.

— Le père du bébé ne correspond pas au profil de ces crimes, intervint Hasan.

— Comment en être sûr, alors que nous ne savons pas de qui il s'agit ? rétorqua Santarella, ses épais sourcils tout frémissants.

— Le gars que nous recherchons a tellement peur des femmes qu'il n'a pu violer Jessie que quand elle était inconsciente. Pareil pour Danielle Roback, répondit Hasan. Je le vois mal nouer une amourette d'été dans une station touristique. D'ailleurs, puisque le père de l'enfant a déjà eu des rapports sexuels consentis avec Cyd, pourquoi l'aurait-il suivie jusqu'ici pour l'assommer et la violer ?

— Est-ce qu'on est certain que les rapports sexuels au Lac des Bois étaient consentis ? objecta Santarella. Et si ce n'était pas le cas ?

Hasan fit une moue qui n'échappa pas à Santarella.

— Écoutez, je comprends que vous soyez sceptique, reprit ce dernier. Mais je vais quand même creuser cette piste-là. Autrement dit, je veux mettre un nom et un visage sur ce gars. Pribek, vous avez donné le coup d'envoi. Autant continuer sur votre lancée.

Cela signifiait reconstituer le cercle d'amis de Cyd à la station du Lac des Bois, qui s'étaient sans doute tous dispersés pour regagner leurs foyers respectifs et divers campus universitaires dans tout le Midwest. Il fallait donc en premier lieu retrouver le directeur du personnel qui travaillait sur place. Et qui lui aussi avait dû quitter la station, fermée pour la saison. Tout cela, alors que Hasan avait sans doute raison et que le meurtrier n'était certainement pas le père de l'enfant. Fantastique.

— D'accord, répondis-je aimablement.

*

* *

Pourtant, après avoir relu mes notes, je compris qu'il y avait peut-être une alternative qui me faciliterait la tâche, et je sortis dans le couloir pour passer un coup de fil.

— Monsieur Perrin, c'est encore Sarah Pribek. J'aurai sûrement d'autres questions à vous poser. Mais pour l'heure, j'ai besoin d'un simple renseignement.

— À votre service.

— Si vous deviez désigner la personne la plus proche de Cyd, de qui s'agirait-il ?

— Oh... Je dirais Gabriel Murray, répondit-il après un petit temps de réflexion. Vous voulez son numéro ?

— Volontiers. Vous pouvez me l'envoyer par texto juste après avoir raccroché ?

— Je n'y manquerai pas.

33

À 18 heures, il faisait nuit, et la neige qui s'annonçait s'était mise à tomber. À 19 h 30, je me trouvais dans un restaurant familial près de l'université, assise dans un box avec en face de moi un jeune homme d'environ un mètre soixante-dix aux cheveux châtain clair, avec des yeux bleu vif et des ongles mal taillés noirs de crasse. C'était Gabriel Murray, le meilleur ami de Cyd Perrin au lycée, dont j'avais supposé à tort qu'il s'agissait d'une « Gabrielle ».

Quand je l'avais contacté sur son portable, Gabriel était parti de Morris en voiture pour apporter son soutien moral à Donald et l'aider à organiser le retour du corps de Cyd à la maison. À son arrivée, il avait pris une chambre dans le même hôtel que Donald, près de l'université. Affamé après son trajet en voiture, il dévorait un steak frites maison accompagné de légumes variés. Son appétit m'avait donné envie de commander une part de tarte avec une tasse de café. En parlant de tout et de rien histoire de faire connaissance, j'avais déjà appris qu'il était mécanicien automobile et célibataire, qu'il avait vécu à Morris toute sa vie et ne comptait pas s'installer ailleurs. Bien élevé, Gabriel m'avait à son tour invitée à parler de moi, et il savait donc que j'étais du Nouveau-Mexique, et que j'avais rejoint les rangs de la police après une année à l'université du Nevada.

À première vue, on aurait eu du mal à croire que Gabriel Murray venait de perdre sa meilleure amie. Il n'avait pas les yeux rougis par les larmes, il était très calme et posé. Mais cette attitude vient parfois du choc, durant les premiers jours qui suivent un décès. En outre, certaines personnes sont sobres et stoïques, face à la douleur.

— Quand Donald m'a donné votre nom, j'ai cru que vous étiez une fille. C'était un peu idiot de ma part. Je travaille avec des tas de gars, et je me suis toujours bien entendue avec eux. Allez savoir pourquoi, j'ai supposé que la meilleure amie de Cyd était forcément une fille.

Je ne disais pas ça juste pour me moquer gentiment de moi-même ; c'était une façon de préparer le terrain avant d'aborder le sujet suivant.

— En fait, je sais que les garçons peuvent être de bons confidents, autant que les filles, poursuivis-je. Votre relation avec Cyd était-elle de cette nature ? Est-ce que vous parliez volontiers de choses et d'autres, ou vous contentiez-vous de traîner ensemble ?

— On discutait de choses et d'autres, répondit-il. Pas tout le temps, mais quand c'était nécessaire, on parlait.

— Lorsque Cyd est rentrée enceinte de son job d'été, j'imagine que c'était le cas.

— Ça oui, répliqua-t-il sèchement.

— Dans quel état d'esprit était-elle, à son retour ?

— Normal, comme d'habitude. À vrai dire, Cyd ne se pensait pas enceinte, quand elle est rentrée. Elle ne s'en est rendu compte que deux ou trois semaines plus tard. C'est à moi qu'elle l'a appris en premier, et donc on a surtout parlé de la façon dont elle allait s'y prendre pour l'annoncer à Donald. « Je sais, j'ai déconné. » C'est comme ça qu'elle résumait la situation, et c'est ce qu'elle a décidé de dire à son père.

— Elle vous faisait vraiment confiance, on dirait. Est-ce que Cyd vous a dit le nom du père de l'enfant ?

— Oui. Il s'appelait George.

— Vous en êtes certain.

— Oui. Mais son nom de famille, je ne m'en souviens que vaguement. Ça vous intéresse quand même ?

— Oui. Ce serait mieux que rien.

— C'était quelque chose comme Percheron.

Mon calepin était ouvert à côté de mon assiette. J'inscrivis « *George Percheron* », entre guillemets pour me rappeler que ce n'était qu'approximatif.

— Et qu'est-ce que Cyd vous a raconté d'autre à propos de leurs rapports ?

— Il était de Louisiane et montait dans le Nord chaque année pour travailler durant la saison touristique. Il s'occupait de l'entretien des bateaux. D'après Cyd, il avait un p'tit quelque chose, un accent sexy et il jouait de la guitare. Elle avait déconseillé à une copine de s'engager avec un gars comme lui.

— Et elle n'a pas suivi son propre conseil.

— Non.

— Et elle n'a jamais cherché à l'informer de son état ?

— Non.

— Vous êtes un homme. Qu'avez-vous pensé de cette décision, d'exclure définitivement et complètement un père de la vie de son enfant ?

— J'ai trouvé ça très bien, affirma-t-il en tranchant son steak. Ce gars avait déjà deux gosses de deux mères différentes, là-bas en Louisiane, où il vivait presque toute l'année, et d'après Cyd, il ne gagnait pas assez pour subvenir à leurs besoins, expliqua-t-il, puis il me scruta pour voir si je ne le trouvais pas trop sévère et péremptoire. Écoutez, quand j'aurai des gosses, je ne me contenterai pas qu'ils aient de quoi bouffer, je compte bien les élever. Pourquoi est-ce que je devrais être plus coulant face à ce gars et ses droits en tant que père ?

La question n'attendait pas de réponse, et c'était tant mieux, car je réfléchissais à la première partie de sa réponse : deux gosses de deux mères différentes. Cela indiquait clairement une vie sexuelle active et des rapports consentis. Ce qui ne correspondait pas à notre suspect et à son mode opératoire, consistant à assommer ses victimes par-derrière pour les violer. Hasan avait raison.

— À vous entendre, on dirait que vous avez déjà pas mal réfléchi au mariage et à la paternité. Et Cyd ? Est-ce que vous avez pensé à elle, sur ce plan-là ?

— Ça intrigue pas mal de gens et ils nous posent la question, à elle comme à moi. Nous ne sommes pas comme ça. Enfin, nous n'étions pas comme ça. On avait beaucoup de points communs, tous les deux, et donc on était amis.

C'était une meilleure base pour une vie conjugale que celle de bien des couples que je connaissais, mais je comprenais ce qu'il disait. Je refermai mon calepin, indiquant ainsi que la partie officielle de notre entretien était close. Tandis que Gabriel terminait son dîner, je commandai un déca, et nous discutâmes tous deux des grosses cylindrées américaines et de leurs problèmes mécaniques les plus courants. Enfin, je revins à sa vie dans le Minnesota profond et lui demandai pourquoi il avait choisi d'y fonder son foyer, au lieu de voir un peu du pays.

— Pourquoi devrais-je m'en aller ? fit-il en haussant les épaules. Je me plais là où j'ai grandi. J'aime bien vivre dans une petite ville.

Quand l'addition arriva, je tendis la main, il fut pourtant plus rapide que moi.

— C'est bon, dit-il en mettant la note hors de ma portée.

— Mais c'était dans un cadre professionnel. Laissez-moi payer.

— Non, c'est pour moi, insista-t-il d'un ton sympa, mais très direct, suggérant qu'il était un homme et moi une femme, et que c'était dans l'ordre naturel des choses.

Je me laissai donc faire, surprise autant que charmée. J'avais beau chercher dans ma mémoire, je ne me souvenais d'aucune fois où un témoin avait voulu m'inviter, encore moins un jeune homme gagnant sa vie comme mécanicien. Cyd Perrin aurait pu faire bien pire que voir en Gabriel Murray plus qu'un ami, songeai-je.

34

Gabriel Murray n'était pas tombé loin : l'homme qu'il avait identifié comme « George Percheron » s'avéra être un certain Georges Bergeron. Je l'appris par le directeur des ressources humaines de la station du Lac des Bois, que j'avais finalement réussi à joindre par téléphone. Ensuite, en recourant à diverses bases de données gouvernementales, j'appris que Bergeron avait un casier judiciaire pour un délit mineur, une accusation de troubles à l'ordre public déclenchée par une bagarre dans un bar. En revanche, il n'avait jamais vécu à Missoula. Environ deux semaines avant l'agression de Danielle Roback, il avait comparu lors d'une audience au tribunal de Shreveport pour non-paiement de pension alimentaire, et son adresse actuelle était à Bossier City.

Santarella s'estima satisfait.

— En cas de nécessité, nous pourrions obtenir un prélèvement buccal du bébé pour vérifier la filiation, remarqua-t-il.

Autrement dit, un prélèvement salivaire donnant l'ADN de Daniel Perrin nous aurait confirmé si Daniel était ou non le fils biologique de l'inconnu qui avait laissé son empreinte ADN sur Jessie Ryan et Danielle Roback.

— Mais je n'ai pas envie d'y recourir, reprit Santarella. Il faudrait demander au grand-père son consentement, même si ce genre de prélèvement est indolore, dit-il, puis il bâilla et se frotta les joues comme pour se réveiller. J'aurais dû écouter Hasan et tenir compte de ses lumières, conclut-il.

— Certes, Syed a vu juste, mais je pense que vous avez eu raison. Il fallait que ce soit vérifié.

*
* *

Ce vendredi, la spirale de notre enquête continua à s'élargir, à mesure que nous interrogions ou réinterrogions celles et ceux qui avaient connu Cyd. Ses amis la décrivaient comme une personne d'une nature à la fois sage et généreuse. Pas du tout naïve, selon eux. Il était difficile de l'imaginer tomber dans le piège d'un inconnu qui aurait cherché à gagner sa confiance.

En fin d'après-midi, d'autres résultats nous parvinrent du bureau du médecin légiste, et nous nous retrouvâmes une demi-heure plus tôt que d'habitude pour les passer en revue. Le dépistage toxicologique chez Cyd était négatif ; aucune trace d'alcool ni de drogue dans son organisme. L'ADN correspondait à celui de l'agresseur de Danielle Roback et assassin de Jessie Ryan. Résultat : trois sur trois. Personne n'en fut surpris ; nous avions déjà travaillé sur cette hypothèse.

Hadley, lui, avait du nouveau.

— Ça ne fait pas encore partie de la procédure officielle, mais une technicienne du labo s'intéresse au profilage d'anticorps. Vous savez tous ce dont il s'agit ?

Santarella, Vang et Hasan acquiescèrent. Je dus lever la main et secouer la tête, me désignant ainsi comme la seule ignorante de l'équipe.

— Ça vous embête si je la mets au parfum ? demanda Hadley en nous considérant tour à tour. Même si pour vous autres, ce sera du rabâchage.

Partisan du moindre effort, Santarella y consentit tout en gardant le menton dans sa main.

— En fait, reprit Hadley en revenant à moi, c'est une alternative à l'analyse ADN : on utilise la présence d'anticorps dans l'organisme. Pour mieux comprendre, faisons un parallèle avec la peau. Le corps de quelqu'un qui meurt de vieillesse et se retrouve sur la table d'autopsie n'est pas indemne. Il porte des marques, des cicatrices datant d'une opération, des tatouages. On peut raisonnablement affirmer que quand vous êtes mort, la somme totale des marques que vous avez sur la peau est unique.

— Compris.

— Eh bien, pour notre système immunitaire, c'est la même chose : suite aux agressions qu'il reçoit, notre organisme fabrique des anticorps, et il n'est pas nécessaire d'être très vieux pour avoir sa propre signature d'anticorps. Deux personnes ne peuvent être exposées aux mêmes agressions dans la même proportion, et donc chacun porte en soi une panoplie distincte d'anticorps. Et statistiquement parlant, ce profil-là est unique. Tu me suis ?

Je confirmai d'un hochement de tête.

— Ce qui rend ce profilage d'anticorps utile, c'est que contrairement à l'ADN, on n'a pas besoin de tissu cellulaire ni même de sang pour l'effectuer ; les anticorps se trouvent dans les fluides corporels. Le profilage d'anticorps est en quelque sorte antécédent au test ADN, car les tests sanguins que nous faisions à partir du sang retrouvé sur des scènes de crime, du style « le gars qu'on recherche est A négatif », étaient déjà une forme d'analyse d'anticorps. En effet on ne peut dépister directement les groupes sanguins ; on ne le fait qu'à partir des anticorps fabriqués en réaction contre des groupes sanguins étrangers.

— Intéressant. Pourquoi nos techniciens y recourent-ils encore, si c'est dépassé ?

— Parce que ce n'est plus un simple test de groupe sanguin, mais un procédé de détection de toute la signature biologique appelée profil d'anticorps, répondit Hadley. Et mon amie technicienne trouve ce procédé si fascinant qu'elle l'a pratiqué sur le sperme retrouvé sur le corps de Perrin.

— Et alors ? le pressa Santarella.

— Eh bien, elle a découvert quelque chose de très inhabituel : l'anticorps du virus de la rage. Pour en être certaine, elle a analysé de nouveau le sang récolté sous les ongles de Jessie Ryan. Il n'y a aucun doute : elle a obtenu le même résultat.

— Notre gars a la rage ? s'étonna Vang.

— Non, sans doute pas une infection active, puisqu'elle mène rapidement à la mort, répondit Hadley. Ce que nous recherchons, c'est un gars qui a reçu sa dose de vaccin. Très probablement après avoir été mordu par un animal, ou peut-être par simple précaution. Les personnes à risque se font vacciner, telles que les employés travaillant dans des centres de réhabilitation pour la faune sauvage ou encore dans des laiteries.

— Des laiteries ? releva Santarella.

— Les vaches sont plus souvent infectées qu'on ne l'imagine. C'est ce qu'on appelle une diffusion d'infection à partir d'une population infectée, qui est généralement une espèce de faune sauvage. Au Minnesota, il s'agirait du sconse.

— Intéressant, déclara Santarella en s'adossant d'un air songeur. Pas l'histoire du sconse, mais celle des travailleurs à risque. Ça vaudrait le coup de croiser les délinquants sexuels avec les employés travaillant dans des élevages ou des centres de réhabilitation de la faune sauvage. Sky, comme c'est toi qui as ouvert cette nouvelle piste, veux-tu t'en charger ?

— D'accord.

— Par ailleurs, depuis le matin où elle a disparu, nous avons concentré toute notre attention sur Cyd. C'était logique, puisqu'elle était la victime la plus récente et cette piste la plus fraîche. Mais je ne veux pas pour autant qu'on néglige Jessie Ryan. Il reste encore peut-être des choses à apprendre sur son compte, dit-il en tapotant la table avec son stylo. Pribek, c'est vous qui avez établi sa victimologie initiale. Revoyez le dossier et faites des entretiens complémentaires avec ses amis et sa famille quand vous le jugerez nécessaire. Quelqu'un pourrait se souvenir de quelque chose à retardement.

35

Lorsque je rejoignis Angie Eastman, l'une des colocataires de Jessie, elle était sur le porche de sa maison et fumait une cigarette. Au moment où j'éteignais le moteur de la Ford que j'étais allée récupérer au parc automobile, elle exhalait une longue volute de fumée.

Quand je l'avais appelée la veille au soir, elle m'avait prévenue que Kori, l'autre colocataire, serait absente presque toute la matinée, ce qui m'allait très bien. Il était souvent plus judicieux de parler aux témoins séparément. De nouveau mes recherches tournaient en formant un cercle, mais cette fois il serait concentrique. Je parlerais d'abord avec Angie, puis avec quelques connaissances. Ensuite je m'entretiendrais avec Kori, qui disait connaître Jessie mieux que la plupart de ses relations, et de là, j'irais sans doute réinterroger la mère et la sœur de la victime. Jessie figurait au centre du cercle, inaccessible.

— Salut, inspectrice Pribek, dit Angie. Vous en voulez une ? me proposa-t-elle en me tendant un paquet de cigarettes avec une tête d'Indien.

— Non merci, je ne fume plus.

En réalité, je n'avais jamais vraiment fumé, sinon pour faire la rebelle au lycée, ou par sociabilité à l'université. Mais quand on a besoin de se lier avec des jeunes, un *je ne fume plus* résonne de façon moins péremptoire qu'un *je ne fume pas.*

Angie jeta son mégot dans la neige. Puis elle tint ouverte la porte grillagée pour me laisser entrer.

Quand nous fûmes assises à la table de cuisine, je lui demandai sans détour si quelque chose de nouveau lui était revenu depuis notre première entrevue, mais elle répondit par la négative. Ensuite, nous revînmes aux jours précédant la mort de Jessie : combien de fois elle l'avait vue, ce dont elles avaient parlé, comment Jessie s'était comportée. Avait-elle aperçu des inconnus rôder autour de la maison, ou encore des réparateurs ou des jardiniers travailler dans le voisinage ? Avait-elle repéré une voiture inconnue garée alentour durant de longues heures ou plusieurs nuits de suite ? Angie m'assura que Jessie avait semblé normale, et qu'elle n'avait pas vu de voiture ni d'hommes suspects tourner autour de la maison durant les jours précédant le meurtre.

— Vous devriez vraiment parler avec Kori, ajouta-t-elle. Elle connaissait Jessie depuis plus longtemps que moi.

— Je le ferai.

— Moi, je ne la connaissais que depuis l'été, poursuivit-elle, quand elles m'ont proposé d'habiter ici avec elles. Toute l'année scolaire précédente, Jessie et Kori avaient partagé la maison avec une autre fille qui était rentrée chez elle à Duluth pour les vacances.

— Jessie est donc restée là tout l'été ? m'étonnai-je. Ça semble étrange, étant donné que sa famille habite si près d'ici.

— Oui, elle préférait. Et c'est pour ça que Kori et elle avaient besoin d'une tierce personne, sinon elles auraient dû partager le loyer à deux. Et donc Kori m'a invitée à rencontrer Jessie durant les examens de fin d'année. Ça s'est bien passé et j'ai emménagé.

— Est-ce que vous l'aimiez bien ?

— Oh oui. Nous étions super proches, déclara-t-elle en joignant les deux doigts d'une main, c'est pour ça que j'étais parmi celles qui ont porté le cercueil, aux obsèques.

— En effet, dis-je en me souvenant des jeunes femmes portant le lourd cercueil sur leurs frêles épaules. Et qui donc a eu cette idée ?

— Je n'en sais rien, répondit Angie après un petit temps de réflexion. Deux soirs avant le service funèbre, Kori s'est réunie avec quelques amies de Jessie, et elle est rentrée avec cette idée. Et celle des rubans noirs, que j'ai trouvée excellente.

— Pourquoi ? m'étonnai-je. Le noir est la couleur traditionnelle du deuil…

— Oui, mais c'est à cause des patins qu'elles ont choisi le noir… Vous allez comprendre. Jessie nous avait raconté que quand elle faisait du patinage, elle voulait mettre une paire de patins noirs pour la compétition. Noir sur blanc… Elle trouvait qu'ils trancheraient mieux sur la glace que des patins blancs ordinaires. Mais son entraîneur a refusé tout net. D'après lui, avec des patins noirs, elle aurait fait mauvaise impression aux juges... elle serait passée pour une dévergondée, ajouta Angie en secouant la tête. En fait, elle nous a parlé de ça pour nous faire comprendre combien le monde du patinage peut être rétrograde, étroit d'esprit, jusque dans les moindres détails.

— Jessie avait envie de se rebeller ?

— Pas vraiment. Je crois qu'elle voulait changer l'image que les gens se faisaient d'elle, mais au fond, elle n'a jamais été une « bad girl ». Elle ne fumait pas, elle ne buvait pour ainsi dire pas. Elle était assez sexy dans ses tenues, et elle parlait de sexe librement en disant qu'elle mourait d'envie de s'éclater, mais j'avais l'impression que c'était un peu pour la galerie. Car elle ne découchait jamais les vendredis et samedis soir.

— Une sainte-nitouche ?

— Non. Je pense juste qu'elle se contrôlait beaucoup. Par exemple, elle pesait 56 kilos, et il n'était pas question de prendre un gramme de plus. Sa chambre était toujours impeccable. Dans les moments de grand stress, comme les examens de fin d'année, elle mettait une petite tablette de chocolat sur son oreiller pour la fin de la journée.

— Vraiment ?

— Oui. Ça nous faisait rire, Kori et moi, et on la charriait un peu là-dessus. Quand vous avez découvert les photos dans son tiroir à lingerie, au début ça m'a sidérée, et puis après réflexion, je me suis dit que c'était assez logique. Des tas de beaux gars lui tournaient autour, des coups d'un soir qui l'auraient fait monter au septième ciel, mais elle préférait avoir sa réserve de porno. Au moins, avec le porno, elle pouvait encore garder ses pulsions sous contrôle.

Sous contrôle, me répétai-je mentalement. Si l'illusion de contrôler sa vie nous est commune à tous, certains d'entre nous s'y accrochent plus que d'autres.

*

*   *

Peu après, je rencontrai Kori dans un café de la West Bank. Elle me tint à peu près les mêmes propos qu'Angie. Jessie était très maîtresse d'elle-même, studieuse, fan d'exercice physique, mais aussi douce et drôle, et les jours précédant sa mort, son comportement n'avait rien eu d'inhabituel.

Avant même la fin de cet entretien, j'avais plus ou moins décidé que Santarella m'avait envoyée sur une fausse piste. Nous étions presque certains que l'agression de Jessie était un crime non prémédité, autrement dit, notre gars l'avait vue courir et il avait pris la décision de l'agresser sur une impulsion. Alors pourquoi questionner ses colocataires sur son comportement les jours précédant l'attaque ?

Je suppose que c'est pour cette raison que j'interrogeai Kori à propos des porteuses de cercueil, faute d'autres sujets pour alimenter la conversation.

— Je… Ce fut une décision collective. Nous avons juste eu envie de faire ça pour elle.

— D'accord, mais pourquoi ? N'avait-elle pas d'hommes parmi ses proches ?

— Si, mais nous, nous vivions avec elle, nous étions ses amies. Nous avons voulu que ce soit nous, des filles, pour prendre soin d'une fille comme elle jusque… jusqu'à la fin.

Elle baissa la tête pour refouler ses larmes. Je posai une main sur son épaule, le temps que se dissipe le plus fort de son émotion.

*

*   *

Une fois remontée en voiture, je parcourus les quelques notes que j'avais prises. Rien ne me parut particulièrement significatif, ce qui renforça l'impression que j'avais de perdre un temps précieux. Je collai mon front à la vitre côté conducteur, puis relevai presque aussitôt la tête, gênée par ce bref instant d'auto-apitoiement. Après avoir dû renoncer à Silverhus comme premier suspect, c'était si facile de céder à l'abattement. Nous le ressentions tous ; même s'ils n'en disaient rien, je le voyais sur les visages de Vang et d'Hadley, de Santarella, et même sur celui de Syed Hasan, d'ordinaire si placide.

La lumière de fin d'après-midi ourlait d'or les toits de la West Bank. Les jours raccourcissaient à vue d'œil. Comment, dans ces conditions, ne pas ressentir la fuite du temps ?

36

Il y a deux écoles de pensée, quand il s'agit d'affronter les durs hivers du haut Midwest : l'une est de se terrer, monter le thermostat, ouvrir un bon gros livre qu'on avait mis de côté pour l'occasion, et s'emmitoufler dans une doudoune en plume d'oie dès qu'on est forcé de s'aventurer dehors. La deuxième, c'est de résister sans faille à l'hiver sans faire de concessions. Ce sont les gens qu'on voit allumer un barbecue à la mi-janvier, ou inonder la pelouse avec un tuyau d'arrosage afin d'en faire une patinoire pour leurs mômes.

Et puis il y a les cinglés de l'exercice physique : les cyclistes qui portent des gants en latex sous leurs moufles pour éviter que leurs mains ne s'engourdissent complètement à cause du froid. Ou encore les joggers qui lacent leurs chaussures de sport et s'en vont courir à perdre haleine sur les routes verglacées. J'en suis, perpétuant ainsi une pratique commencée dans l'Iron Range, quand j'étais adolescente.

Lorsque je fus rentrée chez moi ce soir-là après mon cours du soir, une séance de travaux pratiques que j'étais très soulagée de ne pas avoir manquée, le mercure sur le thermomètre de notre perron avoisinait les moins 5 degrés. Pourtant quand je sortis courir, en sentant l'air propre et froid m'emplir les poumons, j'espérais vivement qu'il me nettoierait aussi la tête.

Je filai jusqu'au pont surplombant les gares de triage de Van Buren. Une femme passait en sens inverse, accompagnée par un Labrador grassouillet. Il avait du mal à se maintenir à sa hauteur, pourtant il semblait sourire tout en haletant la gueule grande ouverte, comme s'il était ravi d'être dehors par ce froid. Il me rappela le Labrador que Silverhus avait transporté à la clinique vétérinaire.

Une fois sur le pont, je ralentis l'allure pour marcher à grands pas tout en observant les nuages de vapeur teintés d'orange monter dans un ciel urbain sans étoiles, ou presque.

En vérité, Steven Silverhus et sa disculpation miracle n'étaient jamais très loin de mes pensées. Le chien d'un inconnu maculait de sang le coffre de sa voiture la semaine où Steven devenait le suspect numéro un dans une affaire d'enlèvement et de meurtre. Je ne croyais pas en ce genre de coïncidences. Une berline foncée, comme celle qu'il conduisait, avait été vue près du lieu de l'enlèvement. Encore une coïncidence qui me semblait tout aussi peu crédible.

Pas moyen de m'en empêcher : il restait mon suspect privilégié.

Or ce n'était pas à mon avantage. D'abord et avant toute chose, cela aurait le don d'irriter Santarella. Il m'avait déjà prévenue de ne pas « me mettre à la colle » avec un suspect, et il avait pour cela une bonne raison. L'une des pires tares chez un enquêteur, c'est la rigidité mentale. Il suffit de revenir sur les meurtres commis par deux hommes noirs au Maryland et à Washington DC des années auparavant, alors que l'enquête et l'opinion s'étaient fixées sur le profil d'un tireur embusqué blanc et solitaire.

Mon rythme cardiaque avait ralenti beaucoup plus que je ne le voulais. Chassant l'affaire de mon esprit, je fis demi-tour et rentrai chez moi.

*

* *

Lorsque je franchis le seuil par la porte de derrière, abandonnant là mes chaussures de jogging boueuses, la cuisine était éclairée, et Temple se préparait des toasts au fromage grillé en guise de dîner, l'une des bases de son régime diététique.

— Quelqu'un a cherché à te joindre. Un certain Jeremy, m'annonça-t-elle en me jetant un coup d'œil.

— Jackson ? demandai-je en songeant au gars pour qui Jessie Ryan avait le béguin sans que ce soit réciproque.

Mais il était assez rare que nous recevions des appels sur la ligne fixe, et je n'avais sûrement pas donné ce numéro-là à Jeremy Jackson.

— Non, Lambert, rectifia Temple.

Lambert ? me dis-je, perplexe, car ce nom ne m'évoquait rien.

37

Ce dimanche matin, je roulais à travers la campagne du Wisconsin comme si j'étais à la poursuite des nuages qui venaient juste de s'échapper des Cities. J'accélérai, et la Nova passa à une vitesse non conforme aux panneaux de signalisation et aux conditions climatiques, car ce serait un long trajet, et je devrais faire l'aller et retour dans la journée.

Jeremy Lambert, qui m'avait appelée la veille, était un jeune gardien travaillant à la prison où Shiloh purgeait sa peine. Il m'avait fait une offre insolite : passer du temps avec mon mari en dehors des heures de visite, et en un lieu plus intime, avait-il précisé. Entre l'enquête et mes cours du soir qui requéraient tout mon temps, je n'aurais pas dû accepter sans réfléchir. Mais c'était dimanche, et je n'avais pas pris un seul jour de congé depuis le début de l'enquête, quand le corps de Jessie avait été retrouvé.

— Je dois voir Jeremy Lambert, dis-je à l'entrée de la prison, ce qui n'était pas tout à fait conforme à la vérité, mais beaucoup plus simple.

Après avoir consulté son bloc-notes, le gardien acquiesça. J'étais donc attendue, et il passa un coup de fil. Quelques minutes passèrent sans que nous engagions la conversation, mais il s'abstint de replonger dans le thriller qu'il avait discrètement mis de côté à mon approche.

Un grand jeune homme nous rejoignit. Il portait un uniforme strict, mais avait une démarche décontractée et un visage franc et ouvert. Ses cheveux blonds coupés court laissaient deviner qu'en poussant, ils auraient bouclé.

— Madame Shiloh ? me dit-il d'une voix qui m'était familière, après notre conversation téléphonique.

— Oui, c'est moi.

— Je vais vous conduire. Votre trajet s'est bien passé ?

— Oui, très bien, merci, répondis-je en le suivant.

— Il arrive que les petites routes des environs deviennent très mauvaises. Alors il vaut mieux rouler en 4/4. C'est votre cas ?

— Non, mais je connais bien ma voiture.

— Mike dit que vous êtes inspectrice. Comme lui, vous devez en avoir là-dedans, fit-il en se tapotant la tête.

Les gens doués et intelligents ne sauront jamais combien des propos comme celui-ci touchent quelqu'un comme moi, quelqu'un qui n'a pas oublié les années où elle était une élève médiocre, les semestres passés à mâchouiller un crayon devant une copie d'examen, et qui ne réussissait qu'en travaillant plus dur et plus longtemps que la moyenne.

— Oh non, pas autant que lui, répliquai-je, alors que nous avions dépassé l'espace réservé aux visites. Où allons-nous ?

— Dans l'aile médicale.

Bon sang. Lambert m'avait demandé de venir, et voilà que Shiloh se trouvait dans l'aile médicale. Me revinrent soudain les voix de médecins que j'avais entendues dans mon enfance affirmant qu'il n'était plus temps d'opérer et que dorénavant, ma mère serait en soins palliatifs. Des souvenirs auditifs désincarnés issus des derniers mois de ma mère, quand elle était en phase terminale.

— Oh non, il ne s'agit pas de ça, ajouta Lambert en devinant mes craintes. Mike va bien. C'est juste qu'il vous attend là-bas.

Le soulagement me submergea, aussi bref qu'intense.

— Il m'attend ? Je ne comprends pas.

Lambert déverrouilla une porte pourvue d'un solide pêne dormant au-dessus de sa poignée et d'un vitrage de sécurité armé.

— Mike est un brave gars. Je lui dois une faveur. L'idée vient de moi.

Après avoir longé une salle d'examen sombre et désaffectée, puis des armoires de fournitures et des portes closes menant à des pièces dont j'ignorais la fonction, nous arrivâmes devant une porte unie, située au bout du couloir. Jeremy frappa, puis il l'ouvrit sans attendre de réponse.

Cette pièce-là n'avait rien de clinique. Il y avait un lit pour une personne couvert d'une courtepointe ainsi qu'une table de nuit et une penderie, des meubles bon marché en bois composite. Une étroite bibliothèque contenait une Bible ainsi que plusieurs ouvrages de piété.

Posté à la fenêtre, d'où il contemplait un champ recouvert d'une neige immaculée, Shiloh se retourna. Il portait la chemise et le jean gris des prisonniers que je lui avais déjà vus, et si ses cheveux étaient courts, ils n'étaient pas coupés aussi ras que je le craignais.

— Je serai à l'extérieur, lui dit Lambert, mais pas juste là, derrière la porte… Vous comprenez.

— Merci, Jeremy, répondit Shiloh.

Je compris alors ce que Lambert avait organisé. Shiloh avait toujours parlé des visites conjugales avec mépris. *Sortir pour aller s'enfermer dans un mobile-home pendant soixante minutes avec la bénédiction des gardes qui savent ce que vous y fabriquez… On se croirait dans un élevage de bétail avec des saillies programmées.* En l'occurrence, les conditions étaient bien différentes. C'était un arrangement entre Shiloh et le gardien, de qui il semblait s'être fait un ami.

— Salut, lui dis-je. Qu'est-ce que c'est que cet endroit ?

— Une infirmerie. Comme tout le monde, il arrive que des détenus soient malades et en phase terminale. Généralement, ils bénéficient d'une libération exceptionnelle et sont renvoyés chez eux. Parfois les plus vieux n'ont même pas de famille. Ils sont habitués à la prison, ils ont passé plus de temps enfermés que dehors. Ce serait cruel de les mettre à la rue en les condamnant à une mort solitaire et misérable. Ils peuvent alors disposer de cette pièce. C'est comme un hospice ; ils n'y reçoivent pas de soins et n'ont pas de traitement de faveur. Ils bénéficient seulement d'un endroit confortable où passer leurs dernières semaines. C'est confidentiel. Les officiels de la prison ne montrent pas cet endroit aux médias, car les services de l'État s'en mêleraient. Ils voudraient établir un genre de système pour décider quels détenus y ont accès, si le budget de la prison doit payer du personnel médical, ou si l'argent doit provenir d'une autre source, et très vite, tout le truc serait suspendu indéfiniment. Tu sais comment ça marche... Je t'ai rendue triste avec ces histoires, observa-t-il après m'avoir scrutée.

— Non, tout va bien.

Mais un certain malaise s'insinua dans le silence qui suivit. Nous étions soudain tous deux réticents, hésitant à nous rapprocher ou même à nous toucher.

— Écoute, dis-je en y mettant fin. Il y a quelque chose que j'avais très envie de te demander. Ça concerne le boulot.

— Le boulot ?

— Le moment est vraiment mal choisi, insistai-je avec un regret sincère qui devait transparaître sur mon visage. Mais l'occasion ne se représentera sans doute pas. Presque tous les détails de l'affaire sur laquelle je travaille sont confidentiels, et tes mails sont contrôlés, alors…

— Vas-y.

— À ton avis, existe-t-il une façon de truquer un test ADN, pour quelqu'un qui donne volontairement un échantillon de sang dans des conditions de prélèvement ultra-strictes et contrôlées ?

— Tu plaisantes ?

— À quel sujet ? Te poser ce genre de questions en un tel moment, ou la question elle-même ?

— La question elle-même.

— Non, je ne plaisante pas. Je sais, c'est dur à imaginer. L'ADN est sacré, pour les flics.

J'avais eu envie de poser cette question à Shiloh en partie parce qu'il avait enquêté sur des affaires non résolues, et que ces affaires-là, plus que d'autres sous-groupes d'homicides, exigent une connaissance sans faille des technologies de laboratoire. Mais également parce que Shiloh avait envisagé de faire des études de médecine avant d'être attiré presque malgré lui par le travail de policier. Tout ce qui avait trait au domaine médical l'intéressait.

— Je n'ai encore jamais eu à y réfléchir. Tu es certaine que tout s'est passé dans les règles ?

— Certaine. Le prélèvement a eu lieu sous mes yeux.

— Ce n'est donc pas une question purement théorique.

— Non, pas du tout.

— Spontanément, je dirais..., commença-t-il, puis il s'interrompit pour réfléchir un long moment et finit par conclure. Non, décidément, rien ne me vient à l'esprit.

— Moi non plus, avouai-je, découragée.

Shiloh s'approcha de moi, pas assez pour me toucher, comme pour dire qu'il n'empiéterait sur mon espace que si je l'y encourageais par un signe ou un geste. Même si nos échanges épistolaires avaient pris un rythme fluide et agréable, là, c'était différent. Les choses n'avaient pas été faciles entre nous depuis qu'il était allé à Blue Earth, depuis les jours où il avait disparu et où je m'étais demandé s'il était mort.

Moi-même je n'étais pas irréprochable. Et si Shiloh n'avait plus rien à cacher, j'avais encore des choses à lui avouer.

— Quelle faveur as-tu faite à Jeremy ? finis-je par demander. Il a l'air de taille à régler ses querelles tout seul.

— Oh, ça, dit Shiloh, aussi soulagé que moi d'être en terrain moins mouvant. Non, il ne s'agit pas d'un conflit. Jeremy avait une petite amie ; ils sont sortis ensemble durant deux ans, et puis il y a eu de l'eau dans le gaz, et elle a déménagé pour s'installer dans le Milwaukee. Ensuite il a appris par le bouche-à-oreille que son amie avait perdu sa mère et qu'elle était rentrée en Louisiane pour les obsèques. Il a voulu lui écrire une lettre qui l'attendrait à son retour chez elle, mais il n'est pas très doué pour ça. Sans être complètement analphabète, simplement...

— Il ne sait pas trouver les mots.

— Exactement. Je l'ai aidé à écrire ce qu'il avait envie de dire, que sa mère avait beaucoup compté pour lui, qu'elle lui manquerait à lui aussi, qu'il espérait que Charmaine, la petite amie en question, se sentait bien dans le Milwaukee, et qu'il avait envie qu'elle soit heureuse, avec ou sans lui... Je ne lui ai rien soufflé, juste aidé à exprimer ce qu'il souhaitait. Après avoir reçu la lettre, elle est venue le voir et ils ont décidé de faire un nouvel essai. Jeremy m'a tout raconté, et puis il a eu l'idée de te faire venir ici.

— C'est une belle histoire… Tu as vieilli. Je veux dire, tu as maigri, rectifiai-je maladroitement, en pensant que comme Jeremy, j'aurais bien besoin de quelqu'un pour m'aider à trouver les mots.

— La bouffe de la prison est à la hauteur de sa réputation, me répondit-il en souriant. Toi, tu n'as pas changé. Tu es resplendissante. Sarah, fit-il en s'approchant et en posant les mains doucement sur moi, je ne t'ai pas fait venir ici juste pour… Enfin, si tu ne le sens pas, je…

— Non, j'en ai envie. Mais il y a une chose que je dois te dire.

Shiloh me regarda d'un air intrigué et je m'assis sur le bord du lit.

Depuis l'été, je savais que je devrais finir par lui parler de Cicero Ruiz. J'avais cru que ce moment ne viendrait que quand nous serions libres tous les deux. Je n'avais pas prévu que nous aurions cette heure d'intimité à l'intérieur des murs de la prison.

Shiloh s'assit près de moi et posa sa main sur la mienne pour m'inciter à parler. J'en étais incapable tant j'avais la gorge serrée, comme si j'étais au bord des larmes.

Bon sang, me blâmai-je. Pourquoi est-ce que je me sens obligée de le lui avouer ? Pourquoi ne pas profiter avec lui de cette brève et unique heure à passer ensemble ?

— L'été dernier, il y a eu quelqu'un d'autre, déclarai-je.

Il n'ôta pas sa main, mais je sentis presque les mots pénétrer sa conscience.

— Ça n'a pas duré. Deux fois, ajoutai-je.

— Est-ce que c'est… quelqu'un que je connais ?

La question me prit au dépourvu, mais je compris ce qu'il voulait vraiment savoir : s'il s'agissait de Christian Kilander.

— Non. Non, assurai-je en secouant vivement la tête.

Shiloh acquiesça, puis il inspira profondément.

— Et c'est fini ?

— Oui. C'était juste quelqu'un que… j'admirais. Quelqu'un de bien meilleur que moi. Je sais, ça n'excuse rien.

Shiloh me serra contre lui.

— Bien agir, ce n'est pas toujours facile, dit-il en me parlant doucement à l'oreille. Je suis bien placé pour le savoir.

— Je suis désolée.

— Je sais. Je sais que tu l'es. Tout va bien.

Je le pris dans mes bras, enfouis mon visage dans son cou, et le chagrin qui me serrait la gorge se dissipa.

— Tu m'as manqué.

— Il n'y en a plus pour très longtemps, me rassura-t-il, puis il m'écarta de lui juste assez pour m'embrasser sur la bouche.

— Shiloh, attends, insistai-je en me reculant. Ne va pas bousiller ta libération, d'accord ?

— Ne t'inquiète pas de ça maintenant, répliqua-t-il en commençant à relever ma jupe.

— Non, je parle sérieusement. Je te connais. À ton audience de libération conditionnelle, dis-leur simplement ce qu'ils ont envie d'entendre…

— Chuut, fit-il en m'embrassant le cou et la gorge en une suite de baisers. Arrête de penser au futur. Vis juste le présent.

Il exerça une douce pression sur mes épaules. Le contact un peu rêche de la couverture sur ma peau me parut délicieux, quand je m'allongeai sur le dos.

— Shiloh...

— Doucement. N'allons pas trop vite.

— Je t'en prie. Ne me fais pas languir.

— Attends, Sarah. Moi, j'ai bien attendu.

Puis tout alla très vite.

38

Ensuite, ce fut comme si j'avais fait peau neuve : oui, comme si ma peau était d'une extrême sensibilité, fraîche et tiède à la fois. Blottie contre la poitrine de Shiloh, j'avais presque oublié combien cette sensation était réconfortante. Il n'avait jamais été bâti comme les flics adeptes de musculation, plutôt tout en longueur, style coureur de fond. Mais c'était Shiloh, féroce et implacable dès qu'il s'agissait de défendre les siens, et quand on était dans ses bras, cette certitude vous donnait l'impression d'être derrière une digue, dans des eaux protégées.

Shiloh bougea un peu, signe qu'il avait envie de se lever et de s'habiller. Il y avait une limite à l'intimité que pouvait procurer même une pièce secrète comme celle-ci. À l'extérieur de ces murs vivaient des centaines d'étrangers. La pudeur reprenait le dessus. Je me redressai, il en fit autant, et je vis alors à son expression qu'il était contrarié.

— Quelque chose ne va pas ? lui lançai-je, mais il se contenta de secouer la tête.

Je me mis à rassembler mes vêtements, et quand je relevai les yeux, je m'aperçus qu'il n'avait pas bougé et m'observait.

— Quoi ?

— Est-ce que..., commença-t-il, puis il jeta un coup d'œil vers le matelas. Est-ce que c'était trop rapide ?

— Oh non, c'était bien.

— Tu en es sûre ?

— Certaine. Tu ne l'as pas senti ?

— Si, mais ça fait un an que je suis condamné au célibat, et contrairement à toi, je n'ai pas eu recours à quelqu'un d'autre.

Recours à quelqu'un d'autre. Je saisis aussitôt qu'il faisait allusion à mon infidélité.

— Tu es en colère contre moi, constatai-je, et je le vis hausser les épaules. Tu m'as dit…

— Que je comprenais que tu m'aies été infidèle ? m'interrompit-il. Oui, je l'ai dit. Mais j'étais privé de rapports sexuels depuis un an et tu étais assise près de moi. Sur un lit. Bref, ce qu'il fallait pour me faire oublier tout le reste. Une fois revenu à la réalité, il va me falloir un peu plus que trente secondes pour passer à autre chose.

C'est là que je suis censée parler, prononcer des paroles conciliantes, songeai-je, la gorge soudain nouée. Mais tout ce qui me venait à l'esprit, c'était des formules condescendantes du genre, *je comprends, prends le temps qu'il te faudra.* Je finis par me réfugier dans le simple fait de m'habiller.

Peut-être le silence était-il la meilleure tactique, car Shiloh soupira, se courba en inclinant la tête vers le sol et se redressa en déroulant son dos et ses épaules.

— Écoute, je surmonterai ça. Il me faut un peu de temps, c'est tout.

— D'accord, répondis-je posément et, du coin de l'œil, je vis qu'il commençait aussi à rassembler ses vêtements.

Au moment de partir, il m'embrassa sur le front. Ce n'était pas un baiser d'amoureux, mais c'était un effort louable. Puis il me confia aux soins de Jeremy.

39

À la réunion du lundi, Santarella était de fort méchante humeur. Il avait deux journaux des Twin Cities étalés devant lui. Les gros titres du *Pioneer Press* indiquaient : **L'enquête sur les meurtres piétine.** Ce fut pourtant le *Star Tribune* que Santarella nous lut à haute voix. Non pas un article d'actualité, mais la contribution d'un chroniqueur du dimanche matin.

« L'ancien capitaine Roy Nedegaard de la police d'État du Minnesota se tient bien droit et a fière allure, comme il convient à un membre de la section d'élite où il a servi durant presque trois décennies. Mais ne vous y fiez pas : Roy est fatigué. Fatigué d'attendre des informations que les chargés de l'enquête sur la mort de sa petite-fille bien-aimée refusent de lui fournir. »

Santarella poursuivit sa lecture. Ensuite, le chroniqueur exposait les griefs de Nedegaard : non seulement l'assassin de Jessie courait toujours, mais l'équipe de choc dirigée par Joseph Santarella, du BCA, restait injoignable et refusait obstinément de partager les pistes ou informations qu'elle avait obtenues. Enfin, comme le rédacteur retraçait les premiers éléments concernant les meurtres de Jessie et de Cyd, Santarella reposa le journal sur la table.

— La vache, ce Nedegaard me fait vraiment porter le chapeau. À part l'inviter à s'asseoir avec nous autour de cette table, rien ne saurait le satisfaire. Mais ça, il n'irait pas le dire à ce journaleux.

— Il y a quelque chose d'intéressant dans l'introduction, quand l'auteur de l'article décrit Nedegaard en disant qu'il a fière allure, commenta Hasan en se penchant en avant. Ça veut dire qu'ils ne se sont pas entretenus par téléphone. Nedegaard est allé le trouver directement en salle de rédaction.

— Oui, ça lui ressemble bien, approuva Santarella. Écoutez, au bout du compte, on arrêtera quelqu'un et Nedegaard devra la boucler une bonne fois pour toutes, lança-t-il, puis son regard noir et impatient fit le tour de la table pour se poser sur ma personne. Pribek, vous avez réinterrogé les consœurs de Ryan. Qu'avez-vous appris ?

— Rien de neuf, désolée. Ses colocataires ont redit les mêmes choses : aucun inconnu rôdant près de la maison, aucun coup de téléphone inquiétant.

— Allons, ça ne suffit pas, répliqua Santarella en fronçant les sourcils. Vous avez forcément appris quelque chose de nouveau.

Au creux du ventre, je sentis la vieille tension datant de l'époque où, jeune écolière, j'étais interrogée par surprise par l'institutrice. Je feuilletai rapidement mon calepin tout en sachant que je n'y trouverais rien d'intéressant. Cependant…

— Jessie était différente de ce que j'imaginais, commençai-je timidement. Et différente de la façon dont la voyait son entourage.

— Continuez.

— Angie m'a raconté une anecdote assez révélatrice à son sujet. Du temps où elle faisait du patinage en compétition, elle a voulu mettre des patins noirs pour un concours. Son entraîneur a refusé net en arguant que le noir était une couleur associée aux « bad girls ». Ça m'a rappelé le tout début, quand je supposais que Jessie était partie courir la nuit de sa mort, car ses chaussures de jogging habituelles, les noires, avaient disparu. Celles qui étaient restées en bas de sa penderie étaient blanches. Elle n'aimait pas non plus ses Nike blanches.

Tout en parlant, je me rendais compte de l'effet désastreux que mes paroles devaient avoir. *Concentre-toi*, pensai-je.

— Voilà où je veux en venir : apparemment, on a toujours coincé Jessie dans le rôle de la fille idéale, la petite-fille parfaite, l'obéissante et charmante gamine aux patins blancs. Elle s'y pliait et jouait le jeu, mais en partie seulement. Une autre Jessie avait envie de briser ce moule et de se rebeller.

Autour de la table les visages étaient fermés. Hasan essaya de me venir en aide.

— Tu penses que Jessie avait des secrets qu'elle taisait à sa famille et à ses colocataires ? Que quelque chose d'insoupçonné dans sa conduite l'a peut-être mise sur le chemin du tueur ?

— Non, je pense toujours que notre type l'a vue courir et qu'il a agi en suivant l'impulsion du moment. C'est juste que… elle était si facile à résumer, le modèle typique de la jeune fille américaine bien sous tous rapports. Moi aussi, j'ai marché. Mais j'ai l'impression que sous cette façade, des choses plus profondes et obscures m'ont échappé.

Mes collègues me regardaient d'un air poli mais confus, avec sans doute une légère aigreur sous-jacente. *Ah ces nanas… Faut toujours qu'elles ramènent tout à elles. Envoyez-les résoudre une affaire de meurtre, et elles finissent par essayer de résoudre leur propre vie.*

— Désolée, dis-je à Santarella. Je vous ai prévenu que je n'avais rien de neuf. J'ai passé un coup de fil à la mère de Jessie pour lui demander si je pouvais m'entretenir avec sa fille cadette, mais elle ne m'a toujours pas rappelée.

— Eh bien, ne lâchez pas l'affaire, fit-il dans un soupir, puis il bascula sa chaise en arrière. Il y a autre chose. Je sais que nous n'avons trouvé aucune correspondance entre les délinquants sexuels et les gars susceptibles de s'être fait vacciner contre la rage. Enfin peut-être qu'on s'y est mal pris. Selon moi, il est possible qu'il s'agisse d'un SDF.

Cela réveilla l'attention de tout le monde. Vang en particulier leva les yeux de ses notes d'un air intrigué.

— Considérons les faits, commença Santarella en comptant sur les doigts d'une main. Primo, Jessie a été agressée près de la rivière, et Cyd habitait elle aussi non loin de la rivière. Or c'est dans cette zone que campent beaucoup de sans-abris.

Secundo, le tueur a utilisé la voiture de Cyd pour la transporter, ce qui laisse supposer qu'il n'avait sans doute pas de véhicule à lui. Tercio, et c'est le plus important, l'exposition au virus de la rage correspond à quelqu'un qui vit au grand air. Les bêtes sauvages sont porteuses, avec les chauves-souris qui sont une source très fréquente d'infections humaines. Vivant presque toujours dehors, les sans-abris sont donc eux-mêmes des personnes à risques.

Il y eut un silence, le temps que chacun prenne en compte ses paroles. Ses allégations me paraissaient fondées pour la plupart, sauf la dernière. Certes, le tueur s'était servi de la voiture de Cyd, mais sur quelques centaines de mètres, ce qui me faisait plutôt penser à un transfert du corps de Cyd dans un deuxième véhicule qu'il avait dû planquer à dessein.

J'hésitais encore à soulever cette objection quand Vang prit la parole.

— Et où aurait-il tué Jessie, dans ce cas ? demanda-t-il. On l'a noyée dans une baignoire.

— Elle a été noyée dans de l'eau courante, c'est tout ce que nous savons, le corrigea Santarella. Il aurait pu la tuer en lui maintenant la tête dans un évier, dans un seau, ou dans un récipient quelconque.

Il fit rebasculer sa chaise pour la remettre sur ses pieds de devant.

— Vous imaginez ce qui me déplaît le plus dans cette théorie ? C'est qu'elle va nous demander un boulot fou. Je veux que vous parliez avec la population des sans-abris le long de la rivière et près de l'université, mais pour nous y aider, nous aurons besoin d'agents en uniformes. Ce qui signifie du personnel et des heures supplémentaires, et donc une rallonge budgétaire importante…, ajouta-t-il d'un air soucieux en faisant cliqueter son stylo-bille. Bon, je vais en référer en haut lieu, voir combien d'heures on peut nous accorder. Vous trois, vous allez devoir user un peu vos semelles, conclut-il en nous regardant Vang, Hadley et moi.

Hasan intervint alors.

— Permettez-moi d'en être aussi.

Santarella le regarda, un peu surpris.

— Je sais, je suis là pour l'aspect psy des choses, mais à quoi sert un profileur sans suspect à profiler ? demanda Hasan. Ma jambe ne va guère me ralentir. Laissez-moi aller sur le terrain.

— Je n'y vois pas d'objection, convint Santarella.

Hasan nous considéra tour à tour.

— Une chose que je voudrais souligner avant que nous commencions : restons prudents. Certains SDF sont déconnectés de la réalité. S'ils croient avoir vu quelque chose, assurez-vous qu'ils n'ont pas aussi aperçu une semaine plus tôt JFK accoudé à la rambarde d'un bateau à vapeur.

40

Ce soir-là, je pris de nouveau un scotch bien tassé au lieu de ma Heineken habituelle. C'était ce genre de journée-là.

Non, ce n'est pas tout à fait vrai. Les cours s'étaient bien passés. Le milieu du trimestre approchait et je me sentais à l'aise dans toutes les matières. Les interrogatoires des sans-abris n'avaient encore donné aucune piste, mais il fallait bien les faire.

À dire vrai, je me sentais encore mal à l'aise après mon résumé raté des entretiens que j'avais eus avec les proches de Jessie Ryan. Et j'en voulais à Santarella. Il cherchait quelque chose à quoi se raccrocher et poussait ses troupes, ce qui était bien compréhensible. Je n'aurais pourtant pas dû céder à sa pression qui m'avait conduite à cette analyse décousue et improvisée ne reposant sur aucune avancée concrète. Rien.

Sauf que… Était-ce vraiment le cas ? Qu'est-ce que j'avais tenté d'expliquer à mon chef ?

Entre mes entretiens de départ et ceux d'aujourd'hui, une image cohérente de Jessie avait émergé : une jeune femme très maîtresse d'elle-même, sous l'apparence d'une fille habillée sexy, d'une étudiante insouciante. Jessie faisait religieusement du sport et surveillait son poids avec une telle maniaquerie que Kori avait craint qu'elle souffre de troubles alimentaires. Elle tenait sa chambre impeccable, laissant même une tablette de chocolat sur son oreiller durant les périodes de stress.

Elle avait aussi quelques problèmes du côté du sexe, s'il fallait en croire Jeremy Jackson. Elle l'avait accusé de l'avoir laissée tomber pour une autre parce qu'elle n'avait pas couché avec lui le premier soir où ils s'étaient embrassés. Plus encore, selon Angie, Jessie prétendait avoir des appétits féroces sur ce plan-là, mais elle ne concrétisait jamais vraiment. Au lieu de ça, elle avait téléchargé et imprimé des fichiers pornos, ce qui lui garantissait de prendre du plaisir en gardant encore une fois le contrôle sur sa sexualité.

Je me renversai sur le canapé et posai mes boots sur le bord de la table basse, seul endroit qui n'était pas jonché des courriers, magazines et tasses de café vides accumulés aussi bien par Temple que par moi. Renversant la tête en arrière, je fermai les yeux.

Laisse-toi aller. Tu n'as rien raté. Tu as obéi aux injonctions de ton chef, mais il n'y avait rien de neuf, aucune trouvaille digne d'intérêt.

Un moment, mon esprit me ramena à des souvenirs olfactifs issus de ma journée de travail : eau de rivière, feuilles en décomposition, humus. Les odeurs des squats où Hasan et moi avions parlé avec les blessés de la vie sur les bords du Mississippi. Me revint alors un souvenir visuel : un nid d'oiseau tombé d'un arbre dans la boue.

Ne vend-on pas deux passereaux pour un sou ? Cependant, il n'en tombe pas un à terre sans la volonté de votre Père.

C'étaient des femmes qui avaient porté le cercueil de Jessie, pas des hommes forts. Même pas des femmes, en fait. Des jeunes filles fragiles tels des passereaux. *Nous avons voulu que ce soit nous, des filles, pour prendre soin d'une fille comme elle jusqu'à la fin.*

Le talon de ma botte glissa du bord de la table basse et cogna fort sur le parquet. Le choc résonna dans tout mon corps, m'extirpant brutalement de ma rêverie. Aussitôt, je pris conscience de ce qui m'avait échappé au sujet de Jessie Ryan.

Rigidité affective, régime alimentaire et exercice physique strictement contrôlés, un mélange détonant de peur et de fascination pour le sexe : autant de marqueurs indiquant des abus sexuels durant l'enfance. Mais ce qui corroborait cette hypothèse avec le plus de force, c'étaient les porteuses de cercueil. Jessie avait des proches masculins, en premier lieu son grand-père, qui aurait pu jouer ce rôle. Pourtant ses amies avaient insisté. Elles avaient gardé Jessie à l'abri d'un certain parent pour qu'il ne porte pas la main sur elle le jour de son enterrement. Quelque part, sans en avoir conscience, elles avaient su.

Cela n'avait rien à voir avec son meurtre, et c'était juste une théorie. Pourtant j'eus soudain une double certitude : Jessie avait été abusée dans son enfance, et l'auteur de ces abus était Roy Nedegaard.

Ma conviction partait d'une analyse très simple : le père de Jessie était mort, et elle n'avait ni parrain ni frères. Certes elle devait avoir des proches masculins, mais le seul qui avait vécu sous le même toit qu'elle pendant des années en jouissant d'une intimité et d'une approche dangereusement faciles, c'était Roy Nedegaard. Ce même homme qui n'avait cessé de fulminer et de proférer des reproches depuis la mort de sa première petite-fille, « notre rayon de soleil », comme il disait, en faisant appel à d'anciens collègues et en exigeant que les forces de police s'unissent afin de démasquer le tueur de Jessie. Et si c'était pour compenser un fort sentiment de culpabilité ?

Je récupérai mon portable et m'assis à la table de cuisine. Santarella répondit à la troisième sonnerie.

— C'est moi. J'ai réfléchi au sujet de Jessie Ryan. J'ai une nouvelle théorie, mais ce n'est sans doute pas ce que vous espériez.

— Dites toujours.

— Je crois que Jessie Ryan a peut-être été abusée sexuellement au sein de son foyer.

Un bref mais lourd silence suivit cette déclaration.

— Par le père, étant enfant, vous voulez dire ?

— Par le grand-père.

Je passai rapidement en revue les signaux d'alarme que j'avais repérés dans le comportement de Jessie, tels que rapportés par son entourage.

— Vous allez un peu vite en besogne, commenta Santarella quand j'eus fini. Vous n'avez récolté ces indices qu'à partir des témoignages de ses amies.

— Comment faire autrement ? La victime de ces éventuels abus est morte.

— Vrai, reconnut Santarella. Il y a autre chose. Admettons que vous ayez raison. Quand des brutalités sont signalées, cela conduit généralement à une séparation de l'enfant et de l'auteur des abus. Plus tard, il arrive que la victime intente un procès civil. Et pour Jessie, il est trop tard. Je ne voudrais pas paraître cynique, mais quelle différence cela fait-il maintenant ?

— Jen, répondis-je en me rappelant comment elle s'était dégagée de l'étreinte de Roy, aux obsèques de sa sœur aînée. C'est courant chez les auteurs d'abus de s'en prendre ensuite à une enfant plus jeune. S'il l'a fait à l'aînée, il peut très bien avoir récidivé avec la cadette. Peut-être même le fait-il encore aujourd'hui… De toute façon, j'avais l'intention de m'entretenir avec Jen hors du cercle familial. La mère et le grand-père étaient tous deux présents durant ma première entrevue. Pour une adolescente, ça n'incite pas à s'épancher.

— Certes.

— Mais j'ai besoin que vous m'autorisiez à conduire l'entretien dans cette nouvelle direction, à savoir d'éventuels abus sexuels intrafamiliaux.

Il y réfléchit un moment.

— Où voudriez-vous la rencontrer ?

— Au commissariat central. Et je souhaiterais aller la récupérer moi-même à la sortie des cours. Ça prendra du temps sur ma journée de travail, mais elle ne conduit pas encore, sa mère travaille, et nous ne pouvons pas laisser son grand-père venir la chercher. Nous n'en tirerons jamais rien si elle sait qu'il est la première personne qu'elle verra en sortant de la salle d'interrogatoire.

— J'en conviens. Considérez ça sous un autre angle. Vous l'amenez dans une sphère de pouvoir et d'autorité. Dans cet environnement intimidant, elle risque de vouloir vous complaire plus que d'ordinaire, ce qui pourrait la conduire à…

— Inventer ? Je doute fort que Jen déclare qu'il y a eu abus sexuels si ce n'est pas le cas, qu'importe le cadre.

— Elle ne dirait peut-être pas qu'elle a été abusée, mais nous l'interrogerons sur ce qui a pu arriver à Jessie, et sa sœur est morte. Ça pourrait l'amener à des spéculations plus ou moins hasardeuses.

— J'y veillerai. Et si elle s'engage sur cette voie-là, je la recadrerai gentiment. Cet entretien portera sur ce qu'elle sait, un point c'est tout.

Il soupira, et je le vis presque par la pensée se frotter le menton.

— Pourquoi ne pas venir demain matin tôt, nous établirons une stratégie, me proposa-t-il. Nedegaard a encore pas mal d'amis au commissariat central. On a intérêt à faire gaffe.

*

* *

Quelque dix minutes plus tard, le réveil de Temple sonna. Comme d'habitude, elle arriva en T-shirt et survêtement.

— Quoi de neuf ? demanda-t-elle en guise de bonjour.

— Je pourrai te parler une minute, quand tu te seras fait ton café ?

— À quel sujet ? me lança-t-elle d'un air intrigué.

41

À 15 h 30, j'introduisis Jen Ryan dans notre salle d'interrogatoire dite « soft ». Équipée d'un canapé et de deux fauteuils moelleux, c'était une pièce destinée à recevoir les témoins qui n'étaient soupçonnés d'aucun crime, en particulier les jeunes et les personnes émotionnellement fragiles. L'éclairage était doux et chaleureux, et des affiches décoraient les murs.

Jen m'y précéda, son sac à dos à la main, ses longs cheveux blond vénitien retenus par une simple queue-de-cheval de collégienne. Durant le trajet vers le centre-ville, j'avais essayé de la mettre à l'aise en la questionnant sur les matières où elle réussissait le mieux et celles où elle avait quelques faiblesses, ainsi que sur ses activités périscolaires. Cette petite conversation m'avait donné l'impression d'être une sorte de tante, mais notre différence d'âge ne m'inquiétait pas. J'avais monté une petite stratégie à ce sujet.

Au milieu de la pièce, Jen affichait un air posé tout en regardant les reproductions exposées sur le mur, représentant des iris aux teintes pastel. Je mis mon portable sur silencieux et le rangeai dans mon sac. En cas d'urgence, Santarella saurait où me trouver.

— Assieds-toi, je t'en prie, lui dis-je.

Puis je posai mon sac en bandoulière sur le fauteuil le plus éloigné de la table basse, une façon discrète de me réserver la place. Je voulais me situer non pas au cœur de l'action, mais en périphérie, car je ne souhaitais pas en être l'élément moteur.

On frappa à la porte, et Temple apparut sur le seuil.

— Jen, voici l'agent Lockhart.

Temple portait deux gobelets en carton et après être entrée, elle referma la porte d'un petit coup de pied. Elle était en civil, en blazer, jean et T-shirt, avec son insigne bien visible sur la hanche.

Santarella avait émis des réserves sur le rôle qu'elle devait jouer dans l'entretien.

— Elle n'est qu'un simple agent et nouvelle de surcroît.

— Je sais, avais-je reconnu. Mais Temple a juste quatre ans de plus que Jessie. Le courant passera mieux entre elles.

— D'accord, sauf qu'elle n'a aucun entraînement pour ça.

— Hier soir, j'ai tout passé en revue et en détail avec elle, avais-je rétorqué, comme en attestaient les cernes que j'avais sous les yeux ce matin-là. Les propos qu'elle va tenir à Jen seront principalement ceux que je lui ai soufflés. Simplement, il vaut mieux que cela vienne d'elle.

Temple ne s'appuierait pas sur ma seule expérience. Je tenais mes techniques d'interrogatoire de Genevieve Brown, mon ancienne partenaire, qui avait un don pour soutirer des informations aux témoins, informateurs et criminels en tous genres.

— Je tiens à ce que vous soyez en permanence avec elles dans la pièce, avait insisté Santarella en capitulant.

L'autre raison pour laquelle je souhaitais la présence de Temple, et que je ne pouvais avouer à Santarella, c'était que je savais qu'elle ne pousserait pas trop Jen dans ses retranchements pour des raisons personnelles. Moi, sur ce plan-là, j'avais mes propres démons datant de mon enfance. Pas Temple, pour autant que je sache. Son approche serait donc moins subjective.

Jen avait pris la place centrale sur le canapé. Ses mains croisées reposaient sur ses genoux serrés l'un contre l'autre, une posture discrètement défensive. Je regardai les gobelets de café que Temple avait déposés sur la table basse.

— Il y en a aussi un pour moi ?

— Bien sûr.

— C'est gentil, mais j'ai déjà pris un café après le déjeuner.

— Tu es sûre ? me demanda Temple, puis elle se tourna vers Jen. Ça te dit ? Caramel macchiato, tu connais ? C'est vraiment délicieux.

Jen y jeta un coup d'œil et accepta en la remerciant.

Bien évidemment, tout était arrangé d'avance. Durant un entretien avec la petite amie d'un dealer de méthamphétamines qui l'avait violée, Genevieve avait fait exprès d'appuyer trop fort sur son tube de crème pour les mains, et elle avait proposé le surplus à la jeune femme. Genevieve avait ainsi partagé avec elle la crème de la main à la main, un geste que ne se permettent d'ordinaire que des amies proches, et tandis que la petite amie du trafiquant faisait pénétrer la crème et que le doux parfum de muguet se répandait dans l'air, j'avais vu combien la victime se détendait.

Sur le moment, j'avais pensé que seule Genevieve était capable de ce genre de geste, mais en l'occurrence, je l'avais adapté à Jen. Lui offrir un macchiato, ce n'était pas seulement faire preuve d'hospitalité. Jessie et ses amies avaient sûrement bu ce genre de cafés chez Starbucks ou Caribou. Et Jen avait dû le faire aussi, quand elle rendait visite à sa sœur en ville. C'était donc pour Temple et moi-même une manière d'inviter Jen à entrer dans le cercle des jeunes femmes adultes, en évoquant discrètement la mémoire de Jessie.

Temple prit place à côté de Jen, sans trop l'approcher. Quant à moi, je me penchai en avant pour poser mon sac près d'elles. Le stylo accroché à une poche extérieure était en fait un enregistreur, déjà en fonction. Encore une condition exigée par Santarella.

— Je ne t'ai pas parlé longtemps, le jour où je suis venue chez toi. Alors je voulais vérifier, voir si tu te rappelais quelque chose qui pourrait s'avérer important.

— Je ne crois pas, répondit Jen.

Je me radossai en croisant le regard de Temple, un petit signal l'invitant à prendre le relais.

— En fait, intervint Temple, et le regard de Jen passa sur elle comme une caméra sur un plateau de télévision, ta mère et ton grand-père étaient tous les deux présents, quand Sarah t'a interrogée. Et cette présence a pu t'empêcher de parler librement. Je le sais bien, tu ne cherchais pas à nous cacher délibérément un élément qui pourrait nous aider, mais s'il y a une chose dont tu ne nous as pas parlé, tu peux le faire maintenant.

— Oui, il y a bien quelque chose, mais je ne pense pas que ça ait le moindre intérêt, répondit Jen, puis elle s'adressa à moi. Quand vous m'avez demandé ce dont Jessie et moi avions discuté ensemble, la dernière fois que je l'ai appelée, j'ai répondu que nous avions juste parlé de *Jane Eyre* et de sa tenue pour le bal costumé.

— Et ce n'était pas tout ?

Jen eut un petit sourire crispé.

— Non. Elle voulait se faire tatouer sur la cheville le caractère japonais qui signifie *Courage*. On n'en a pas parlé à maman, car elle est contre les tatouages.

Jessie, la fille aux patins noirs qui tentait d'écarter les barreaux de sa cage dorée.

— Moi aussi, j'en ai envie, intervint Temple, mais je n'ai pas encore décidé du motif. Et je voudrais que Sarah se fasse tatouer le même.

— Ah bon ? fit Jen en me regardant.

— Oui. Sarah et moi, on est colocataires, ajouta Temple.

Jen sembla s'en étonner. Elle avait dû être nourrie de séries télé où des flics cafardeux broient du noir en solitaire dans de spacieux lofts, et n'avait sans doute jamais pensé qu'ils puissent prendre des colocataires par souci d'économie, pour partager le loyer et les factures d'électricité.

— C'est important pour moi, parce que je n'ai jamais eu de sœur, déclara Temple, puis elle continua une ou deux minutes dans la même veine, parlant d'amitié et posant à Jen des questions sur sa relation avec sa sœur aînée.

Au fur et à mesure, la posture défensive de Jen se décrispa un peu.

— Tu sais, entre autres choses, dit alors Temple, on pense que Jessie aurait pu te parler de ce gars qui lui plaisait. Celui qui est venu à sa fête.

— Je ne suis pas au courant, répondit Jen, visiblement déconcertée.

— Personne ne t'a expliqué pourquoi Jessie était sortie courir en pleine nuit alors que la fête qu'elle avait organisée battait son plein ?

Jen secoua la tête.

— C'était étrange de sa part, remarqua Temple. On croit qu'elle a été blessée par un garçon en particulier. On ne peut pas le prouver, et ce n'est sûrement pas la faute de ce garçon si elle a été tuée. Mais on a parlé avec des amies de Jessie, et il semble qu'elle avait des difficultés dans ses relations avec les hommes, qu'elle avait du mal à leur faire confiance. Et donc, il doit y avoir quelque chose qu'on ignore encore au sujet de Jessie, sur ce plan-là.

Temple but un peu de son café pour donner à Jen le temps de s'adapter au nouveau tournant que prenait la conversation.

— Quand une jeune femme est assassinée par un inconnu, ça retient l'attention de tout le monde, reprit-elle. Il y a la couverture médiatique, les hommages avec des bougies blanches et tout le reste. Mais en vérité, les jeunes filles et jeunes femmes sont surtout victimes d'abus ou de brutalités au sein de leurs propres foyers. Souvent, ça n'apparaît jamais au grand jour, pour toutes sortes de raisons. Parce que l'auteur de ces abus fait partie de la famille. Parce qu'il soutient la famille financièrement. Mais rien ne justifie ces agissements.

Temple s'arrêta là. Je savais qu'elle ne voulait pas poser la question clef de but en blanc. Mais je lui avais conseillé de le faire et elle se lança.

— Est-ce que c'était le cas de Jessie ? A-t-elle été victime d'abus sexuels ?

Jen resta les yeux baissés sur ses doigts noués et ne dit pas un mot.

Quant à moi, je pris garde de rester immobile malgré l'excitation que je ressentais intérieurement, car je savais que le silence était une confirmation. Si Jen avait pu le nier, elle l'aurait fait sans attendre. À présent, deux réponses restaient en suspens : *Oui* et *je n'en suis pas sûre.*

— Ça ne me plaît pas trop de te poser cette question-là, reprit Temple. Mais Sarah et moi, on pense que Jessie est sortie courir parce qu'elle était très contrariée. Et si elle avait été plus à l'aise avec sa sexualité, un rejet ne l'aurait pas blessée autant, elle serait restée à la fête, et elle serait en vie aujourd'hui.

Jen ne bougeait pas d'un cil, ce qui n'était pas forcément bon signe. Il ne se passerait rien si elle se renfermait complètement.

— Si Jessie n'a pas été abusée par un homme proche d'elle, ça me va et je n'insisterai pas là-dessus, continua Temple. Mais si c'est le cas, je pense que cet homme l'a pratiquement jetée dans les bras de son assassin.

Jen fixait toujours ses doigts noués devenus blêmes, signe d'une grande tension qui fait que le sang se retire des extrémités.

— Jessie voulait que personne ne le sache, déclara-t-elle posément, et Temple attendit en silence. Elle ne me l'a dit que parce qu'elle quittait la maison pour entrer à l'université. Elle voulait que je l'appelle, si jamais il recommençait avec moi.

— Et est-ce qu'il l'a fait ?

Jen hocha la tête.

— Et est-ce que tu l'as appelée ?

— Non. Je ne lui ai rien dit. Je voulais qu'elle soit heureuse là-bas, à la fac. Je croyais qu'elle l'était, ajouta Jen, et une larme perla de ses cils pour glisser sur sa joue. Je lui ai demandé pourquoi elle n'en avait jamais parlé à personne. Parce que c'est un ancien flic, m'a-t-elle répondu. Les flics se serrent les coudes.

Un ancien flic. Nous étions tout près du but, mais nous avions besoin qu'elle le dise.

Temple se pencha en avant.

— Quand tu parles d'un ancien flic, tu veux dire…

— Mon grand-père, répondit Jen.

Les mains de Temple se crispèrent, puis se détendirent, et sa respiration longtemps retenue se libéra en un léger souffle. Une réaction sobre et discrète, pourtant je savais ce qu'elle ressentait : de l'exaltation.

*

* *

Les détails étaient sordides, mais pas autant que je le craignais. La maltraitance de Nedegaard envers ses petites-filles n'était pas allée jusqu'à la pénétration ; outrage à la pudeur, attouchements mutuels sous la contrainte. Comme Jen nous l'avait dit, Jessie ne l'avait pas dénoncé car elle craignait qu'il se suicide, s'il était démasqué comme criminel. Jessie avait-elle aussi conscience que sa mère n'aurait pas été capable de subvenir à leurs besoins, si elles avaient dû toutes les trois quitter la maison de Nedegaard ?

Si Jen n'avait pas envisagé cette éventualité, cela avait sûrement dû traverser l'esprit de Katharine. Je me demandai dans quelle mesure elle avait eu des soupçons sur son père et ses filles.

Je n'aurais pas voulu être à sa place les semaines et mois à venir. Pour l'heure, elle était avec Jen dans le bureau d'une assistante sociale, confrontée au séisme qui venait de faire voler sa vie en éclats.

— Que va-t-il arriver à Nedegaard ? m'avait demandé Temple alors que nous montions les marches de l'hôtel de ville pour rejoindre Santarella qui attendait mon rapport.

— Pas grand-chose, j'imagine. Les services sociaux trouveront à Jen et à sa mère un lieu de résidence jusqu'à ce qu'elles aient un endroit où habiter.

M'arrêtant sur le palier, je rallumai mon portable pour vérifier les messages.

— Nedegaard va se sentir un peu perdu dans cette maison vide et il va tenter de se trouver des excuses, continuai-je. Il se dira que les filles n'y voyaient pas de mal, que pour elles, c'était juste des marques d'affection, et que les flics ont manipulé Jen en la poussant à exagérer la vérité alors qu'elle était encore vulnérable suite à la mort de sa sœur. Et il finira par s'en convaincre.

À l'étage, Santarella écouta d'abord mon résumé, puis l'enregistrement audio de l'entretien, et il s'estima satisfait.

— Bon boulot, dit-il à Temple, réflexion aussi succincte que sincère.

— Merci, monsieur, répondit Temple tout aussi sobrement.

— Pourquoi ne pas assister à notre réunion de ce soir ? lui proposa-t-il après avoir vérifié l'heure à sa montre.

J'allais lui dire que Temple était de service cette nuit-là et qu'elle avait besoin de sommeil, mais elle me devança.

— Volontiers, monsieur.

Alors qu'elle nous précédait dans la salle de conférences, Santarella me prit à part.

— Nous ignorons comment Nedegaard va le prendre. S'il vous appelle, ne répondez pas.

— M'appeler pour me dire quoi ?

— Je ne sais pas, mais il risque de mettre en doute la façon dont vous avez mené l'interrogatoire de Jen, et de vous menacer d'une enquête ou d'une sanction. Refusez tout contact avec lui. Vous avez fait ce qu'il fallait. Vous êtes protégée.

— Merci.

42

Quand je rentrai chez moi ce soir-là, l'exaltation que j'éprouvais d'avoir eu raison au sujet de Roy Nedegaard était retombée en laissant place à une grande fatigue physique, avec l'impression que mes muscles étaient gainés de tiges d'acier. Je renonçai donc à mon projet d'aller courir.

Lors de la réunion à laquelle Temple avait assisté, la nouvelle du jour, c'était que les interrogatoires des sans-abris avaient débouché sur une piste prometteuse, du moins en apparence. Une clocharde d'une cinquantaine d'années avait confié à Hadley qu'elle connaissait un jeune originaire du Montana, ancien combattant en Irak et devenu lui-même SDF, qui avait une culotte en sa possession et en savait un bout sur les meurtres de Jessie et de Cyd. Hadley avait passé du temps à essayer de la faire parler, mais dès qu'il essayait d'obtenir des précisions permettant d'identifier le gars en question, dont un prénom ou un nom de famille, la mémoire de cette femme semblait défaillante.

Pour finir, Hasan s'était entretenu avec elle seul à seule. Au bout d'une heure, il en avait conclu que tout ce qu'elle disait était de la pure invention, mais que le beau et courtois inspecteur Hadley lui avait tapé dans l'œil et qu'elle était prête à lui dire tout ce qu'il fallait pour qu'il continue à s'intéresser à elle.

Cette anecdote fit bien rire les personnes assemblées autour de la table, sauf Temple, qui était trop reconnaissante d'avoir été admise dans la cellule de crise pour partager notre hilarité.

En ce moment même elle dormait derrière la porte fermée de sa chambre plongée dans le silence, comme toujours quand elle était de service de nuit. Elle n'avait quitté l'hôtel de ville qu'une demi-heure avant moi ; à peine arrivée ici, elle avait dû tomber sur son lit comme une masse.

C'est pourquoi je m'abstins d'allumer la télévision ou la radio et m'occupai de trier le courrier en jetant des prospectus dans la poubelle et en mettant de côté les factures, pour finir avec le seul courrier personnel : une épaisse enveloppe, avec pour adresse de l'expéditeur le centre du Wisconsin. Shiloh. Pour que cette lettre arrive aujourd'hui, il avait dû l'écrire très peu de temps après mon départ.

Je l'emportai dans le salon et m'assis.

Sarah,

Pour des raisons que nous n'avons ni l'un ni l'autre envie d'évoquer, je n'ai pas accordé assez d'intérêt à la question que tu m'avais posée sur la possibilité pour un criminel de falsifier un test ADN. Ensuite, j'y ai réfléchi toute la nuit.

Selon ce que tu m'as dit des conditions strictes qui ont entouré ce prélèvement, je suppose que l'échantillon d'ADN fut fourni volontairement dans un laboratoire certifié. Un test pratiqué même dans ces conditions-là peut-il être faux ? Oui, bien sûr, puisqu'il est effectué par un être humain, et donc potentiellement faillible. Il y a deux possibilités : incompétence et corruption. L'incompétence s'explique facilement. La corruption signifie généralement qu'une personne a été soudoyée pour fausser les résultats. Ne possédant pas les connaissances scientifiques requises, à mon grand regret, je ne peux pas préciser la ou les manières dont pourrait s'effectuer cette falsification.

Mais si l'on veut avancer l'hypothèse que l'ADN a été manipulé à dessein par ton sujet, à savoir le gars qui a donné l'échantillon, je ne vois aucun moyen pour lui d'y parvenir. J'ai entendu parler de médecins qui passaient des tests toxicologiques en se sondant et en substituant à leur propre urine celle d'un autre. Là, ça peut marcher, parce que les tests toxicologiques recherchent des traces de drogue dans les urines, et non l'ADN, qui provient des noyaux cellulaires. Or, il n'y a pas de matière cellulaire dans l'urine, à part les cellules perdues par la muqueuse de la vessie ; c'est pour ça que des techniciens pleins de ressources arrivent parfois à obtenir de l'ADN à partir de ces cellules-là.

Pour les cheveux et la salive, c'est pareil. Il n'y a pas d'ADN dans le cheveu sauf dans le follicule, s'il est resté attaché. Quant à la salive, elle contient généralement des cellules qui proviennent de la joue, de la langue, etc.

De mon point de vue, si nous acceptions d'analyser de l'urine pour obtenir un échantillon d'ADN et que le sujet ait substitué à la sienne l'urine d'un autre en se sondant, le procédé serait bien trop aléatoire. Il faudrait un gros coup de chance pour que la falsification marche. Certes, les cellules de l'autre gars se trouveraient dans l'urine, mais aussi celles du sujet lui-même, provenant de la muqueuse de sa propre vessie. Un prélèvement salivaire par frottis buccal (je suppose que c'est ce qui a été pratiqué sur le gars en question, car c'est le procédé standard) serait encore plus difficile à truquer. Si ce gars avait par hasard embrassé une fille récemment, des cellules de la fille en question auraient pu adhérer à sa joue à lui, mais ce que l'écouvillon aurait prélevé serait en majeure partie ses cellules à lui.

J'espère que ces remarques pourront t'aider, même si j'en doute fort en me relisant. Je regrette de ne pas t'avoir demandé plus de détails quand j'en avais la possibilité. En gros, j'ai eu l'impression que tu pensais tenir le coupable, puis que l'ADN l'a démenti. Crois-moi, tu n'es pas le premier flic à avoir ce problème. Je devrais te dire de passer à un autre suspect, pourtant je ne le ferai pas. Non parce que l'idée en elle-même est mauvaise, mais parce que ce serait gonflé de ma part, après tout le temps que j'ai passé à poursuivre Annelise Eliot alors que tout mon entourage pensait que j'avais tort. Je n'ai pas envie d'être hypocrite. J'ai déjà largement ma dose de culpabilité pour cette période de ma vie.

Je vais arrêter de penser à ce que tu m'as avoué durant ta visite. L'infidélité est excusée par les truands qui croupissent longtemps en prison. Peut-être qu'ils ont raison.

Bonne chasse,

M.

Le premier sentiment que j'éprouvai à cette lecture fut du soulagement, pas seulement à cause des dernières lignes, mais grâce au ton posé de mon mari tout au long de la lettre. Peut-être n'étions-nous plus tout à fait au bord du précipice.

Puis je m'obligeai à me concentrer en revenant aux quatre paragraphes centraux, pour m'assurer que j'avais bien tout saisi. Ensuite, j'envisageai les possibilités que la réponse de Shiloh avait évoquées.

La corruption semblait improbable : Steven Silverhus, étudiant d'une vingtaine d'années, ne disposait pas des fonds nécessaires pour acheter un technicien. Il était encore moins probable qu'il ait un ou une amie travaillant au labo du BCA : d'après nos observations, d'amis, il n'en avait pas.

Certes, du côté de son grand-père, c'était une autre histoire. Niels semblait avoir une vie sociale très active, et beaucoup de ses proches devaient faire partie de la communauté médicale. Les potentialités étaient énormes.

Un autre passage de la lettre me sauta aux yeux : Shiloh supposait que nous avions fait un prélèvement buccal sur Silverhus. C'était ma faute : je ne lui avais pas précisé qu'il s'agissait d'un échantillon sanguin.

C'était intéressant, car Santarella avait lui aussi mentionné récemment ce type d'échantillon prélevé à l'intérieur de la joue. Quand nous avions envisagé comme suspect le père du bébé de Cyd, Santarella avait indiqué qu'en faisant appel à ce procédé sur Daniel, le fils, nous pourrions obtenir de quoi comparer son ADN avec l'ADN du père. Ce serait sans douleur, avait précisé Santarella. Néanmoins il avait été soulagé de ne pas avoir à le faire.

Un prélèvement buccal était sans douleur, alors pourquoi Silverhus avait-il donné du sang ? Une prise de sang n'a rien de bien terrible, mais personne n'y va de bon cœur. Pourquoi n'avait-il pas demandé un prélèvement buccal ? Ou peut-être qu'il l'avait fait, et que Santarella avait insisté pour que ce soit un échantillon sanguin.

Qui donc avait eu l'idée du prélèvement sanguin ? Seules deux personnes pouvaient répondre à cette question, et aucune d'elles ne serait heureuse de m'entendre la lui poser :

Joe Santarella et Steven Silverhus. Des deux, Santarella restait le meilleur choix. Silverhus me raccrocherait au nez ; quant à Santarella, il serait certes contrarié, mais il me donnerait la réponse sans tergiverser. Je l'appelai.

— Pribek, c'est à quel sujet ?

— J'ai une question à vous poser que vous n'allez peut-être pas… euh… apprécier, commençai-je, puis je pris mon courage à deux mains. Qui a eu l'idée que Silverhus nous donne du sang au lieu d'un simple prélèvement buccal ?

Il s'ensuivit un long silence.

— Je peux savoir pourquoi vous remettez Silverhus sur le tapis ?

— Pardon mais… S'il vous plaît, implorai-je, et il poussa un soupir, puis daigna me répondre.

— Je lui ai proposé un prélèvement buccal, mais il a dit qu'en matière de test, un échantillon sanguin était le meilleur critère. J'ai pensé qu'il confondait les analyses médicales en général avec les analyses ADN, pourtant je n'ai pas insisté.

— Vous n'avez pas trouvé ce choix étrange ?

— C'était son droit. Le test était volontaire ; je ne pouvais exiger un échantillon en particulier. De plus, pourquoi l'aurais-je fait ? Il avait raison sur le fond. Le sang est inattaquable… Qu'insinuez-vous ? Qu'il aurait faussé le test ?

— Son grand-père est médecin, et il est toujours autorisé à exercer à l'hôpital. Il aurait pu voler du sang dans un labo, ou même en prélever sur un patient en état comateux. Et s'il l'avait fait, pour ensuite échanger les échantillons ?

— Ce serait une possibilité si nous vivions encore sous une juridiction rurale des années 1950, quand le médecin légiste était aussi le médecin de campagne qui mettait les bébés au monde, que la morgue était à l'hôpital du comté, et que les échantillons sanguins étaient rangés dans un frigo à côté du panier-repas de la secrétaire. La donne a changé. Certes Niels a des relations dans la communauté médicale, mais pas dans les forces de l'ordre. Ce sont deux mondes complètement séparés. D'accord, il est peut-être en mesure de récupérer le sang de quelqu'un d'autre, mais il ne pourrait pas se pointer dans notre labo et échanger les échantillons. Il y a les agents de la sécurité, et même s'il avait réussi à passer outre, une demi-douzaine de personnes l'auraient vu.

Sa voix baissa alors d'un ton et devint plus calme.

— Si ça peut vous réconforter, moi-même, j'ai eu des doutes. Quand les résultats nous sont parvenus, j'ai vérifié chacune des étapes de la chaîne de contrôle. La procédure a été en tout point conforme à la méthode Hoyle : une biologiste certifiée du BCA a effectué la prise de sang, une inspectrice du bureau du shérif de Hennepin a suivi le processus, la chaîne de contrôle s'est déroulée, intacte et ininterrompue, et le technicien qui a effectué le test a dix-sept ans d'expérience dans son domaine. Quant à l'inspectrice, c'était vous, il me semble, non ? Vous vous souvenez de tout ça, n'est-ce pas ?

— Oui.

— J'essaie de vous faire comprendre qu'avec cette série de questions, vous nagez en pleine paranoïa. Il est temps de laisser tomber.

— Je sais, je suis désolée.

*

*   *

J'ai donc laissé tomber, en tout cas pendant une heure et demie, le temps de me préparer tranquillement un sandwich tomate et fromage grillé, de consulter quelques actus sur le net ainsi que mes mails, puis de trier le linge pour lancer une machine plus tard, quand Temple serait réveillée et que le ronronnement ne la dérangerait pas.

Comme toutes deux nous jetions nos vêtements en vrac dans le même panier à linge, je séparai ses affaires des miennes. Les siennes étaient surtout des vêtements de sport. Alors que je sortais du panier un T-shirt jaune pâle, je vis qu'il y avait dessus une tache couleur rouille que je reconnus facilement : du sang séché. Comme Temple, moi aussi j'avais été une novice intervenant sur des sites d'accident ou pour interrompre des bagarres. Temple était sortie deuxième d'un combat d'entraînement, à son gymnase. Je grattai la tache de l'ongle et il en tomba quelques particules rouge foncé.

Évidemment, cela me fit penser à Silverhus et au jour où Vang et moi, nous avions regardé dans le coffre de sa voiture pour le découvrir maculé de sang séché, tandis qu'une odeur ferreuse montait dans l'air.

C'était la seule chose que je ne pouvais ni expliquer ni oublier : la ruse de Silverhus avec le Labrador noir, le sang qui avait recouvert celui de Jessie Ryan. Je le croyais toujours.

Sang pour sang.

Malgré la fatigue, ces simples mots me valurent une forte montée d'adrénaline. Soudain je fus ravie que Temple soit endormie. J'avais la même sensation que quand on a un mot sur le bout de la langue et que la moindre distraction le renvoie au tréfonds de votre cerveau.

C'est pour ça qu'il n'a pas voulu de prélèvement buccal. Il avait besoin que le sang d'un autre recouvre le sien. Sang pour sang.

Je savais que c'était fou, mais c'était la seule réponse sensée : il avait sur lui le sang de quelqu'un d'autre. Puisque Santarella avait vérifié chaque étape du processus sans relever aucun manquement, alors la falsification avait dû avoir lieu au moment où j'avais fait entrer Silverhus dans la petite pièce où Mandy devait prélever son sang.

— Niels, dis-je à haute voix.

Santarella avait rejeté avec virulence l'idée que le grand-père de Steven se serait servi de ses relations pour obtenir un échange d'échantillons sanguins. Mais peut-être que cette théorie n'était pas assez ambitieuse ; et si Niels était intervenu en amont ? Les gens n'avaient-ils pas aujourd'hui toutes sortes de dispositifs médicaux à l'intérieur du corps qui n'existaient pas cinquante ou soixante ans plus tôt ? Pompes à insuline, orifices ménagés sur des cathéters pour faciliter les injections, implants contraceptifs. Niels aurait-il eu du mal à implanter un tube de sang dans le bras de son petit-fils qu'aucun témoin ne puisse déceler ? Steven portait un polo à manches longues, et il n'avait guère pu relever sa manche au-dessus du coude, je m'en souvenais. Mandy lui avait d'ailleurs conseillé de porter un haut à manches courtes, la prochaine fois qu'il ferait une prise de sang.

Qu'avait-il caché sous cette manche ? Des points de suture ? Une ecchymose due à un implant chirurgical bricolé à la hâte ?

La prochaine étape s'imposait : m'entretenir avec Niels.

43

En plus de sa pratique limitée au sein du milieu hospitalier, Niels Silverhus travaillait comme consultant pour des ouvrages de médecine, et plusieurs matinées par semaine, il se rendait aux bureaux de la maison d'édition sur Dale Avenue, à Saint Paul. À 7 h 25 le lendemain matin, je me trouvais dans ma voiture à l'extérieur de ces bureaux, mal réveillée, avec un café à emporter coincé entre mon sac et le dossier du siège passager.

Plusieurs bonnes raisons m'incitaient à aborder Niels alors qu'il se rendait à la maison d'édition : certaines d'ordre pratique, puisque c'était pour moi la première occasion que j'avais de le voir. En outre, c'était un lieu où je ne risquais pas de tomber sur un Steven mal embouché, ce qui anéantirait aussitôt le peu de bonne volonté que j'aurais obtenu de Niels à force de l'amadouer. Surtout, j'espérais que cet environnement rappellerait à Niels ses valeurs en tant que membre du corps médical. C'étaient à elles que j'étais venue faire appel, dont la première : Ne pas faire de mal.

Petite manœuvre stratégique : je ne portais qu'un coupe-vent bien insuffisant contre la froidure matinale, et pas de gants. Me voyant transie de froid, j'espérais que Niels m'inviterait à entrer dans le bâtiment. Je n'étais pas certaine de pouvoir aller jusqu'à son bureau, une fois ma profession déclinée, mais Niels n'aurait sans doute pas envie non plus de trop s'attarder au dehors. Il fallait que je pénètre dans le hall d'entrée, si je voulais parler à cet homme assez longtemps pour faire appel à sa conscience.

Je sirotai mon café tout en m'adressant quelques rappels à l'ordre de dernière minute. *Ne lui donne pas du Monsieur, mais du Docteur. Sois respectueuse, et aussi affable que possible.*

Une Cadillac rouge plongea dans l'entrée du parking et remonta, avec Niels Silverhus au volant. J'ouvris la portière de la Nova et versai le reste de mon café dans la neige. Niels descendit de sa berline et la verrouilla. J'attendis. Tout était question de bonne synchronisation : il fallait absolument que j'attrape Niels devant l'entrée de la maison d'édition, là où il lui semblerait tout naturel de m'autoriser à y pénétrer avec lui.

Je le rattrapai à l'instant où il atteignait la porte.

— Docteur Silverhus, lui dis-je alors qu'il passait sa carte magnétique dans le lecteur.

La porte s'ouvrit dans un bourdonnement, et il la poussa tout en se retournant.

— Docteur Silverhus, je suis Sarah Pribek, ajoutai-je avec un grand sourire. Pardon, mais pourrions-nous entrer ? Je n'en ai que pour une minute.

— Bien sûr, dit-il avec l'affabilité que les hommes âgés réservent à ces douces petites choses incapables de synthétiser leurs idées et de se vêtir d'un manteau chaud quand il fait moins 5 dehors.

Il me tint la porte, et je le devançai dans un étroit vestibule bordé de boîtes aux lettres verrouillées, qui menait à un autre seuil. Ici, il faisait environ 30 degrés. Les sas d'entrées sont les lieux les mieux chauffés des bâtiments du haut Midwest. Un système de doubles portes protège les pièces des courants d'air chaque fois que quelqu'un entre ou sort, et cet entre-deux forme une délicieuse cellule de chaleur.

Niels attendait face à moi. Je remarquai son regard pénétrant, sa peau lisse et tendue, son maintien parfait. S'il souffrait d'un cancer de la prostate, ce n'était guère à un stade avancé, ou alors, il masquait sa fragilité grâce à une discipline de fer.

— Je suppose que mon nom ne vous dira rien, déclarai-je en écartant ma veste pour lui montrer mon insigne. Je suis l'inspectrice Sarah Pribek. Je suis passée chez vous récemment pour emmener Steven au laboratoire.

Alors il releva le menton, telle la proue d'un navire face à une mer en furie.

— Je croyais que vous en aviez fini avec Steven, déclara-t-il.

— C'est pour ça que je m'adresse à vous et non à lui.

— Je n'ai absolument rien à vous dire…

— Vous ignorez encore ce que j'ai à vous demander, docteur Silverhus, l'interrompis-je. S'il vous plaît.

Il ne se radoucit pas, mais baissa un peu le menton, comme s'il acceptait de lâcher du lest.

— Que voulez-vous savoir ?

Bien souvent, il vaut mieux tourner autour du pot avant d'aborder la question décisive en resserrant peu à peu la vis. Mais ce n'était pas le cas aujourd'hui.

— Veuillez me dire, je vous prie, comment vous avez aidé Steven à truquer le test ADN, lui déclarai-je posément, et très courtoisement.

Catastrophe ! Telle fut l'expression qui se peignit sur le visage de Niels. Il eut comme un hoquet, mais répondit :

— Je ne vois pas du tout de quoi vous parlez, jeune dame.

— Je sais que c'est dur, et je compatis. Je dois pourtant mettre cartes sur table. Il y a beaucoup d'indices probants contre Steven, démentis uniquement par le test ADN.

— Les preuves génétiques sont incontestables…

— Non, le coupai-je en levant vivement la main. Vous pouvez m'en remontrer dans beaucoup de domaines, mais pas en médecine légale.

Cette réprimande le fit cligner un peu des yeux.

— Je pense que l'échantillon a été manipulé, poursuivis-je, implacable. Et je crois que vous êtes au courant. Vous êtes membre du corps médical. Votre vocation est de préserver la vie à tout prix. Si nous n'arrêtons pas l'homme qui a tué Jessie Ryan et Cyd Perrin, une autre jeune femme risque de mourir. Et vous en seriez complice ? Alors que le premier principe de cette éthique est de ne pas faire de mal.

— N'utilisez pas ces mots-là, riposta-t-il d'un ton mordant. Qui êtes-vous pour invoquer ce serment ? Vous-même ne l'avez jamais prêté. Ne soyez pas irrespectueuse.

— Je ne le suis pas. Mais j'ai regardé un médecin légiste charcuter le corps d'une jeune fille de vingt ans, la semaine dernière. Celui de Cydney Perrin. L'auxiliaire médical qui a aidé à transporter le corps de Jessie Ryan à la morgue est un de mes amis. Il a dû récupérer son cadavre dans une benne à ordures. On l'avait jetée là comme un détritus, insistai-je.

Le visage de Niels s'assombrit.

— Steven est votre petit-fils, repris-je. C'est humain de protéger sa famille, c'est peut-être même l'instinct le plus primaire de tous. Mais là, il ne s'agit pas de le faire libérer sous caution après une nuit de beuverie. C'est trop grave. Si vous me dites comment vous l'avez aidé, je vous promets que je ferai tout mon possible pour qu'il n'y ait pas de poursuites contre vous.

— Je n'ai rien fait, me répondit-il avec raideur. Mon petit-fils est innocent. Maintenant, veuillez vous en aller.

Ce fut lui qui se détourna pour rejoindre l'intérieur. Trop frustrée pour lâcher prise, je tendis la main et lui saisis le bras.

— Docteur Silverhus…

Il fit volte-face, et son regard fusilla mon bras comme s'il n'arrivait pas à croire que j'aie eu la témérité de le toucher. Il s'écarta, sa bouche fit une drôle de moue, puis il cracha, un crachat qui atterrit sur mes chaussures. Ensuite il franchit le seuil pour pénétrer plus avant dans le bâtiment, et disparut.

Un instant, je restai figée. Il m'avait craché dessus. Et cet acte détonnait tellement avec son image d'homme courtois et accompli que pendant une seconde ou deux, éberluée, je fus incapable de bouger.

Seule dans l'entrée, j'allais essuyer la salive sur ma botte quand je me ravisai, dégoûtée de toucher le crachat à main nue. Des lingettes hygiéniques se trouvaient dans le kit d'urgence que je transportais dans le coffre de la Nova, en vue de nos séances hebdomadaires d'apprentissage en labo.

Je rejoignis ma voiture d'un pas raide, comme si je sortais tout juste d'un combat avec coups et blessures. Quand quelqu'un vous crache dessus, vous tentez de vous convaincre que c'est l'autre qui devrait être gêné, pas vous ; en vérité, un profond malaise vous étreint.

J'étais presque à ma voiture quand soudain l'idée me vint.

Grâce à Shiloh : il avait écrit que les fluides tels que l'urine ne sont pas constitués de matière cellulaire, mais qu'ils peuvent contenir des cellules de la peau. Or la salive aussi entrait dans cette catégorie.

Je déverrouillai le coffre et en sortis mon kit d'urgence. Il contenait des lingettes, mais aussi des écouvillons et des sachets hermétiques pour produits contaminés, semblables à ceux qu'utilisaient nos techniciens de médecine légale. Précautionneusement, je sortis un écouvillon, le passai sur le crachat resté sur ma botte, puis le rangeai délicatement dans l'un des sachets.

44

La réunion du matin venait juste de finir quand j'arrivai à Minneapolis. Je tombai sur Vang et Hadley alors qu'ils descendaient l'escalier.

— Où étais-tu passée ? me lança Hadley d'un ton léger. Une autre journée passionnante à interroger des sans-abris nous attend. Tu viens avec nous, hein ?

— Vous pouvez m'attendre une ou deux minutes ? Je dois parler de quelque chose au patron.

Quand j'arrivai dans la salle de réunion, Santarella ne parut pas fâché contre moi, seulement curieux.

— Des embouteillages ? me demanda-t-il.

Sa question me prouva que Niels n'avait pas appelé cinq minutes après mon départ pour se plaindre à mon supérieur. Ouf.

— J'ai quelque chose pour vous, dis-je en posant le sachet hermétique contenant l'écouvillon sur la table.

— Qu'est-ce que c'est ?

La décision de le lui apporter directement n'avait pas été facile à prendre. J'aurais pu aller trouver Hadley. Apparemment, il avait de bons rapports avec au moins l'un des techniciens de médecine légale ; il aurait pu obtenir de lui qu'il effectue un test ADN.

Contourner Santarella n'aurait fait que nuire à ma cause. J'avais besoin que ce test ADN s'effectue avec sa bénédiction.

— C'est de la salive.

— De qui, exactement ?

— Niels Silverhus.

— Quoi ? Vous pensez que Niels pourrait être notre suspect ?

— Non. Je voudrais obtenir un ADN à partir de cette salive pour effectuer un test de filiation et le comparer avec l'ADN de notre suspect. Je suis certaine que l'indice nous dira que Niels est son grand-père, qu'importe ce que dit le profil ADN officiel obtenu sur Steven Silverhus.

Rapidement, j'expliquai la conclusion radicale à laquelle j'étais parvenue la veille au soir : d'une manière ou d'une autre, Niels avait implanté du sang étranger dans le bras de Steven. Puis j'expliquai comment j'avais avancé à partir de cette théorie, et comment Niels avait réagi avec une violence inouïe à mes questions.

— Écoutez, répliqua Santarella après avoir secoué vigoureusement la tête. Quelle que soit mon opinion sur l'intérêt ou non d'effectuer un test de filiation, la façon dont vous avez obtenu cet échantillon…

— … est parfaitement légale, l'interrompis-je. Personne ne pourra prétendre que Niels ne m'a pas donné cet échantillon de salive.

Je vis soudain son visage s'assombrir.

— Je vous avais dit de laisser tomber. Pas plus tard qu'hier au soir.

— Je sais. Mais je n'ai pas pu, fis-je en levant les mains d'un geste qui se voulait apaisant. Vous êtes en colère et je le comprends, ce n'est pourtant pas une raison pour…

— Ce n'est pas la question, me coupa-t-il à son tour, tandis que son teint olivâtre virait à l'écarlate. Vous êtes allée derrière mon dos porter des accusations contre le parent d'un individu qui n'est même plus considéré comme suspect.

— Je ne l'ai pas accusé de quoi que ce soit. J'ai fait appel à lui pour qu'il nous apporte son aide.

— Ah oui, et comment ? Non, ne répondez pas, dit-il avant que je puisse développer mon point de vue. Pour moi, vous avez harcelé un vieil homme.

— Je ne l'ai pas harcelé. Je suis restée très polie.

— Laissez-moi rafraîchir un peu votre conception des rapports humains : une personne qui vous crache dessus a dû se sentir harcelée, pour en arriver là.

Il s'éloigna vers le tableau en liège ; c'était davantage pour mettre une distance entre nous que pour s'intéresser aux photos épinglées.

— Vous aviez si bien commencé, Pribek. Personne dans cette équipe ne m'avait donné d'aussi bons éléments : vous avez découvert que nous nous trompions sur la date de la disparition de Jessie, et qu'elle était sortie courir. Vous avez réduit le champ des recherches en le focalisant sur les abords du Stone Arch Bridge. Mais ensuite votre suspect favori est tombé, et depuis, vous avez complètement déraillé.

C'était loin d'être élogieux. Toutefois sa voix paraissait plus calme, et cela me redonna espoir. Je restai silencieuse. Peut-être que Santarella était le genre de caractère sanguin dont la mauvaise humeur se dissipe quand on est passif et loin de sa ligne de mire.

— Écoutez, je n'en ai pas parlé aux réunions, mais la politique s'en mêle. Cyd et Jessie habitaient toutes deux à Minneapolis et c'est ici qu'elles ont été kidnappées. Mais Saint Paul est également concerné, dans la mesure où c'est là-bas qu'on a retrouvé le cadavre de Jessie. Il se pourrait aussi que la prochaine victime soit du comté de Ramsey… En d'autres termes, reprit-il après un petit silence, certains se sont offusqués qu'il n'y ait pas de présence représentant Saint Paul dans l'équipe. Ils ont proposé une enquêtrice du bureau du shérif du comté de Ramsey, qui a fait ses preuves, et il va falloir que je lui ménage une place.

— C'est-à-dire ? demandai-je en sentant le feu me monter aux joues.

Santarella retira une photo de Cyd et de son fils qui commençait à se détacher et l'épingla de nouveau sur la plaque de liège.

— Même si cette affaire est une alerte rouge, ce n'est quand même pas la traque de Ben Laden. Notre budget n'est pas illimité, dit-il en se tournant face à moi. En conséquence, pour intégrer une nouvelle personne dans l'équipe, je dois en faire sortir une autre. Je vais donc vous dessaisir de cette enquête.

*
* *

En sortant, je m'empressai de gagner l'escalier situé à l'arrière pour ne pas risquer de croiser Hadley et Vang. Santarella leur expliquerait. Moi, je m'en sentais incapable.

Quand Prewitt m'avait annoncé qu'il m'avait choisie pour rejoindre l'équipe de choc enquêtant sur l'affaire Jessie Ryan, j'avais été surprise, et je m'étais demandé s'il n'y avait pas quelqu'un de plus qualifié que moi pour cette mission. C'était sincère. Mais alors que je venais tout juste de me faire virer par Santarella, j'en pris brusquement conscience : cela comptait pour moi, de continuer à penser que j'étais la personne qu'il fallait pour ce job.

Une fois dehors, je m'aperçus en tressaillant que j'avais laissé le sachet en plastique contenant l'écouvillon là-haut, dans notre cellule de crise. Impossible d'y retourner pour le récupérer. Sinon, Santarella penserait aussitôt que je comptais l'emporter au labo moi-même afin de persuader l'un des techniciens de l'analyser. Certes, la tentation serait grande. Peut-être valait-il mieux que je l'aie oublié.

Du moins m'efforçai-je de le croire.

45

Un simple citoyen adepte de séries policières aurait pensé que mercredi, après le travail, je me serais traînée jusqu'au bar le plus proche pour noyer mon chagrin dans l'alcool en m'envoyant des whiskys bien tassés suivis d'une bière. La vérité était beaucoup moins sexy : je me suis contentée de traverser la rue pour réintégrer mon ancien poste. Prewitt était en rendez-vous extérieur pour des questions de budget, aussi n'eus-je pas à lui expliquer ma réapparition. Je me glissai discrètement dans mon ancien bureau et me remis au travail, à l'affût de tout ce qui pouvait arriver par voie téléphonique ou par les rapports d'agents en uniforme sur le terrain. Mes affaires en cours avaient été depuis longtemps réassignées.

De temps en temps, je repensai à l'affaire Silverhus, comme j'en étais venue à l'appeler, et au fâcheux incident avec Niels. Santarella m'avait reproché cette histoire de crachat en m'accusant d'avoir provoqué Niels. Mais peu de gens, même sous pression, recourent à ce genre de comportement primaire. Je ne pouvais m'empêcher de me demander si Niels, sous une apparence policée, n'aurait pas, enfouie en lui, une sorte de colère contre les femmes, dont il aurait subtilement infecté son petit-fils. Niels et Steven étant très différents en apparence, j'avais imputé à Steven ces agressions sur des femmes en me fondant justement sur ce qui le différenciait de son grand-père : un manque d'assurance, et aucun signe de réussite sociale.

Et si, tout au fond, il existait entre eux une similitude, une peur et une haine communes de la femme qui s'exprimeraient de différentes façons ? Peut-être Niels s'en était-il mieux accommodé, et avait-il pu ainsi les dissimuler. Après tout, il s'était marié et avait eu un fils. La timidité de Steven et son manque d'assurance auraient-ils fait ressurgir les tendances misogynes inconscientes de son grand-père ? Et cette infection virale, à l'état latent chez Niels, aurait-elle percé comme une fièvre chez son petit-fils ?

La sonnerie de mon portable interrompit le fil de mes pensées. Le numéro qui s'affichait ne m'était pas familier, et le préfixe n'était pas le 612 des Cities. Intriguée, je répondis.

— Inspectrice Pribek, dit une voix féminine, douce et fragile. Katharine Ryan, à l'appareil. Le moment est-il mal choisi ?

— Non, tout va bien, répondis-je, car si Santarella m'avait dissuadée de parler avec Roy Nedegaard, il n'avait rien spécifié au sujet de Katharine. Que puis-je faire pour vous ?

Qu'éprouvait-elle au juste à mon égard, sur une palette de sentiments pouvant aller de la rage à la gratitude ?

— Je voulais vous remercier, déclara-t-elle. Pour avoir aidé Jennifer à dire... Bref, vous savez de quoi je parle.

— Ce n'est pas moi qui ai réussi à la faire parler, mais l'agent Temple Lockhart.

— Oui, mais c'est vous qui avez eu l'idée que Jen puisse enfin se confier à quelqu'un, n'est-ce pas ? L'agent Lockhart n'est pas venue chez nous, et elle ne travaillait pas sur le meurtre de Jessie. C'est vous qui avez décelé ces signes d'abus sexuel. Vous avez vu quelque chose qui m'avait échappé, quelque chose d'ignoble qui durait depuis des années dans la maison que j'habitais avec mon père et mes filles.

— Peut-être fallait-il un œil extérieur pour le percevoir.

— Peut-être. Je ne me doutais pas du tout que mon père avait ça en lui.

— Donc il ne s'en est jamais pris à vous, quand vous étiez gamine ?

— Non, répondit-elle avec force. Sinon, je n'aurais jamais laissé mes filles vivre sous le même toit que lui.

J'avais déjà rencontré des mères qui avaient laissé faire, parce qu'elles étaient dans le déni, ou qu'elles avaient trop besoin d'un toit sur leur tête et d'un soutien financier pour agir autrement. Néanmoins, j'eus envie de croire Katharine quand elle affirmait qu'elle aurait agi différemment, si elle avait su.

Alors mon portable pépia pour signaler un appel. Je ne pris pas la peine de consulter l'écran ; ce n'était vraiment pas le moment. Comment aurais-je pu dire à Katharine, *Je vous mets un instant en attente pour prendre un autre appel* ?

— Le pire, c'est que Jessie l'ait subi, pas seulement Jen. Jen est toujours là, et donc il y a des choses que je peux faire pour l'aider à surmonter ça. Pour Jessie, c'est trop tard.

— Je sais, dis-je seulement, car tout autre commentaire eût été mal venu.

Elle n'avait pas besoin d'entendre que des gestes symboliques, comme une donation au nom de Jessie à une association en faveur des victimes d'abus sexuels, changeraient quoi que ce soit.

Il y eut un clic sur la ligne de mon portable, m'informant que mon répondeur se déclenchait. Katharine ne l'entendit pas.

— Voilà, je vous appelais juste pour vous remercier, dit-elle d'une voix raffermie, en revenant à un ton plus officiel.

— Tant mieux si j'ai pu vous aider, conclus-je.

Quand j'eus raccroché, je songeai à Roy Nedegaard.

Je n'avais pas eu de ses nouvelles ; à ma connaissance, Santarella non plus. Pas d'accusations en règle me reprochant d'avoir manipulé sa petite-fille en profitant de sa vulnérabilité. Peut-être Roy Nedegaard arpentait-il sa maison vide en picolant et en repassant dans sa tête ses prétextes et échappatoires, comme je l'avais dit à Temple. Eh bien, il valait mieux qu'il intériorise sa colère plutôt que de la déverser sur moi et mes supérieurs.

Me souvenant de l'appel auquel je n'avais pas répondu, je consultai mon téléphone et reconnus aussitôt le numéro : c'était Hadley. Après mon renvoi de l'équipe, il devait compatir à mon infortune, songeai-je en soupirant, cédant au découragement. Mais j'écoutai quand même le message, au cas où une question concernant Jessie ou Cyd resterait en suspens, à laquelle je pourrais répondre.

Effectivement, c'était bien un message de condoléances.

« Écoute, John et moi nous pensons que Joe a réagi de façon excessive, disait Hadley. Peut-être qu'il va passer par-dessus, qui sait. Rappelle-moi quand tu pourras, on ira boire un coup ensemble. »

Dans ma tête, je remis cela à plus tard. En milieu d'après-midi, je n'avais toujours pas rappelé. Je tombai peu à peu dans une humeur fataliste, soudain convaincue que Santarella avait eu raison à mon sujet, que depuis le début, je pourchassais non pas le coupable, mais une chimère. Le coup de grâce, ce serait qu'il y ait une brusque percée dans l'affaire, pensai-je, et je ne cessai de vérifier fébrilement les gros titres du jour sur mon portable : *suspect arrêté pour les deux meurtres ; inculpation imminente.* Aucune avancée ne fut cependant signalée.

Plus tard dans la journée, Prewitt fit un saut dans mon bureau. Je mis de côté le rapport que j'étudiais et levai les yeux en m'armant de courage, m'apprêtant à expliquer la raison de ma présence ici alors que le reste de l'équipe spéciale s'activait ailleurs, sans moi.

Mais ce fut mon patron qui prit l'initiative.

— Joe m'a déjà mis au courant, m'annonça-t-il.

— Ah, fis-je, un peu soulagée, en me frottant la nuque. D'accord.

— Je suis dans le métier depuis longtemps, poursuivit-il. Ce n'est pas la première fois que je vois des différences d'opinions faire exploser une équipe. Ça arrive. N'en soyez pas trop accablée.

— Merci, répondis-je, agréablement surprise.

— Écoutez, pourquoi ne pas prendre un ou deux jours de congé. Jeudi et vendredi. Ce n'est pas une punition, juste l'occasion de vous retrouver un peu.

Par fierté, j'allais répondre non, quand je songeai soudain que le milieu du trimestre approchait, pour ma formation de secouriste. Et donc, j'acceptai sa proposition.

46

Le vendredi après-midi, je m'occupai de déneiger l'allée qui menait à la maison et de casser la glace accumulée dessous à coups de pelle. C'était un travail physique éreintant, exactement ce qu'il me fallait pour évacuer la tension nerveuse et la fatigue mentale. Car entre hier et ce matin, j'avais révisé pour les examens du milieu de trimestre sans lever le nez de mes cours, au risque d'arriver complètement abrutie quand Nate Shigawa me ferait passer l'épreuve.

Plus tôt, une épaisse couche de nuages obscurcissait le ciel. À présent, elle se dissipait. Pour ce soir, on prévoyait un temps clair et dégagé. Un peu en sueur à force de casser la glace, j'avais fini par ôter la parka de Shiloh qui m'arrivait à mi-cuisses pour la suspendre à la clôture.

Un son assourdi me parvint. C'était mon portable, resté dans une poche. Je dus me dépêcher pour répondre à temps.

— Inspectrice Pribek, m'interpella une voix masculine bien timbrée et pleine d'assurance.

— Oui ?

— Ici Rob Donovan. Vous vous souvenez de moi ?

— Docteur Donovan, répondis-je en m'efforçant en vain de me rappeler le nom du groupe anti-violence qu'il dirigeait, et dont Silverhus faisait partie. Que puis-je pour vous ?

— Rien de spécial. J'ai juste suivi les enquêtes sur les meurtres de Perrin et Ryan depuis notre première rencontre. Apparemment, ça ne progresse guère.

— En effet, reconnus-je, puis je plantai la pelle dans la neige pour pouvoir la tenir d'une main.

— Si je vous demandais où en est votre intérêt pour Steven Silverhus, vous me répondriez que vous n'êtes pas autorisée à en parler, j'imagine ?

Maintenant moins que jamais.

— Oui, c'est en effet ce que je suis censée vous répondre, confirmai-je, sans juger nécessaire de mentionner que j'avais été exclue de l'équipe chargée de l'enquête. Steven a-t-il lui-même abordé la question avec vous ?

— Il ne m'a jamais dit qu'il était suspecté, et de mon côté, je ne lui ai pas précisé que j'étais au courant. Écoutez, inspectrice Pribek, je n'en ai tiré aucune conclusion, mais il y a une chose qui pourrait vous intéresser... Steven a quitté mon groupe, ajouta-t-il après un petit silence.

Le nom de l'association me revint soudain : *Men Against Interpersonal Violence.*

— Vous a-t-il expliqué pourquoi ? demandai-je.

— Il a prétendu qu'il était trop pris par ses études, pourtant ça sonnait faux. Il avait l'air mal à l'aise. À cran, ou peut-être malade.

— Malade ?

Je lâchai la pelle dont la poignée vint s'appuyer sur les bardeaux gris clair de la maison.

— Il n'a pas bonne mine : amaigri, les paupières rougies. Je ne sais pas, peut-être que son grand-père ne va vraiment pas bien.

— J'ai vu son grand-père pas plus tard qu'hier, alors qu'il se rendait à son travail. Il avait l'air en pleine forme.

— C'est donc que Steven est encore considéré comme suspect.

Quel esprit vif, ce Donovan.

— Techniquement, non, précisai-je. C'est compliqué. Et je ne devrais pas vous en parler comme vous l'avez remarqué.

— Je comprends bien et je n'insisterai pas. Mais j'ai eu l'impression qu'il n'allait pas bien. Sachant que vous l'aviez soupçonné, je m'en serais voulu de ne pas vous en informer.

Je me remis ensuite au travail et continuai à déneiger de façon bien plus machinale.

Donovan avait voulu me prévenir que Steven avait quitté son association. On pouvait facilement en tirer une conclusion. Hasan avait souligné que si notre gars était engagé dans un groupe comme le MAIV, c'était peut-être pour réprimer des tendances présentes en lui, qu'il redoutait. Donovan avait indirectement convenu que certains des membres cherchaient à échapper… comment avait-il dit déjà ? À un intérêt malsain pour la pornographie.

En admettant que Silverhus ait rejoint le MAIV pour échapper à des pulsions irrépressibles, plus graves qu'un simple penchant pour la pornographie, le fait qu'il vienne de quitter ce groupe pouvait signifier qu'il ne cherchait plus à résister à ces pulsions. Grâce aux résultats du test ADN, s'était-il forgé une sorte de laisser-passer qui lui permettait enfin de les assouvir ?

À présent, j'avais presque dégagé l'allée. Je m'attaquai à la dernière zone, celle proche du portail. En me servant de la pelle comme d'un râteau, je dégageai la neige poudreuse en révélant les reliefs de la glace en dessous. Puis je levai la pelle et l'abattis durement. Des éclats volèrent, et en se fendant, la glace devint d'un blanc opaque.

Me revint soudain l'image de la maison que Niels possédait à Victoria. Son allée n'avait pas été déneigée. Je l'avais remarqué, quand je m'étais rendue sur place pour inspecter les lieux.

Nous n'avions toujours pas identifié l'endroit où Jessie et Cyd avaient été emmenées avant d'être assassinées : celui que les profileurs appellent parfois le deuxième lieu du crime. C'était notre plus grand point d'interrogation.

Quand j'avais appelé Marty Washington, la locataire, elle m'avait affirmé qu'elle y habitait bien avec sa famille, ce qui avait sur le moment résolu la question. Mais voilà que l'aspect négligé de cette maison et de son jardin à l'abandon où il n'y avait pas de niche, de poulailler, ni de portique pour les enfants me revenait en mémoire de façon frappante, tant les lieux avaient paru déserts et inhabités.

Tous ces détails étaient révélateurs, car un foyer situé en zone rurale exige beaucoup d'entretien, même quand il s'agit d'une location. Il y a des tâches que le propriétaire n'assume pas, telles que déneiger les accès, ou avoir en réserve de quoi tenir, au cas où une tempête rendrait les routes impraticables. À quoi bon s'imposer tant de contraintes sans avoir le plaisir de cultiver un jardin potager ou d'avoir des animaux de compagnie pour la joie de ses enfants ?

Vingt minutes plus tard, j'étais au volant de ma voiture. Je voulais jeter un deuxième coup d'œil à cette maison.

Je ne songeai pas à Santarella, que j'avais déjà tellement déçu, ni à Prewitt, qui avait pris mon renvoi de l'équipe spéciale avec plus de sérénité que je ne le méritais. Je mis le moteur en marche et juste après, la radio s'alluma : *20 novembre 2005, voici les dernières nouvelles.*

Je changeai vite de fréquence en abandonnant la radio publique du Minnesota pour une station qui diffusait du *Metallica*, et montai le volume assez fort pour occulter toute pensée.

47

Même sous un nouveau saupoudrage de neige fraîche, la maison de Victoria n'avait pas l'air plus accueillante que lors de ma première visite. Avec tous ses volets clos, elle semblait se recroqueviller contre le froid, et aucune vapeur ni fumée ne s'échappait de ses conduits d'aération. Je garai la Nova sur le bas-côté de la route et éteignis le moteur.

Ma carte de visite avait disparu de la porte d'entrée ; je m'en rendis compte depuis l'autre côté de la rue. Et tandis que je traversai pour m'approcher de la maison, il devint évident que l'allée n'avait toujours pas été déneigée. Aucune trace de pneus non plus sur l'espace menant au garage indépendant à deux niveaux. Or il n'avait pas assez neigé récemment pour recouvrir les reliefs profonds causés par les roues d'une voiture. Bref, aucun indice ne prouvait d'éventuelles allées et venues de la famille Washington.

De toute évidence, ils habitaient ailleurs. J'ignorais les motivations de Marty Washington, mais elle m'avait menti.

Je sortis une paire de fins gants noirs et longeai la maison. Bien souvent, une porte située à l'arrière est équipée d'une serrure plus facile à déverrouiller que la porte d'entrée elle-même.

Le truc qui consiste à glisser une carte de crédit dans le cadre d'une porte pour soulever le loquet n'est pas aussi facile qu'on pourrait le croire ; sur une serrure de qualité, il n'aurait pas du tout marché. En l'occurrence, je passai de longues minutes à faire glisser la carte le long du pêne de la serrure, le visage pressé contre le mur telle une fermière collée contre le flanc d'une vache, avant que la serrure cède enfin sous la pression.

À l'intérieur, un linoléum à damiers bruns tout cloqué s'aplatit sous mes pas. Mon souffle s'échappait en vapeur blanche dans l'air glacial. Manifestement, cet endroit n'avait pas été chauffé depuis un bon bout de temps.

J'inspectai les lieux comme l'aurait fait une future locataire. Aucune pièce n'était meublée. Le salon était encombré de cartons de déménagement de toutes tailles, scellés par du ruban adhésif. J'en dénombrai onze. Les affaires des Washington ? Ou les trophées et souvenirs de Silverhus ? Je sortis mon canif et choisis un carton au hasard. J'étais déjà allée trop loin pour me rappeler à l'ordre quant au respect de la vie privée auquel j'étais tenue.

La lame du canif fendit le ruban adhésif. Dans le carton, il y avait des livres de poche, des livres de cuisine, et des calendriers allant de la fin des années 1990 jusqu'à ces dernières années. Je pris celui de l'année 2004 et le feuilletai. Rendez-vous et anniversaires étaient notés d'une écriture féminine. C'étaient les affaires de Marty Washington. En fait, elle utilisait le salon comme lieu de stockage pour tout ce dont la famille n'avait pas besoin là où elle habitait en réalité.

En dernier, je visitai la salle de bains. Quand j'allumai la lumière, je constatai avec amertume qu'il n'y avait pas de baignoire, seulement une cabine de douche.

Certes il était possible que Silverhus ait juste maintenu la tête de Jessie dans un évier ou un seau. Santarella l'avait souligné, en soutenant sa théorie sur un éventuel tueur SDF. J'ouvris le robinet d'eau froide du lavabo, mais rien n'en coula ; les tuyaux étaient manifestement gelés.

L'absence d'eau courante n'était pas le seul problème. Aucun autre indice ne révélait que Jessie ou Cyd avaient trouvé la mort ici : pas de taches sur le sol, pas de trophées, pas d'outils meurtriers.

J'éteignis la lumière et retournai dehors pour inspecter le garage. D'ailleurs, j'aurais dû commencer par là. Pour Silverhus, cet endroit risquait moins d'être visité par les locataires et il était donc plus sûr que la maison elle-même. Le garage était peut-être même interdit d'accès aux Washington. Ce genre de réserve est assez courant, dans les contrats de location.

La porte ne fonctionnait pas automatiquement et ses charnières à ressort étaient raides. Pourtant, au prix d'un peu d'effort, je réussis à la soulever. À l'intérieur, le sol était en ciment, le haut plafond équipé de chevrons en bois brut. Je m'aperçus alors qu'au fond, plusieurs fenêtres avaient leurs vitres brisées, ce qui aurait rendu l'accès au garage beaucoup plus simple. Une des vitres cassées présentait un trou de la taille d'un four à micro-ondes, bordé d'entailles coupantes.

Le sol cimenté était criblé de ce qui ressemblait à première vue à des gouttes de peinture grise. Pourtant les éclaboussures en forme d'étoiles étaient trop régulières en taille et en forme pour qu'il s'agisse de peinture. En réalité, c'étaient des fientes d'oiseaux. Non, de chauves-souris, constatai-je en levant les yeux, car il y en avait des dizaines suspendues aux chevrons, têtes en bas et endormies.

La rage. Les chauves-souris sont bien souvent à l'origine d'une infection humaine.

J'aurais dû ressentir de l'exaltation, mais j'eus surtout envie de m'éloigner au plus vite et de sortir du garage. *Ressaisis-toi*, me dis-je. *Ce sont des animaux nocturnes. Elles ne vont sans doute pas se réveiller maintenant.*

En m'obligeant à regarder ailleurs, j'inspectai le périmètre. Un vieux cadre de vélo, plusieurs boîtiers électriques, une petite collection d'outils accrochés au mur et… serait-ce une baignoire ? Mon regard s'était arrêté sur une longue forme rectangulaire en céramique blanche d'environ soixante centimètres de haut, qui se trouvait sous la fenêtre brisée.

Cela ne ressemblait en rien aux pittoresques tubs en zinc qu'on peut voir dans les westerns ; cette baignoire provenait sans doute d'une salle de bains qu'on avait rénovée ; on l'avait arrachée au mur et mise ici, au rebut. Sur le côté, étaient collées des plaques de plâtre irrégulières, et sur le dessus courait une bordure plate horizontale, là où la baignoire avait autrefois adhéré au mur de la salle de bains. Un tuyau d'arrosage vert clair qui passait par un trou dans le mur était enroulé par terre. En m'approchant, je vis au fond de la baignoire des traînées de fine poussière, comme du limon de rivière.

Jamais je n'avais éprouvé un mélange si étrange de tristesse et de soulagement, certaine d'avoir enfin découvert le lieu où Jessie Ryan était morte. En un sens, je me trouvais au-dessus d'un tombeau.

Quant à Cyd Perrin, elle n'était pas morte ici, sans doute parce que les canalisations avaient gelé récemment, tout comme celles qui couraient à l'intérieur de la maison. C'était peut-être pour cette raison que Steven avait jeté le corps de Cyd dans la rivière. Quand il avait tué Jessie, le temps était plus clément, et l'eau coulait encore du tuyau d'arrosage jusqu'à la baignoire. Pour Cyd, il avait dû changer de méthode.

Il restait une chose à vérifier. Le long du mur du fond, il y avait une porte fermée, et derrière se trouvait certainement l'escalier qui menait au niveau supérieur. Il n'y avait pas d'autre accès visible.

Cette porte était équipée d'un cadenas à combinaison. On avait pris une précaution supplémentaire pour s'assurer que personne ne pourrait accéder à l'étage. Quand je le vis, un frisson glacé me parcourut, car je fus certaine d'avoir trouvé l'endroit fatidique.

Faire céder un cadenas à combinaison, ce n'est pas comme de trafiquer une porte avec une carte de crédit ; cela exige de recourir à des moyens bien plus radicaux, et il fallait m'y résoudre. Je me dirigeai vers les outils accrochés au mur.

Puis, armée d'un marteau, je fis pivoter le cadenas de côté pour qu'il repose contre le mur en le tenant par le bas entre mes doigts gantés. J'alignai la tête du marteau avec l'endroit où l'arceau rejoignait le cadenas, et je frappai d'abord un coup mesuré pour bien viser avant de taper pour de bon.

L'impact vibra en remontant dans mes doigts et ma main. Ce n'était guère agréable, comme sensation. Malgré tout, je recommençai à frapper, encore et encore. Le cadenas tenait bon.

En prenant une grande inspiration, je visai l'endroit où l'arceau rejoignait le cadenas, puis fermai les yeux et abattis le marteau plus fort encore. Cette fois, je le sentis céder quand, rouvrant les yeux, je tirai violemment dessus. Après avoir accroché le cadenas abîmé à un piton fixé dans le mur, je ressentis une sorte de nausée au creux du ventre. Pas moyen de dissimuler les dégâts ; Silverhus saurait que quelqu'un était venu ici. J'avais franchi la ligne rouge. Ouvrant la porte en grand, j'entrai et grimpai l'étroit escalier intérieur.

Là-haut, c'était le nid de Silverhus.

Un simple lit poussé contre le mur, avec un matelas et un oreiller recouverts d'un dessus-de-lit en velours marron. Plusieurs objets étaient posés sur les poutres apparentes courant le long du mur : une lanterne de camping, un Polaroid, des bougies aux mèches noircies, en partie consumées. Il y avait une pile de carnets et de blocs à dessin près de la tête du lit. Sur les murs, Steven avait accroché des Polaroid. Jessie Ryan, inconsciente, allongée sur le dos, ses cheveux étalés sur l'oreiller. Cyd Perrin, dans une pose similaire.

Mon Dieu. Mon cœur cognait dans ma poitrine, et instinctivement, je baissai la main pour tâter mon arme. Silverhus était absent, et sa venue était improbable, pourtant son énergie malveillante imprégnait cet endroit, où des jeunes femmes inconscientes avaient été utilisées comme des objets sexuels. Toucher mon arme de service, c'était ma façon à moi de me rassurer.

J'inspirai profondément, plusieurs fois, et ma main fut enfin capable de passer de mon arme à mon portable.

Santarella répondit à la deuxième sonnerie.

— C'est moi, dis-je. C'est bien Silverhus. Je suis à la maison de location près de Victoria. Il y a…

— Sarah…

— … des trophées et une baignoire contenant sûrement de l'ADN que nos techniciens pourront analyser. Je sais qu'il…

— Sarah…

— … va y avoir des problèmes d'indices probatoires à cause de la manière dont je l'ai découvert, mais il faut l'arrêter avant qu'il récidive, parce que c'est lui.

— Sarah, vous voulez bien m'écouter ? Je sais que c'est lui.

— Hein ?

Le revirement était si brusque que mes genoux flanchèrent, comme si j'avais couru à fond sur un tapis roulant d'aéroport pour en atteindre soudain le bout.

— J'allais justement vous appeler. Une fois ma colère un peu retombée, je me suis dit que ça ne coûtait rien de demander au labo de vérifier les cellules de joue dans cet échantillon de salive que vous m'aviez donné, pour effectuer ensuite un test ADN. Ils l'ont fait, et j'ai eu les résultats il y a une vingtaine de minutes. Vous aviez raison. Niels Silverhus est le grand-parent du suspect dans les trois affaires, Ryan, Roback et Perrin. Hasan pense que pour implanter le sang dans le bras de Steven, Niels s'est servi d'une sorte de tubulure chirurgicale, une matière facilement transperçable par une aiguille.

Je le savais, me dis-je. La rage de Niels, allant jusqu'à me cracher dessus… nourrie par la honte qu'il éprouvait de trahir ainsi sa profession.

— Je vais obtenir un mandat d'arrêt contre Steven. Contre Niels également, pour obstruction à l'enquête, poursuivit Santarella. Le temps que vous rentriez en ville l'encre aura séché. J'envoie Vang s'en occuper, mais vous devriez être sur le coup.

— Oui, j'aimerais bien.

— Bon. Sortez de cet endroit, laissez tout en l'état et revenez ici dare-dare.

— Merci, monsieur.

— Joe.

— Joe, dis-je.

48

Environ une heure plus tard, Vang garait la voiture devant chez Niels Silverhus, sur Portland Avenue. Nous espérions le trouver seul chez lui, tandis que Steven serait à la fac. Globalement, le plan consistait à arrêter Niels, à le faire transférer à Minneapolis escorté d'agents en uniforme, puis à attendre le retour de Steven pour procéder également à son arrestation.

Hasan avait mis en place cette stratégie, en partant de l'idée qu'acculé, Steven risquait de prendre des otages ; or son grand-père aurait été la personne idéale car il y avait peu de chances qu'il lui résiste, vu son âge et leur lien de parenté. Autrement dit, l'arrestation de Niels était en partie une façon d'assurer sa sécurité en le plaçant en détention.

Tous les arguments avancés par Hasan m'avaient paru pertinents. Mais je n'étais pas certaine que Steven suive encore ses cours à l'université. Donovan m'avait informée qu'il avait quitté son groupe. Aurait-il également abandonné ses études en psychologie ? N'avait-il au centre de sa vie que l'antre que j'avais découvert à Victoria ?

À travers la vitre, je regardai la demeure imposante, l'estomac noué par l'appréhension. La porte du garage était fermée, et les fenêtres ne trahissaient aucune présence à l'intérieur.

Autre chose me perturbait : le soleil plongeait à l'horizon et dans trois heures aurait lieu mon examen de mi-parcours. Je m'efforçai de refouler cette anxiété. J'avais largement le temps. J'y arriverais.

— Comment veux-tu procéder ? demandai-je à Vang.

— Allons d'abord vérifier quels véhicules se trouvent au garage, répondit-il en ouvrant la portière côté chauffeur.

Nous fîmes le tour de la maison en jetant un coup d'œil par les fenêtres pour voir s'il y avait des signes de présence. Le garage accolé à l'arrière semblait avoir été ajouté après coup à la maison elle-même. Une fois là, je me mis sur la pointe des pieds pour regarder à travers une haute rangée de fenêtres. À l'intérieur, je vis la Cadillac rutilante de Niels, mais pas la Taurus bleu foncé que Steven conduisait. Bon. Peut-être que tout allait se dérouler comme prévu.

Il n'en fut rien. Personne ne répondit à nos coups redoublés frappés à la porte.

— J'espère vraiment que Steven n'a pas emmené Niels quelque part dans sa Taurus, grommelai-je.

— Ça nous compliquerait la tâche, c'est sûr, répondit Vang en fronçant les sourcils. Peut-être qu'il se trouve juste dans un endroit de la maison d'où il ne peut pas nous entendre. Essayons une dernière fois, puis on l'appellera sur son portable.

Sans me faire trop d'illusion, je sortis mon téléphone, retrouvai le numéro de Niels et le tendis à Vang, qui appuya sur la touche appel et le colla à son oreille.

Peu après, nous entendîmes le son assourdi d'un portable sonner à l'intérieur de la maison.

— Bon, il est là, constata Vang après avoir raccroché.

— Ou alors il est sorti sans prendre son téléphone.

— On peut tenter la ligne fixe.

— Ça risque de faire savoir à Steven qu'on est ici, remarquai-je.

Vang se rapprocha alors de la maison et se posta contre le mur afin que Steven ne puisse nous voir, au cas où il regarderait par la fenêtre de l'étage. Je le rejoignis.

Quand il appela, nous entendîmes la sonnerie d'un téléphone traditionnel. Au bout de six sonneries, Vang abandonna.

— On dirait bien que Steven a emmené son grand-père quelque part, fis-je lugubrement.

— Non, répondit Vang, péremptoire. Il y a un truc qui cloche.

Il composa une troisième fois le numéro, et nous entendîmes à nouveau la faible sonnerie du portable à l'intérieur. Sans déconnecter l'appel, Vang longea le côté de la maison en direction du son et s'arrêta devant une fenêtre. Il se hissa sur la pointe des pieds et regarda à l'intérieur, puis il recula et me fit signe d'avancer.

— Dis-moi ce que tu vois, me demanda-t-il quand je l'eus remplacé.

Je collai mon visage contre la vitre. À travers les feuilles d'un arbre, je vis une cuisine avec des placards en pin, un réfrigérateur et un sol carrelé. Plus loin, sur le seuil de la pièce, je discernai ce qui ressemblait à des chaussures de ville bicolores et le bas d'un pantalon.

— Bon sang, jurai-je en reculant à mon tour, car Vang était resté si calme que je ne m'attendais pas à une telle découverte.

C'était vraisemblablement les pieds de Niels, car les chaussures de ville n'étaient pas du style de celles que Steven aurait portées.

— On devrait appeler des agents en renfort et une ambulance, tu ne crois pas ? me dit Vang.

— Non, on devrait entrer, répliquai-je fermement. Ça entre clairement dans les situations d'urgence où l'on peut se passer d'un mandat de perquisition. Or je suis justement une formation de premiers secours, et on ignore si cette personne est morte ou non.

— Mais on ne sait pas non plus si l'agresseur est encore sur les lieux ou non, remarqua Vang en posant la main sur mon bras. Ça n'entre pas en ligne de compte ?

Mon manuel met en garde contre « un silence inhabituel ». Si les situations d'urgence adviennent généralement au milieu du bruit et du chaos, paradoxalement, il est plus dangereux pour des urgentistes d'intervenir sur des lieux figés dans le silence, en ignorant l'événement et les circonstances. Shigawa avait toujours été clair sur ce point : les secouristes doivent attendre qu'une scène soit sécurisée avant d'intervenir, la priorité absolue étant de ne pas provoquer d'autres victimes.

Désolée, Nate, mais pour l'heure, je suis encore flic, songeai-je.

— J'y vais, lançai-je à Vang. Je te couvre et tu me couvres, d'accord ?

Il m'était venu à l'idée qu'il ne s'agissait peut-être pas d'un meurtre, mais d'un suicide. Je ne pouvais m'empêcher de penser à la pression que j'avais fait subir à Niels pour lui arracher la vérité, et à la façon dont il avait réagi. C'était l'acte d'un homme qui sent que le piège se referme sur lui.

S'il a mis fin à ses jours, tu n'y es pour rien, me dis-je alors que nous nous dirigions vers la porte d'entrée. *Il a choisi sciemment de falsifier des preuves, pour protéger un meurtrier.*

Je frappai à la porte de derrière, tandis que Vang appelait les secours et la police. Comme personne ne répondait, je brisai un morceau de vitre avec un caillou et tendis la main par le trou pour tourner la poignée.

Niels Silverhus gisait dans le couloir menant à la cuisine, abattu d'une balle tirée en pleine poitrine. Pourtant il n'y avait pas d'arme à proximité. Ce n'était donc pas un suicide.

Je m'accroupis pour vérifier les fonctions vitales. Il ne respirait plus, il n'y avait pas de pouls, et sa chair avait commencé à refroidir. Je levai les yeux vers Vang et secouai la tête.

Dos au mur, tenant son arme au niveau de la poitrine, Vang était aux aguets, car nous n'avions pas encore vérifié le reste de la maison.

— Allons-y, lança-t-il en me faisant signe.

Nous couvrant l'un l'autre, nous fîmes le tour des pièces pour nous assurer que Silverhus ne s'y cachait pas quelque part.

— Il a tué son grand-père et fichu le camp avec l'arme, constata-t-il alors que nous nous trouvions à l'étage dans la chambre de Niels, dernier endroit de nos recherches. À ton avis, qu'est-ce qui a provoqué la fureur de Steven ?

— La trahison. Niels s'apprêtait peut-être à le dénoncer. J'ai tenté de l'en convaincre mercredi dernier, et il a refusé, mais il lui fallait sans doute un peu de temps pour avoir des remords et s'y résoudre. Il se pourrait qu'aujourd'hui, Niels ait dit à Steven qu'il allait tout avouer à la police. Ce qui a poussé Steven à s'emparer de l'arme.

Nous nous rappelions tous deux le triomphe de Niels aux Jeux olympiques : c'était un tireur de compétition. Il n'aurait pas dû garder chez lui une carabine chargée et en état de fonctionner.

— Crois-tu que Niels ait été assez stupide pour prévenir son petit-fils qu'il allait le dénoncer ? objecta Vang.

— D'après ce que je sais de lui, Steven est depuis toujours un bon petit-fils, soumis et obéissant, indiquai-je en me relevant, car j'avais mal aux genoux à force d'être assise sur les talons. À mon avis, Niels ne pouvait s'imaginer qu'un garçon comme Steven puisse lui tenir tête, et encore moins le descendre d'un coup de carabine.

— Sait-on si Niels possédait d'autres armes de poing, facilement dissimulables ?

— Santarella a sans doute ces informations dans le dossier. Là, tout de suite, je ne saurais dire.

De l'extérieur, nous parvinrent alors, un peu étouffés, des claquements de portières indiquant que la police de Saint Paul devançait apparemment l'ambulance. Vang se dirigea vers l'escalier.

— Attends, dis-je. Il y a une autre hypothèse que je voudrais te soumettre. Quand je suis allée revoir la maison de Victoria, des chauves-souris étaient nichées dans le bâtiment où Steven a son antre.

— Des chauves-souris ? Ah… tu penses à la rage. Tu te demandes si l'infection ne se serait pas déclarée ?

— C'est possible, si Silverhus a dormi là-bas. On a déjà vu des cas de personnes qui avaient été mordues pendant leur sommeil sans s'en rendre compte. La période d'incubation dure des mois.

— Tu penses aux troubles cérébraux dus au virus ? On constate effectivement des idées et des comportements paranoïaques, quand le virus commence à attaquer le cerveau.

Comme abattre l'homme qui vous a élevé.

— Au pire, un homme atteint de paranoïa aiguë ayant déjà tué trois personnes se balade en ce moment même dans les

Cities armé d'une carabine. Bon sang, il faut appeler Santarella, conclut Vang.

Des bruits de bottes résonnèrent sur les marches de devant et des voix masculines nous hélèrent, annonçant leur arrivée. Enfin, la sirène de l'ambulance mugit au loin.

49

Dix minutes plus tard, toute l'équipe du 911 avait installé son dispositif devant la maison, sur la pelouse croûtée de neige. Les éclairages de secours brillaient de plus en plus alors que la pénombre s'installait. Les voisins rassemblés regardaient la scène les yeux ronds, à une distance respectueuse. Au milieu de tout ce cirque, Vang s'efforçait, non sans mal, de participer à une conférence téléphonique ; il se trouvait dans la véranda, dont les grandes baies vitrées le protégeaient des oreilles indiscrètes, sinon des regards. Les agents et secouristes étaient à l'intérieur ; pour l'instant, Vang et moi profitions seuls des avantages de ce cocon de verre.

En plus de Santarella, Vang avait au bout du fil l'agent du bureau régional du FBI basé à Minneapolis, ainsi que les chefs de la police de Minneapolis et de Saint Paul. Quant à moi, je me tenais à disposition, au cas où l'on poserait à Vang une question à laquelle moi seule pourrais répondre.

Du point de vue légal, ce n'était pas une bonne idée : je ne pouvais rapporter certains éléments dont j'avais connaissance, tant que Santarella n'aurait pas obtenu son mandat de perquisition et que Vang et Hadley ne m'auraient pas informée officiellement de ce qui se trouvait dans la pièce située au-dessus du garage, à Victoria. Mais à ce stade, alors que des vies étaient en jeu, nos inquiétudes sur les règles en matière de preuve se dissipaient, emportées dans le sombre tourbillon que cette affaire était en passe de devenir.

Je comprenais aussi que je ne pourrais pas être présente, quand commencerait l'examen de mi-parcours organisé par Shigawa ; pas avec une chasse à l'homme déployée sur les sept comtés. Et je ne pouvais me permettre d'avoir des états d'âme à ce sujet. Encore un souci englouti dans le même tourbillon.

Je faisais les cent pas, mains dans les poches de mon manteau. La porte ouverte derrière moi laissait s'échapper un courant d'air chaud et projetait sur le sol un long trapèze de lumière jaune. Vang expliquait aux chefs ce que nous avions découvert dans la maison de Silverhus et les informait de la possibilité d'un tueur fou en liberté. Il conseillait que nous diffusions la photo de Steven Silverhus aux infos, et que les agents des deux comtés le recherchent, lui et sa Ford Taurus bleue.

Ensuite, les chefs et l'agent spécial du FBI raccrochèrent en laissant en ligne Santarella et Vang, qui me fit signe d'approcher.

— Joe, Sarah est juste là, annonça-t-il avant de s'adresser à moi. Tu as quelque chose à ajouter ?

— Oui. On devrait contacter Jen Ryan. On sait que Steven…

— Attends, me dit Vang, puis il me passa le portable. Parle-lui directement. Je peux écouter d'ici.

Je pris le portable et entrai dans les détails.

— Steven a vu Jen Ryan lors de l'hommage rendu à sa sœur aînée, car elle a pris la parole au micro, et il était juste là, à la regarder. On sait aussi…

— Qu'elle correspond à son type de femme, tout comme Jessie, termina Santarella.

— Exactement.

En temps normal, je n'aurais pas pensé que Silverhus puisse prendre pour cible la cadette de sa victime précédente. Il avait déjà fait preuve d'un astucieux instinct de conservation, or Jen était une cible risquée. Sa mère et elle seraient sur le qui-vive, comme le sont toujours celles et ceux que le crime a touchés de près. Elles devaient verrouiller toutes les portes et scruter le moindre coin sombre. Seulement Silverhus était peut-être en pleine décompensation, sur le plan psychique…

— Si toutes ses barrières s'effondrent et qu'il considère qu'il n'a plus rien à perdre, il osera peut-être s'attaquer à elle, poursuivis-je. Il peut l'enlever en pleine rue ou enfoncer la porte de leur maison.

— Je ne m'inquiète pas trop pour Jen, répondit Santarella après un petit silence. Il n'y a pas cours aujourd'hui, Steven ne pourra donc pas rôder autour de son établissement, et elle et sa mère ont emménagé dans un nouvel appartement.

Vang s'était rapproché de la vitre de la véranda. Un simple observateur aurait pu croire qu'il s'ennuyait ; il n'en était rien. Il prêtait attention au moindre mot et à tout ce qui se passait dans la rue.

— Pour parer à toute éventualité, continua Santarella, je vais affecter un agent à la protection de Jen et Katharine jusqu'à ce que tout soit terminé.

— Puis-je vous faire une suggestion ? Ça va être très traumatisant pour Jen d'apprendre que le meurtrier de sa sœur risque de s'en prendre à elle. Si cette protection est assumée par un agent qu'elle connaît déjà, ça pourrait la rassurer. À mon avis, l'agent Lockhart serait un bon choix.

— Votre colocataire.

— Ce n'est pas à ce titre que je la propose.

— Je sais bien. C'est une bonne idée, acquiesça Santarella. Nous placerons également une voiture devant la maison de Nedegaard. Jen n'y habite plus, mais Steven l'ignore, et il pourrait venir rôder par là.

Nous venions de finir quand des ambulanciers apparurent sur le seuil en faisant rouler une civière où reposait un corps enveloppé dans un sac en plastique noir : Niels Silverhus, médecin et chirurgien, en route vers l'hôpital pour la dernière fois.

Arrivés à la porte qui séparait la véranda du monde extérieur, ils replièrent les roues de la civière et descendirent prudemment les marches, chargés de leur fardeau. En découvrant la housse mortuaire, les voisins rassemblés réagirent par des murmures étouffés.

Dans ce sac noir se trouvait le jeune skieur qui s'était jadis fièrement campé sur un sommet de Californie, tel Apollon sur l'Olympe. Il avait entraîné son corps et aiguisé son esprit, fondé un foyer et une famille, amassé une petite fortune. Certes il était quelque peu arrogant, pétri d'orgueil comme les médecins de la vieille école, mais tout compte fait, il avait eu une vie bien remplie.

Jusqu'au jour où son petit-fils était venu lui confier ses ennuis. Niels l'avait protégé. Pour quelle raison ? Nous ne le saurions sans doute jamais. Peut-être que la loyauté familiale avait joué dans sa décision de fausser les résultats ADN. J'avais pourtant l'impression qu'il y avait autre chose. En surface, la personnalité de Niels ressemblait plutôt à un lac rayonnant sous le soleil, même si en profondeur il existait des eaux plus sombres, plus froides ; ma rencontre avec lui me l'avait révélé.

Peut-être redoutait-il la solitude. Il avait déjà perdu son épouse, son fils et sa belle-fille. Même si son petit-fils l'avait déçu, il n'avait pu se résoudre à perdre le dernier membre encore vivant de sa famille. Alors Niels Silverhus avait commis ce terrible faux pas.

Tout cela pour quel bénéfice et pour combien de temps ? Dix jours, au bout desquels ce même petit-fils qu'il avait protégé l'avait tué d'une balle en pleine poitrine en se servant de son propre fusil. Fin de l'histoire.

Si un homme comme Niels Silverhus n'était pas capable de terminer sa vie en beauté, quel espoir y avait-il pour le reste d'entre nous ?

50

Parfois, il y a du changement dans l'air et ça se sent. Comme ces ondes qui traversent l'espace public quand la nouvelle éclate qu'un président a été assassiné, ou qu'une navette spatiale a explosé en rentrant dans l'atmosphère. Avant même de le savoir précisément, on devine qu'il s'est passé quelque chose.

Cette tension était palpable, une fois de retour à l'hôtel de ville avec Vang. Même si sur les chaînes et les radios d'infos, rien n'avait transpiré au sujet de Steven Silverhus, cela ne tarderait guère. Les journalistes étaient agglutinés au rez-de-chaussée de l'hôtel de ville. En les voyant, Vang me proposa de passer par une entrée latérale.

Là-haut, dans la cellule de crise, le nombre des participants avait plus que doublé. Il y avait l'inspectrice de Saint Paul que Santarella avait engagée à ma place, ainsi qu'une mince jeune femme blonde que je reconnus comme étant la responsable de l'information auprès du public pour le bureau de la MPD, et dont je connaissais le prénom : Nina. Étaient aussi présents sa collègue de Saint Paul, l'agent spécial détaché par le bureau du FBI de Minneapolis, le supérieur immédiat de Santarella au BCA, une jeune stagiaire du BCA, et des agents de liaison issus des services municipaux de Minneapolis et de Saint Paul. Une fois que Vang et moi-même nous l'eûmes rejoint, Hadley fit les présentations.

— Et Joe, où est-il ? lui demandai-je.

— À vrai dire, je ne sais pas. Il est peut-être occupé à obtenir auprès d'un juge le mandat de perquisition pour la maison de Victoria. Il a hâte d'envoyer l'un de nous là-bas pour vérifier s'il y a des preuves ou des indices, déclara-t-il l'air de rien, alors qu'il savait très bien que la pièce située au-dessus du garage en regorgeait.

J'acquiesçai et regardai autour de moi. On avait fait rouler un poste de télévision sur un chariot dans un coin de la pièce et installé une radio sur la table, où étaient disposés deux thermos de café, des gobelets, une carafe d'eau et des verres. Autant de marques d'attention auxquelles nous n'avions pas eu droit jusqu'à présent. L'ordinaire s'améliore parfois, en temps de crise.

Dans cette atmosphère d'attente un peu fébrile, les gens discutaient entre eux. J'eus le temps de remarquer qu'ils se regroupaient par corporation : les chargées de communication étaient debout et conversaient ensemble, tout comme le faisaient les fonctionnaires de la mairie, et l'agent spécial du FBI s'était rapproché d'Hasan. D'ailleurs, Vang et moi-même avions suivi le même schéma en rejoignant aussitôt Hadley.

Santarella arriva enfin. L'oreille collée à son téléphone, il répondait par bribes à son interlocuteur.

— Ouais, dans quinze minutes environ. Merci. Au revoir.

Quand il eut raccroché, il s'adressa brièvement à la stagiaire du BCA, qui acquiesça et quitta la pièce. Lorsqu'elle fut sortie, Santarella alla refermer la porte derrière elle. Cela provoqua l'arrêt de toutes les conversations. Visiblement, il avait à nous confier des éléments qu'il ne souhaitait pas divulguer.

— Il y a de bonnes nouvelles, annonça-t-il. Jennifer Ryan est en sécurité. L'agent Temple Lockhart de la MPD restera avec elle et sa mère tant que la situation ne sera pas résolue.

Cela me fit sourire, car il avait trouvé le moyen de glisser le nom de Temple à l'oreille des gros pontes présents à notre réunion.

— Et la mauvaise ? Car je présume qu'il y en a une, intervint l'un des agents de liaison de la mairie.

— En effet. Roy Nedegaard est mort, déclara Santarella, provoquant des remous dans l'assistance. Ce sont les agents que j'ai envoyés chez lui qui l'ont trouvé. Ils venaient lui dire qu'ils seraient garés au bout de son allée et lui en expliquer les raisons. Quand ils sont arrivés, la porte d'entrée était ouverte. Ils ont trouvé le capitaine Nedegaard couché dans le hall, tué de deux balles dans le dos… Silverhus a dû croire que sous la menace d'une arme, Nedegaard lui céderait, mais ça n'a pas marché. Nous pensons que Roy a lui-même essayé de récupérer son arme, et que Silverhus l'a tué.

— Est-ce qu'ils ont inspecté la maison ? intervint Vang. Sont-ils certains que Steven ne s'y trouve plus ?

— Oui, confirma Santarella. Apparemment, il a pris la voiture de Nedegaard, car la Taurus était dans le garage.

Quel roublard, ce Silverhus, me dis-je, puis je m'interrogeai sur son état de santé. À quel point était-il infecté par le virus de la rage ? Cette tactique consistant à changer de véhicule indiquait-elle qu'il conservait toutes ses capacités intellectuelles, ou était-ce juste une ruse animale, un reste d'instinct de survie tandis que son cerveau se détériorait ?

— Quelle marque de voiture ? s'enquit Nina, la responsable de l'information.

— Une Ford 500. Je sais, les gars, ça ne va pas vous faciliter la tâche, alors que vous venez d'avoir l'info sur la Taurus. Mais j'ai déjà transmis l'histoire de la Ford 500 à nos agents sur le terrain. C'est pour ça que j'ai vite envoyé Michelle, la stagiaire, les prévenir. Et voici l'autre mauvaise nouvelle : l'arme du capitaine Nedegaard n'a pas été retrouvée sur les lieux du crime, ce qui signifie probablement que Silverhus l'a emportée aussi. D'après les dossiers d'enregistrement, en plus du fusil, Niels Silverhus possédait un pistolet. Un Sig Sauer.

Personne n'eut l'air ravi de cette dernière précision.

— Sky, reprit alors Santarella en s'adressant à Hadley. J'ai dit aux agents présents chez Nedegaard que je leur envoyais un inspecteur. Peux-tu t'en charger ? J'ai besoin de Vang ici, en cas de confrontation avec Silverhus. C'est Vang qui a la meilleure relation avec lui et qui sera le mieux à même de négocier.

— C'est parti, fit Hadley en renfilant son holster, qu'il avait posé sur le dos d'une chaise.

Les chargées de communication de Minneapolis et Saint Paul conversaient à mi-voix, têtes baissées. Après le départ de Hadley, Nina prit la parole.

— Agent Santarella, nous avons promis aux journalistes qui attendent en bas une déclaration imminente. Il vaudrait mieux que vous l'assumiez personnellement. Ce soir, dans le Minnesota, Steven Silverhus représente le plus grand danger pour la sécurité publique, et vous êtes le porte-parole tout indiqué.

— D'accord, je m'en charge, convint Santarella. Qu'ont-ils besoin de savoir au juste ?

— Et pour… ? lançai-je sans réfléchir, attirant soudain l'attention de tous les présents, ce qui me coupa le sifflet.

J'avais en tête la possible infection de Silverhus par la rage et ce que Vang m'avait dit au sujet de ses effets paranoïaques. Je lui jetai un coup d'œil. Il ne comprit pas le message et m'invita à poursuivre.

— Inspectrice Pribek ?

Intimidée, je m'efforçai de résumer ce qui était en jeu : le profil anticorps, les chauves-souris, la possibilité que Silverhus ait une infection active de la rage qui détériore son cerveau.

— Nom de Dieu ! s'exclama le chef de Santarella, un homme grisonnant au visage buriné, et Santarella poussa lui-même un profond soupir.

— C'est une hypothèse qui mérite d'être prise en compte, mais pas question de la divulguer pour l'instant, déclara-t-il. Nous devons déjà informer les gens qu'il est armé et dangereux. Si nous ajoutons qu'il est porteur de la rage, ça va semer la panique. Les services des urgences vont se remplir de gens abattus par des voisins à la gâchette facile.

— C'est aussi mon avis, convint la responsable de l'information de Saint Paul.

— Puis-je ajouter quelque chose ? s'enquit posément Syed Hasan. Quelqu'un a-t-il contacté Robert Donovan ?

— Qui ça ? demanda le chef de Santarella, qui n'était visiblement pas le seul à s'interroger.

— L'un des professeurs de psychologie de Silverhus, avec qui il a une relation privilégiée, expliqua Santarella avant de s'adresser à Hasan. Vous pensez qu'il pourrait avoir une idée de l'endroit où se trouve Steven ?

— Non, mais je m'inquiète pour lui, répondit Hasan en se penchant en avant. Ce soir, Silverhus a déjà tué deux figures d'autorité. Donovan pourrait en faire les frais, en tant que figure paternelle qui aurait pu l'aider et qui ne l'a pas fait.

— Je comprends, admit Santarella après un petit temps de réflexion. Pribek, pouvez-vous vous en occuper ? Dites à Donovan de se tenir à carreau et en lieu sûr tant qu'on n'aura pas arrêté Silverhus. Et si vous n'arrivez pas à joindre Donovan personnellement, contactez la police de l'université, que ses agents vérifient s'il n'est pas dans son bureau.

— Entendu.

Tandis que les deux responsables d'information et Santarella commençaient à rédiger le communiqué de presse, je me levai pour passer cet appel en privé. Mais à peine eus-je mon portable en mains qu'il se mit à vrombir, indiquant l'arrivée d'un texto. Je m'approchai de la fenêtre pour le lire.

Tu as oublié ? L'examen commence MAINTENANT. NS.

Nate Shigawa. Un regret poignant me saisit, et je soupirai malgré moi. Le message ne nécessitait pas de réponse. Il ne croyait pas vraiment que j'avais oublié. Il voulait juste me signifier de rappliquer immédiatement. Mais cela m'était impossible, même si cette absence signifiait que mon cursus resterait sans doute incomplet.

Derrière moi, il y eut du remue-ménage en bout de table. Santarella et ses assistantes avaient terminé le communiqué de presse. Santarella se leva et rajusta sa cravate.

— Je reviens dans un quart d'heure, déclara-t-il en s'adressant plus particulièrement à Vang, Hasan et moi-même. Nous réfléchirons à la marche à suivre.

La marche à suivre… Elle dépendait de ce que ferait Silverhus et de ses réactions. C'était lui, le maître du jeu.

— Permettez-moi de descendre avec vous, dit doucement Hasan à Santarella. De toute façon, je fumerais bien une cigarette.

Ils sortirent, suivis par les attachées de presse et le chef du BCA. Ceux qui restaient fixèrent leur attention sur le poste de télévision où Santarella apparaîtrait bientôt pour faire sa déclaration en direct.

Au lieu de me joindre à eux, je me tournai vers la fenêtre qui donnait désormais sur une obscurité totale, même si je ne voyais poindre aucune étoile dans la mince tranche de ciel visible entre les toits et les hauts immeubles alentour. Toutefois, en collant mon visage à la vitre, je parvenais à discerner les journalistes rassemblés en contrebas, sur les marches.

Comme Rob Donovan ne répondait pas à mon appel, je lui laissai un message sur sa boîte vocale.

« Professeur Donovan, Sarah Pribek à l'appareil. Si vous regardez les infos, vous comprendrez ce que je vais vous dire : nous pensons que vous devriez rester en dehors du campus jusqu'à ce que la situation soit… résolue. Je vous expliquerai mieux les raisons si vous me rappelez. J'insiste, rappelez-moi. J'ai besoin d'être certaine que vous avez eu ce message. »

J'allais composer le 411 pour obtenir le numéro de la police universitaire quand j'entendis derrière moi quelqu'un lancer « Ça commence. »

Jetant un coup d'œil en arrière, je vis à l'écran que la scène se déroulait sur les marches de l'hôtel de ville. Santarella apparut, beaucoup moins sombre de peau que d'habitude, à cause de la lumière des projecteurs. C'est toujours un peu étrange, de voir quelqu'un qu'on connaît passer à la télé.

Pour des raisons que je ne m'explique toujours pas, au lieu de quitter la fenêtre pour rejoindre mes collègues autour du poste, je ne bougeai pas. Il y avait au moins une soixantaine de personnes à présent : journalistes, cameramen et ingénieurs du son, flics en uniformes, plus quelques curieux. L'angle était trop limité pour que je puisse voir Santarella au micro, mais je discernais les boucles rousses de Rosamund Ross.

« Bonsoir, résonna derrière moi la voix désincarnée de Santarella. Ce soir, je m'adresse à tous les habitants des Twin Cities pour faire appel à leur aide et leur recommander la plus grande vigilance. L'équipe spéciale chargée de l'enquête sur les meurtres de Jessica Ryan et Cydney Perrin a identifié un suspect. »

En contrebas, le public avait les yeux rivés sur Santarella. Personne ne regardait derrière. Mais de mon poste d'observation, je la vis : une haute silhouette, qui avançait vers les marches.

— Eh, fis-je une première fois.

L'homme avait cette démarche un peu balourde que j'avais déjà vue et qui faisait penser à celle d'un ours. Sur le sommet du crâne, sa calvitie naissante en forme de tonsure était bien visible.

— Eh ! lançai-je à la ronde, beaucoup plus fort cette fois.

L'arme qu'il tenait à la main était ou le Sig Sauer de son grand-père, ou le Glock de Roy Nedegaard.

« Nous ignorons pour l'instant où il se trouve… »

Des deux mains, je frappai fort contre la vitre, un geste vain et futile dont je me souviendrais souvent les jours à venir. À quel point j'étais proche, et pourtant bien trop loin.

— Qu'est-ce qui te prend ? grogna Vang dans mon dos d'un ton rogue.

Comme je me retournai, ce que Vang lut sur mon visage suffit à faire tressaillir sa main, et le gobelet de café qu'il tenait déborda.

« Le suspect s'appelle Steven Mark Silverhus. »

Et les coups de feu commencèrent à claquer.

51

La neige fraîche devenue une infâme bouillasse teintée de rouge, sous le faisceau des lumières de secours qui criblait les congères et les surfaces en pierre. Les talons aiguilles de la très féminine responsable de l'information de Minneapolis raclent la pierre humide, tandis que les urgentistes s'efforçaient de la soigner. Mes mains trempées de sang essayant désespérément de contenir le flot qui jaillissait d'une blessure à la poitrine… Autant d'images qui me revenaient dès que je fermais les yeux. Je revoyais les marches de l'hôtel de ville qui avaient servi de décor à ce drame, et je craignais que ces images ne soient qu'un pâle reflet de mes cauchemars, si je cédais au sommeil. J'étais assise dans l'unité de soins intensifs, au chevet de l'une des victimes de Silverhus, alors que Natalie retournait à l'appartement pour se reposer un peu.

Hasan avait eu raison, quand il avait prédit que Silverhus risquait de s'en prendre à une autre figure d'autorité masculine. Il s'était juste trompé de personne. C'était Joe Santarella que Steven visait, quand il avait tiré ses premières balles. Il n'avait pas hérité des talents de tireur de son grand-père. Santarella était indemne. Et Hasan, qui se tenait debout près de Joe, avait pris les deux premières balles. Chose incroyable, il avait tenu le coup assez longtemps pour sortir son Glock et tirer sur Silverhus, l'atteignant en haut du bras ; une très bonne performance, pour un profileur dont la formation ne comprenait pas un entraînement très poussé sur le champ de tir. Puis Hasan avait fait un arrêt cardiaque juste devant la salle des urgences, mais les médecins l'avaient ramené à la vie.

Quant à Rosamund Ross, la journaliste du *Star Tribune* âgée de vingt-sept ans, elle n'avait pas eu cette chance, même si j'avais essayé de la sauver en comprimant de mes mains nues sa blessure à la poitrine.

Bilan final : trois morts, neuf blessés. L'un des morts était Steven Mark Silverhus, tué sur les lieux de dix balles dans le corps par deux agents de police. La dernière mort à déplorer fut celle de Nina Svenhard, responsable de l'information des services de police de Minneapolis, qui succomba à de multiples défaillances d'organe peu avant minuit. Même si au dernier soir de sa vie, la rage de Silverhus s'était retournée contre les hommes, ses deux dernières victimes étaient des femmes.

*

*   *

Hasan avait passé la nuit, ce qui rendit les médecins optimistes sur ses chances de s'en sortir. À l'aube, je compris que je ne parviendrais pas à tenir jusqu'à son réveil ; il était temps pour moi de lâcher du lest. J'étais trop épuisée pour conduire, aussi j'appelai Temple pour lui demander de venir me chercher.

En bas, dans le hall d'entrée de l'hôpital, je vis une silhouette familière se diriger vers l'ascenseur dont je venais de sortir : Nate Shigawa. Lui aussi me repéra, il me fit un petit signe du menton et bifurqua pour me rejoindre.

— Je pensais bien te trouver là. Comment vas-tu ?

— Fatiguée. Sinon, ça va, répondis-je, mais il me scruta d'un air incrédule.

— Tu m'as dit un jour que tu avais la phobie des cabinets médicaux. Si je te faisais passer un examen rapide, dehors, dans ma voiture ? proposa-t-il. Ma sacoche est dans le coffre.

— Vraiment, ce n'est pas la peine, je n'ai pas été blessée. J'étais plusieurs étages au-dessus, quand ça s'est passé. À mon arrivée sur les lieux, la fusillade était finie.

— Hum, fit-il d'un air pensif. Ne me dis pas que tu le regrettes ?

— Non, mais je me sens un peu coupable.

— La culpabilité du survivant, confirma-t-il. Tu sais que tu as manqué deux cours et l'examen de mi-parcours. D'après le règlement, je serais en droit de déclarer ton cursus incomplet.

Dans ce cas-là, je devrais tout recommencer depuis le début au prochain trimestre.

— Nate, dis-je seulement en guise de protestation.

— Je sais. Ce soir, c'était une urgence de sécurité publique. Je devrais sans doute t'accorder une dispense exceptionnelle en te permettant de rattraper l'examen ce week-end.

Shigawa détourna les yeux vers un groupe d'infirmières qui passait, vêtues de blouses d'un rouge éclatant. Puis il revint à moi.

— Mais voilà : ce soir, il y avait une raison pour que tu sois là où tu étais. Dès la première fois où tu es venue en cours, je me suis demandé si tu étais vraiment prête à lâcher le métier de policier. Ce soir, je pense avoir eu ma réponse.

— Quoi ? Non, ce n'est pas vrai.

— Hum, fit Shigawa d'un air sceptique. On verra bien. En attendant, je déclare ton cursus incomplet.

Le choc physique que je ressentis m'ébranla si violemment que je dus me rendre à l'évidence : je n'avais pas prévu qu'il irait jusque-là.

— C'est encore moi qui dirige les cours du prochain trimestre, poursuivit-il d'un ton égal. Si tu reviens, si tu passes tous les examens et les épreuves pratiques, alors on sera fixés... C'est de ma vocation dont il est question, Sarah. J'attends un engagement sans faille des personnes que je forme et que j'enverrai plus tard en mission. Prends le temps d'y réfléchir. Pour savoir enfin où tu en es et où tu veux vraiment aller.

52

Voici certaines choses que nous apprîmes les jours suivants :

Durant la perquisition de la maison des Silverhus, on trouva dans un placard de salle de bains un drain chirurgical de quatre centimètres, un tuyau en caoutchouc contenant du sang coagulé, caché derrière un rasoir électrique cassé. Steven était assez futé pour ne pas l'avoir jeté dans la poubelle, laquelle, une fois sortie sur le trottoir, aurait pu être fouillée sans mandat. Il aurait dû le jeter dans le Mississippi, mais peut-être n'avait-il pas pensé plus loin.

Nous ne saurions sans doute jamais à qui appartenait ce sang. Il y avait à l'hôpital trop de patients dans le coma ou sous sédation profonde sur lesquels Niels avait pu prélever un échantillon, sans parler de la possibilité qu'il ait volé un flacon dans le labo d'analyses. L'affaire étant résolue, il n'y avait pas de raison d'approfondir cette question.

Ne pouvant prouver ce que Niels avait fait, cette information ne fut jamais rendue publique. Pour cette raison, les rubriques nécrologiques parues dans les pages sportives de la presse nationale furent toutes à son honneur. Beaucoup étaient illustrées par la photo du Niels resplendissant de santé à Squaw Valley et louaient sa brillante carrière médicale.

Il était difficile d'accepter ces éloges après la découverte du drain chirurgical rempli de sang coagulé. Mais nous n'étions pas nombreux à y être confrontés.

En plus des indices que j'avais trouvés dans le garage de Victoria, dont les Polaroid de Jessie et de Cyd, on découvrit dans le grenier de Silverhus les vêtements que Jessie et Cyd portaient les nuits où elles avaient été kidnappées, une pièce de la même étoffe que celle dont le corps de Jessie avait été enveloppé, plusieurs journaux intimes, et deux carnets de croquis remplis de dessins. Ils représentaient des femmes dans des postures d'extrême soumission, dont certaines avaient des formes généreuses et des bouches en boutons de rose, mais pas d'yeux. Y figurait parfois un homme, doté d'attributs sexuels démesurés.

Hasan n'étant pas en état de s'en charger, ce fut Hadley qui parcourut les journaux intimes et les carnets de croquis. Ce n'était pas juste par curiosité professionnelle. Il devait s'assurer que rien ne pouvait suggérer d'autres crimes commis par Silverhus, restés jusqu'à ce jour sans relation avec lui.

Hadley qualifia les dessins de « troublants mais somme toute assez banals ». Quant aux journaux intimes, Silverhus y parlait beaucoup de son enfance, il y exprimait ses griefs contre le monde en général, son sentiment de solitude et d'isolement, en revanche il n'y avait rien sur ses crimes. Manifestement, il avait canalisé tous ses fantasmes dans ses dessins.

Sans aucun parent pour les réclamer, je me doutais que tous ces éléments seraient rangés dans un sous-sol, jusqu'à ce qu'un journaliste remplisse une demande d'accès à l'information en vue d'un projet de livre sur les meurtres de Ryan et de Perrin. Le dompteur fantasmé des dessins de Silverhus finirait coincé entre les pages d'un livre de poche, dans une collection consacrée aux crimes ayant réellement eu lieu.

Un détail annexe mais intéressant, à propos de la maison de Victoria : Martha « Marty » Washington travaillait comme rédactrice pour un journal à petit tirage de Minneapolis, consacré principalement aux problèmes du milieu ouvrier. Elle se sentait obligée de vivre à Minneapolis même, au sein de la communauté qu'elle servait, et donc la famille Washington y habitait. Cependant, les écoles publiques autour de Victoria étaient à tous niveaux supérieures : meilleurs taux de réussite aux examens, tailles des classes plus petites, etc. Les revenus de Marty et de son mari leur permettaient tout juste de louer la maison de Victoria pour avoir le droit d'y inscrire leur fils.

Prise au dépourvu par l'appel d'une inspectrice de police, moi en l'occurrence, elle n'avait pas eu le cran d'avouer qu'ils n'habitaient pas vraiment là. Aussi avait-elle menti.

Ce mensonge serait resté anodin, s'il n'avait eu de très graves conséquences : si j'avais su deux semaines plus tôt que la maison de Victoria était inoccupée, j'aurais pu obtenir un mandat de perquisition. Nous aurions procédé à des fouilles en règle, et nous aurions trouvé la preuve que Jessie Ryan y avait été séquestrée.

Cela faisait beaucoup de supputations, mais en résumé, voici ce qui en résultait : nous aurions pu sauver Cyd Perrin. Si nous avions trouvé les Polaroid de Jessie dans la tanière au-dessus du garage, nous aurions aussitôt arrêté Silverhus sans lui accorder de liberté sous caution. Il aurait été directement mené au laboratoire du BCA sur décision judiciaire. Il n'aurait pas eu la possibilité de rentrer chez lui pour permettre à son grand-père de lui implanter un tuyau rempli de sang dans le bras. Cydney serait encore en vie, tout comme Niels et Roy Nedegaard.

Vang, Hadley et moi-même n'avions jamais mentionné cette information publiquement. Mais l'intérêt pour l'affaire Silverhus croissait de jour en jour, et un journaliste finirait par faire le rapprochement. J'avais l'intuition que les jours de Marty Washington en tant que rédactrice respectée de la presse régionale étaient comptés.

*

*   *

Durant les jours déclinants de novembre, Syed Hasan s'était suffisamment rétabli pour voyager. Cette fois, ce fut moi, et non Hadley, qui les conduisis à l'aéroport, lui et son épouse Natalie, pour leur vol de retour à DC. Devant le terminal, dans la lumière pâle et froide de cette fin d'automne, Natalie me serra la main, mais Syed me surprit en m'étreignant. Une fois remise de mon émoi, je lui murmurai à l'oreille : « Prends bien soin de toi », et il me promit qu'il le ferait.

ÉPILOGUE

8 janvier 2006

Quelques minutes avant minuit, l'un des premiers jours de la nouvelle année, j'étais assise à la table de cuisine, dans un flot de lumière provenant du plafonnier au-dessus de ma tête. Tous les autres éclairages de la maison étaient éteints. Temple était sortie, mais je n'étais pas seule. Shiloh était assis en face de moi.

À part le fait qu'il ne pleuvait pas, nos retrouvailles à la prison avaient étonnamment ressemblé à mon rêve : Shiloh était sorti par une porte en métal dépourvue de toute indication, avec sous le bras ses quelques affaires, dans un sac en papier brun. Au lieu d'une tenue décontractée, il portait son plus beau costume. C'était logique, puisqu'il était vêtu ainsi lors de sa condamnation, avant d'être conduit directement en prison.

Cette tenue semblait déplacée ici, dans notre cuisine. Et Shiloh lui-même ne paraissait pas à sa place, pour tout dire. Ce qui était étrange, étant donné que cette maison était la sienne avant qu'elle devienne la nôtre à tous les deux, et bien avant que Temple ne la partage avec moi.

— Ta colocataire est au travail ? demanda Shiloh.

— Non, elle a un rendez-vous, expliquai-je, rompant le sceau de la bouteille de Scotch que j'avais achetée la veille. Elle fréquente le chargé de formation de mes cours de soins d'urgence.

Brièvement, j'en avais voulu à Nate Shigawa, pourtant sa décision n'avait rien de personnel. Avec le temps, j'avais compris qu'il lui avait fallu du cran pour faire ce choix, ainsi que pour venir à l'hôpital me l'annoncer en face. J'avais fini par l'appeler, en me montrant tout aussi directe, pour lui dire que je gardais le cap que j'avais choisi, et que je comptais m'inscrire à la prochaine session de formation.

À la fin de notre conversation qui s'était déroulée sur un ton amical, Nate m'avait demandé des nouvelles de Temple. Je m'étais rappelé combien il avait paru sous le charme lors de leur première rencontre, le soir où il était passé à la maison. Apparemment, cette attirance n'avait pas faibli.

L'air de rien, j'en avais touché un mot à Temple, et ils avaient eu un premier rendez-vous le lendemain de Noël. Ce soir, c'était leur troisième, et le fait qu'à près de minuit, elle n'était toujours pas rentrée était bon signe. On sait ce que ça veut dire, quand les troisièmes rendez-vous se prolongent tard dans la nuit.

Cela nous procurait aussi à Shiloh et à moi une précieuse intimité, durant ses premières heures de retour à la maison.

Je versai deux doigts de whisky dans son verre et dans le mien. Porter un toast eût été de mauvais goût, car cet instant n'avait rien d'une fête. Nous reprenions tout juste pied, après une longue et dure année d'épreuves dont nous étions d'ailleurs largement responsables.

La tête renversée en arrière, Shiloh but une bonne rasade.

— Dieu que c'est bon, murmura-t-il, les yeux mi-clos.

Malgré la douce lueur dorée provenant du plafond, il paraissait plus vieux qu'en novembre dernier, quand je l'avais rejoint à l'infirmerie. Mais aussi plus réel, plus vulnérable.

Moi aussi, j'avais changé, je le savais. Beaucoup d'eau avait coulé sous les ponts, une eau trouble et tumultueuse. J'espérais pourtant que dorénavant, nous saurions mieux naviguer, ensemble.

— Quoi ? demanda Shiloh, intrigué par la gravité avec laquelle je le contemplais, depuis l'autre côté de la table.

— Rien, répondis-je en secouant la tête, n'ayant pas du tout envie de partager des pensées aussi sérieuses. Ça va te paraître futile, mais est-ce que tu laisseras pousser tes cheveux, maintenant que tu le peux ?

— Futile, le mot est faible, confirma-t-il, ce qui nous fit rire. Peut-être. Si tu acceptes quelque chose en échange.

— Je te préviens, je ne me ferai pas teindre en blonde.

— Non, me rassura-t-il, puis il fit tournoyer ce qui restait du liquide ambré dans son verre. Est-ce que tu pourrais envisager de vivre ailleurs qu'à Minneapolis ?

— Je n'y ai jamais beaucoup réfléchi, répondis-je, prise au dépourvu.

Ce n'était pas tout à fait vrai. Si Shiloh n'avait pas fait cette virée inconsidérée à Blue Earth, il serait aujourd'hui un agent dûment recruté par le FBI, et nous serions allés vivre là où il aurait obtenu son premier poste. Mais j'avais depuis longtemps chassé cette possibilité de mon esprit.

— Je pourrais assumer de vivre ici, dans les Cities, après la prison, poursuivit-il. De tomber dans la rue sur des flics et des procureurs que je connais et leur dire que je travaille comme manœuvre sur des chantiers de construction. Ça, je pourrais l'assumer, répéta-t-il, puis il but encore une lampée de whisky. Mais je n'ai jamais pensé qu'on finirait nos jours ici, dans le Minnesota. À part une année d'université dans le Nevada, tu y vis depuis tes treize ans, n'est-ce pas ? Le monde est vaste… Tu ne dis rien. C'est mauvais signe ?

— Non. Je suis juste surprise. Tu n'es sorti de prison que depuis quelques heures.

— C'est en partie la raison. Nous sommes tous les deux à la croisée des chemins. Moi, je n'ai pas encore commencé à chercher du travail. Et toi, tu n'as pas repris ta formation, encore moins postulé auprès d'une société d'ambulances. D'ailleurs, rien de tout ça ne nous engagerait définitivement…

Non, mais ce sont autant de petites vrilles qui s'agrippent au sol et au mur pour devenir une immense vigne vierge et s'étendre encore et encore, formant tout un réseau d'attaches qu'il faut trancher à la machette pour s'en défaire, songeai-je, sans rien laisser paraître.

— Tu as un endroit en tête ?

— Je pensais à l'une ou l'autre des côtes, répondit Shiloh. Seattle, peut-être. Baltimore. Ou la côte du Golfe. Biloxi ou Pass Christian, des villes où la vie est moins chère qu'ici.

Je m'imaginai soudain à la fenêtre d'une nouvelle cuisine. Dans un appartement bon marché, certes, mais peut-être avec vue sur un petit bout d'océan. Ouverte, la fenêtre laisserait entrer les senteurs salines, ou les effluves d'une tempête couvant sur le golfe.

Mon cœur battait juste un peu plus vite. Pas de nervosité, mais d'impatience.

— D'accord, faisons-le.

— C'est vrai ?

— Oui, dis-je, sûre de moi. Je vais chercher mon bloc-notes et on pourra faire une liste des lieux où on aurait envie de vivre. On se mettra d'accord sur nos deux choix préférés, et on tirera à pile ou face.

Allait-il me trouver trop légère ? Non, l'idée lui plut. Je le devinai à la façon dont il versa un peu de whisky dans mon verre.

Je me levais pour prendre mon bloc-notes, quand Shiloh me saisit la main.

— Merci, déclara-t-il posément. De m'avoir attendu.

— Il n'y a personne d'autre.

— Pour moi non plus, fit sa voix, en écho à la mienne.

LE MASQUE
s'engage pour l'environnement
en réduisant l'empreinte carbone
de ses livres.
Celle de cet exemplaire est de :
600 g éq. CO_2
Rendez-vous sur
www.lemasque-durable.fr

PAPIER À BASE DE
FIBRES CERTIFIÉES

Composition réalisée par PCA – 44400 Rezé

Achevé d'imprimer par CPI Firmin Didot (27650 Mesnil sur l'Estrée)
en Octobre 2022
pour le compte des éditions J.C. Lattès
17, rue Jacob, 75006 Paris

N° d'édition : 01 – N° d'impression : 170965
Dépôt légal : Novembre 2022
Imprimé en France